À FORCE D'AIM...

Née à Leeds en Angleterre, Barbara Taylor Bradford vit désormais aux Etats-Unis, partageant son temps entre New York et le Connecticut. Traduits en trente-six langues, ses romans sont publiés dans plus de quatre-vingt-huit pays.

BARBARA TAYLOR BRADFORD

À *force d'aimer*

ROMAN TRADUIT DE L'AMÉRICAIN
PAR MICHEL GANSTEL

ALBIN MICHEL

Titre original :

EVERYTHING TO GAIN

Pour Bob, toujours loyal et sûr, avec tout mon amour.

PROLOGUE

Connecticut, août 1993

J'ai depuis si longtemps l'habitude d'être seule qu'il m'est presque impossible de me résoudre à partager de nouveau la vie d'une autre personne. C'est pourtant ce que Richard Markson voudrait que je fasse.

Quand il m'a proposé le mariage hier soir, je lui ai répondu non d'instinct. Sans se décourager, il m'a alors suggéré de commencer par vivre ensemble. Une sorte de mariage à l'essai, selon lui, sans obligation de ma part, sans m'engager à rien. « J'en prends le risque », m'a-t-il dit avec un sourire timide et un regard anxieux, presque implorant.

Malgré tout, l'idée me paraît aussi inconcevable ce matin qu'hier soir. Peut-être, si je suis scrupuleusement honnête avec moi-même, parce que j'appréhende la familiarité qu'implique la vie commune. En réalité, c'est moins l'intimité sexuelle qui me rebuterait que les frottements de la cohabitation quotidienne et les liens, sentimentaux et physiques, qu'ils tissent peu à peu entre deux êtres jusqu'à les fondre l'un dans l'autre. Maîtriser une telle situation serait au-dessus de mes forces, j'en suis convaincue.

Plus j'y pense, à vrai dire, mieux je discerne la cause réelle de ma réaction de rejet à la suggestion de Richard : la peur. J'ai peur de m'engager envers lui, peur de trop m'attacher à lui — peut-être même peur de l'aimer, si je me croyais encore capable de nourrir un sentiment aussi puissant, aussi exigeant que l'amour.

Depuis des années, la peur me paralyse sur le plan affectif. J'en suis consciente au point d'avoir organisé ma vie en fonction d'une solitude garante de ma sécurité. Je me suis retranchée du monde en dressant autour de moi, pierre par pierre, un mur de plus en plus haut, de plus en plus épais, aux fondations solidement assises sur mon travail et ma carrière. Je m'enferme dans mon travail comme dans une citadelle et il m'apporte tout ce dont j'ai besoin.

Naguère encore — mais cela paraît déjà si loin ! — j'avais tout ce qu'une femme pouvait désirer au monde. Et j'ai tout perdu.

Cinq ans durant, depuis cette fatale journée de l'hiver 1988, je n'ai cessé de vivre dans le deuil et l'affliction. De subir sans répit une douleur aussi insoutenable aujourd'hui qu'au premier jour. Pourtant, j'ai survécu. Alors même que mes forces m'abandonnaient, que je perdais jusqu'à l'envie de vivre, j'ai lutté pour m'arracher au gouffre de désespoir où je sombrais et je m'en suis sortie. Seule.

J'ai si bien appris à vivre seule et je m'y suis tant habituée que je ne me crois plus capable de partager de nouveau ma vie et ma personne avec quelqu'un d'autre — en tout cas, sûrement pas de la même manière ni sur les mêmes bases que dans cette autre vie, dans cet autre monde.

Richard a d'immenses qualités, je le sais. Il n'existe sans doute pas sur terre de meilleur homme que lui et une femme qui saurait le retenir aurait une chance inouïe, j'en suis certaine. Malheureusement, je ne suis plus une femme comme les autres. J'ai traversé de trop dures épreuves pour n'en avoir pas gardé dans l'âme et dans le cœur des traces ineffaçables. Je suis consciente que je ne serai jamais la femme qu'il mérite, une femme libérée du passé, des fardeaux, des entraves qui m'interdisent de me donner à lui sans restriction.

Pour l'infirme sentimentale que je suis devenue, la

solution de facilité consisterait à repousser purement et simplement Richard, à lui dire non d'un ton beaucoup plus ferme qu'hier soir, sans lui laisser aucun espoir et sans jamais plus le revoir. Pourtant, quelque chose me retient de prononcer ces mots définitifs — et ce quelque chose n'est autre, je m'en rends compte, que Richard lui-même. Malgré la stérilité affective dont je suis désormais affligée, Richard m'inspire un réel attachement, pour ne pas dire une certaine tendresse, et j'en suis arrivée ces derniers temps à compter sur lui beaucoup plus que je ne veux bien me l'avouer.

Richard est entré dans ma vie par hasard il y a près d'un an. Il avait loué une maison voisine de la mienne, dans cette contrée pastorale du nord-ouest du Connecticut à la limite du Massachusetts, près de Sharon et du lac Wononpakook, que j'ai toujours appelée le pays du bon Dieu. Imaginez ma surprise de l'entendre employer la même expression pour décrire ce que lui inspirait notre superbe région.

D'emblée, Richard m'a été sympathique, c'est vrai. Mais tandis que nous faisions la dînette ce soir-là dans ma cuisine, j'étais persuadée que c'était à mon amie Sarah Thomas qu'il s'intéressait. En fait, m'a-t-il signifié sans ambiguïté au bout de quelques semaines, c'était bien moi qui l'attirait dès le début et qu'il souhaitait mieux connaître. Par prudence, je l'ai longtemps tenu à l'écart avant de le laisser peu à peu prendre une petite place dans ma vie, mais en restant moi-même sur la défensive au point que j'étais à juste titre déconcertée de l'entendre hier soir me demander en mariage. Voulant me donner le temps de la réflexion, je lui ai promis une réponse aujourd'hui.

Mon regard tombe par hasard sur le numéro du *New York Times* du jour, à demi caché par les dossiers épars sur mon bureau. Je vois que nous sommes le lundi 9 août 1993. S'en souviendra-t-il comme du jour où je l'ai rejeté, de même que certaines dates demeurent gravées dans ma mémoire parce qu'elles marquent dans ma vie des étapes dont le souvenir me revient chaque année ?

D'instinct, je tends la main vers le téléphone mais je la laisse aussitôt retomber. A quoi bon l'appeler à son appartement de Manhattan ? Je ne suis même pas sûre des mots que je devrais lui dire, encore moins de la manière de les prononcer. Je ne veux surtout pas le blesser inutilement. Il faut de la réflexion, de la diplomatie... Mécontente de moi, je me surprends à soupirer avec impatience, à me lever pour brancher le climatiseur. Il fait ce matin une lourdeur, une humidité inhabituelles. J'ai la peau moite, je me sens soudain oppressée, trop à l'étroit dans mon bureau.

Enervée, le regard dans le vague, je me rassieds en pensant de nouveau à Richard. Il me disait hier soir que j'étais trop jeune pour mener une existence aussi solitaire. C'est sans doute vrai, je n'ai que trente-huit ans. Pourtant, certains jours, je me sens si vieille... Rien d'étonnant, à vrai dire, avec les épreuves par lesquelles je suis passée, les nouvelles perspectives qu'elles m'ont ouvertes sur la vie et les êtres humains. J'en ai beaucoup appris sur leur indifférence et leur égoïsme. Leur barbarie aussi — je suis bien placée pour le savoir. Certes, il n'y a pas que du mauvais dans la nature humaine. On trouve sur terre des gens bons et secourables — une infime minorité, hélas ! Désormais, je sais d'expérience que l'on est toujours seul dans le deuil et le malheur. Serais-je devenue cynique à force de vouloir me protéger des coups du sort en ne comptant plus que sur moi-même ? Peut-être...

Il y a quelques semaines, comme je m'étais lancée dans une de mes tirades sur la méchanceté des hommes, Richard m'a écoutée avec son attention coutumière. A la fin, me voyant au bord des larmes, il s'est assis près de moi sur le canapé, m'a pris la main sans mot dire et l'a serrée entre les siennes. Nous sommes ainsi restés un long moment jusqu'à ce qu'il se décide à rompre le silence :

— N'essayez pas de comprendre la nature du mal ou de l'analyser, c'est un insondable mystère que nul n'a jamais pu éclaircir. Le mal a affecté votre vie plus cruellement que celle de beaucoup d'autres gens, vous avez vécu un véritable enfer mais je ne connais pas de mots capables de vous apporter la moindre consolation. Les mots sont vides de sens et impuissants contre la douleur. Sachez simplement que je serai toujours là quand vous aurez besoin de moi.

Je lui serai à jamais reconnaissante d'avoir exprimé de telles pensées ce jour-là et, plus encore, de n'avoir pas cherché à débiter les platitudes qui montent trop souvent aux lèvres face à une souffrance contre laquelle on ne peut rien. Pour cela — et pour beaucoup d'autres raisons, je l'avoue —, Richard Markson m'inspire de l'admiration. C'est un homme droit et généreux, qualités auxquelles j'attache un très grand prix. S'il ne s'est jamais marié, je sais que sa vie n'a pas été exempte de chagrins. Il a trente-neuf ans, un an de plus que moi. Je le sens très clairement mûr pour un engagement sérieux et je le sais prêt à accepter tout ce que cela implique à long terme.

Mais moi, le suis-je ? Timorée, hésitante, apeurée, tiraillée entre des sentiments contradictoires, je suis ce matin hors d'état de raisonner, de prendre de sang-froid une décision aussi lourde de conséquences. Les yeux clos, la tête posée sur mes bras repliés, je me sens entraînée dans un tourbillon d'angoisse. Je suis tout simplement incapable d'appeler Richard comme je le lui ai promis. Je n'ai rien à lui dire, aucune réponse à lui donner...

La sonnerie du téléphone m'a fait sursauter.

— Mallory ? Ici Richard.

— Je vous avais déjà reconnu.

— Je dois partir en reportage, Mal.

— C'est plutôt inattendu, ai-je répondu, étonnée.

— Le magazine m'envoie en Bosnie, la décision vient de tomber. Je prends l'avion dans deux heures. La situation des Nations Unies se dégrade là-bas au point de...

— Mais ce n'est pas votre spécialité ! l'ai-je interrompu. Vous ne couvrez pas les guerres, d'habitude.

— Aussi n'y vais-je pas en tant que correspondant de guerre. On me demande plutôt une étude de fond sur les causes et les circonstances des massacres, l'indécision des leaders occidentaux, l'indifférence criminelle du monde entier. La politique de *purification ethnique,* a-t-il ajouté avec une évidente émotion, évoque trop fâcheusement ce qui se passait il y a soixante ans dans l'Allemagne nazie.

— C'est abominable ! ai-je renchéri. Nous ne sommes pas plus civilisés qu'il y a mille ans. Rien ne change, l'humanité n'a rien appris, elle est... pourrie !

— Je sais, Mal, a-t-il dit avec lassitude.

— Vous partez donc tout à l'heure ?

— Dans deux heures. Euh... Mal ?

— Oui, Richard ?

— Avez-vous une réponse à me donner ?

— Eh bien non, Richard, ai-je répondu après avoir marqué une pause. Je suis désolée mais il me faut du temps pour réfléchir, comme je vous l'ai dit...

Pendant le long silence qui a suivi, je me suis demandé avec inquiétude comment il allait réagir.

— A mon retour de Bosnie, vous aurez peut-être une bonne nouvelle à m'apprendre ? dit-il enfin. N'est-ce pas ?

— Quand rentrerez-vous ? ai-je demandé en éludant sa question trop directe.

— Dans une huitaine de jours, dix peut-être.

— Soyez prudent, Richard.

— Je n'ai pas l'intention d'intercepter des balles perdues ! a-t-il répondu avec un rire franc. Ce n'est pas écrit dans mon destin, en tout cas.

— Faites quand même attention.

— Bien entendu. Vous aussi, Mal. A bientôt.

Et il a raccroché avant que je lui dise au revoir.

Incapable de supporter plus longtemps le silence et l'immobilité, je suis sortie au jardin pour échapper à l'atmosphère confinée de mon bureau. Par le cheminement dallé qui traverse la pelouse, j'ai gagné la crête d'où la vue porte au loin. Au creux de la vallée que son écrin de collines boisées abrite des rigueurs de l'hiver, on distingue deux petites maisons blanches, accueillantes dans leurs jardins fleuris. A mes pieds s'étend la grande prairie. Les chevaux qui paissent près des vieilles granges repeintes de frais, la famille de canards qui barbotent dans les eaux calmes de l'étang peuplent ce paysage paisible et bucolique. Un peu plus haut, je puis contempler mes rosiers en fleur, mon potager entouré de barrières blanches. La vie s'épanouit à profusion sur cette riche terre nourricière. Le ciel est d'un bleu si intense que je cligne des yeux, éblouie. Et je me rends alors compte que je suis en train de pleurer.

Je n'ai pas l'intention d'intercepter des balles perdues, a dit Richard sur le ton de la plaisanterie. Malgré la chaleur, je ne puis m'empêcher de frissonner. Nul ne sait ce que le destin réserve, je suis mieux placée que quiconque pour le savoir...

D'un coup, cinq ans se sont effacés et je me retrouve au cœur de l'été 1988. Un été dont le souvenir restera à jamais gravé dans ma mémoire.

PREMIÈRE PARTIE

Indian Meadows

1

Connecticut, juillet 1988

Je me suis réveillée en sursaut comme si on m'avait touché l'épaule, j'ai cligné des yeux dans la pénombre en m'attendant presque à voir Andrew à mon chevet. Bien entendu, il n'y avait personne. Andrew était en voyage d'affaires à Chicago et moi ici, dans notre maison du Connecticut.

De nouveau blottie sous les couvertures, j'ai refermé les yeux dans l'espoir de me rendormir. En vain. Les pensées qui se bousculaient dans ma tête m'interdisaient de trouver le repos. Avant le départ d'Andrew, nous nous étions querellés pour un motif si futile que j'en avais honte. Je m'en voulais de n'avoir pas ravalé ma vanité pour lui téléphoner hier soir sous prétexte qu'il ne m'avait pas appelée lui non plus, contrairement à son habitude quand il voyage. Cette dispute idiote allait-elle s'envenimer au point de gâcher notre week-end ? Bien que je ne me sente pas vraiment en faute, j'ai résolu de lui présenter mes excuses le lendemain à son retour. Je n'ai jamais supporté de rester brouillée avec une personne que j'aime, ce n'est pas dans ma nature.

Décidément incapable de rester au lit, je suis allée à la fenêtre voir comment s'annonçait la journée. A l'horizon, une mince bande de lumière cristalline teintait le ciel sombre de légers reflets verts. Soudain impatiente d'assister à l'air libre au spectacle magique qui accompagne le lever du soleil, j'ai laissé retomber le rideau, enfilé un peignoir et me suis hâtée de quitter ma chambre.

Le temps de descendre l'escalier et de sortir sur la terrasse, l'aspect du ciel avait déjà changé. La lumière montait, se répandait comme si elle émanait d'une source secrète située au loin sous l'horizon. L'extraordinaire qualité de la lumière matinale dans notre région ne cessera jamais de m'émerveiller. A ma connaissance, elle n'existe nulle part au monde sinon dans cette partie septentrionale de la côte est des Etats-Unis, ou alors de l'autre côté de l'Atlantique, dans les landes du Yorkshire.

Ma fascination pour la lumière vient sans doute de mon amour pour la peinture, qui me fait voir la nature à travers le regard de l'artiste. Je me souviens comme s'il datait d'hier de mon premier face-à-face avec un chef-d'œuvre de Turner exposé à la Tate Gallery à Londres. Une heure durant, j'étais restée en contemplation devant ce tableau, hypnotisée par la lumière qui en émanait et dans laquelle j'avais littéralement l'impression de baigner. Bien entendu, je ne possède pas le génie de Turner, je ne suis qu'un modeste amateur qui peint pour son plaisir. Il y a des moments, malgré tout, où je rêve de recréer dans un de mes tableaux un ciel du Connecticut, de réussir à le capturer sur la toile exactement tel que je le vois — ne serait-ce qu'une seule fois. C'était le cas ce matin-là mais je savais au fond de moi-même, et avec un immense regret, que cette ambition serait à jamais hors de ma portée.

Tandis que la lumière chassait les dernières ombres de la nuit en donnant au ciel un doux éclat argenté, j'ai traversé la pelouse couverte de rosée jusqu'au bout du jardin, près de la crête qui domine la vallée. Là, assise sur le banc de fer forgé sous le pommier, j'ai fermé les yeux pour mieux goûter la paix de ces quelques instants de silence qui précèdent le réveil du monde, quand on peut se croire le seul être vivant sur la planète.

L'esprit enfin en repos, j'ai vu mon anxiété se dissiper peu à peu. Pourquoi m'être tant tracassée après ma stupide querelle avec Andrew ? J'étais sûre, maintenant, que nous serions réconciliés dès son retour. Une des qualités que j'admire le plus chez Andrew est sa faculté de laisser le passé derrière lui et de ne considérer que l'avenir. Aussi peu rancuniers de nature l'un que l'autre, nous oublions vite nos petites disputes, provoquées le plus souvent par des motifs si insignifiants que nous en rions ensemble de bon cœur.

Andrew Keswick est mon mari depuis dix ans. Nous devons même célébrer notre anniversaire de mariage la semaine prochaine, le 12 juillet. Au moment de notre rencontre, en 1978, j'avais vingt-trois ans, lui trente et un. Au premier coup d'œil, j'étais tombée follement, aveuglément, irrévocablement amoureuse de lui, et lui de moi, comme je n'allais pas tarder à le découvrir. C'était un de ces coups de foudre légendaires qui, heureusement, ne se termina pas comme tant d'autres en simple feu de paille. Nos liens, au contraire, n'ont fait que se resserrer au fil des ans.

Anglais de naissance, Andrew vivait alors à New York depuis sept ans. Considéré comme un pilier de Madison Avenue, il était un de ces publicitaires-nés dont le talent suffit à faire la fortune et la réputation d'une agence en y attirant les budgets les plus prestigieux et, mieux encore, en les fidélisant.

À l'époque, je travaillais dans la même agence que lui, Blau, Ames, Braddock & Suskind, où j'occupais un poste obscur de rédactrice. En dépit de mon humble position, je me plaisais à croire mes textes publicitaires aussi remarquables par l'efficacité qu'élégants par le style — jugement flatteur qu'Andrew Keswick semblait partager. Mais si ses compliments professionnels me montaient à la tête, sa personne m'allait droit au cœur. Malgré mes diplômes de Radcliffe, mon âge et mon éducation, j'étais encore jeune et naïve, il est vrai. Dire que je n'étais guère précoce serait un euphémisme.

Quoi qu'il en soit, Andrew m'avait séduite — que dis-je ? ensorcelée ! Son éminente position à Madison

Avenue ne le rendait ni vaniteux ni égocentrique, loin de là. Pour un homme aussi brillant, je le jugeais même incroyablement modeste. J'appréciais son caractère enjoué et son sens de l'humour, dont il usait volontiers à ses dépens. Je voyais en lui un personnage hors du commun que tout, sa culture, sa distinction, et jusqu'à son accent anglais si mélodieux et raffiné, plaçait au-dessus des autres.

Brun, de taille moyenne, il avait un abord plaisant qui attirait d'emblée la sympathie. Mais ses yeux, d'un bleu intense, aux cils d'une longueur à rendre jalouses bien des femmes, frappaient plus que tout le reste de sa personne. De ma vie, je n'avais vu de bleu plus extraordinaire. Je n'en reverrais un semblable que plusieurs années plus tard dans les yeux de nos jumeaux, Clarissa et James.

Les filles de l'agence trouvaient Andrew terriblement séduisant et faisaient assaut de charme pour attirer son attention ; c'est pourtant à moi seule qu'il l'accorda. Dès nos premières sorties ensemble, je me sentis aussi à l'aise en sa compagnie que si nous nous connaissions depuis toujours. Plus nous parlions, plus sa personnalité me fascinait et plus je brûlais d'envie d'en apprendre davantage sur sa vie avant notre rencontre.

Nous nous fréquentions depuis à peine deux mois quand Andrew m'emmena passer un long week-end à Londres pour me présenter à sa mère. Diana Keswick et moi sommes devenues amies dès la première heure — non, dès la première minute ! En un sens, il y eut entre nous aussi un véritable coup de foudre et nous n'avons jamais cessé de nous aimer depuis.

Pour beaucoup de gens, le terme de belle-mère est associé à l'image d'une ennemie, d'une mère possessive en lutte continuelle contre sa bru pour monopoliser l'affection de son fils. Rien de plus faux, du moins en ce qui concerne Diana. Dès le début, elle m'a ouvert les bras. Vaut-il mieux la décrire comme une version féminine d'Andrew ou dire de lui qu'il était une version masculine de sa mère ? Je ne sais, tant ils se ressemblaient, tant leurs qualités les rapprochaient. En tout cas, Diana m'inspirera toujours autant d'amour que de respect et d'admiration.

Ce week-end à Londres, qui était mon premier contact avec l'Angleterre, restera à jamais gravé dans ma mémoire. Nous étions arrivés depuis à peine vingt-quatre heures quand Andrew me demanda en mariage.

— Je vous aime, Mallory, m'a-t-il dit en me prenant dans ses bras. Je ne puis imaginer de vivre sans vous. Dites-moi oui, dites que vous voulez bien passer le reste de votre vie avec moi.

Naturellement, j'ai accepté. Je lui ai dit que je l'aimais autant qu'il m'aimait et nous avons fêté nos fiançailles en dînant avec sa mère au Connaught le dimanche soir avant de reprendre l'avion pour New York le lundi matin.

Pendant le voyage de retour, je ne me lassai pas de jeter des coups d'œil à ma main gauche pour y admirer la bague ancienne ornée d'un superbe saphir qui brillait de tous ses feux. Andrew me l'avait donnée la veille, juste avant que nous sortions dîner, en m'expliquant qu'elle avait appartenu à sa grand-mère puis à sa mère.

— Ma mère tient à ce qu'elle soit maintenant à vous, Mal, et je suis entièrement d'accord avec elle. Les femmes de la famille portent cette bague depuis trois générations, vous serez la quatrième, m'a-t-il dit en la glissant à mon doigt avec un de ses inimitables sourires.

A chaque fois que je la regardai au cours des jours suivants, je me remémorai la formule surannée : *Par cet anneau, nous nous jurons notre foi.* Rien ne pouvait mieux dépeindre la solidité de notre engagement mutuel.

Trois mois jour pour jour après notre premier dîner en tête-à-tête, Andrew Keswick et moi avons été mariés à l'église Saint Bartholomew de Park Avenue. La seule personne à ne pas manifester une joie sans mélange

21

n'était autre que ma mère. Andrew lui plaisait, certes, elle approuvait mon choix. Mais tandis qu'elle s'affairait pour commander les faire-part et organiser la réception dans les salons de l'hôtel Pierre sur la Cinquième Avenue, elle me bombardait d'allusions assassines tant elle craignait qu'on n'attribue à des motifs inavouables notre hâte qu'elle jugeait excessive.

Mes regards réprobateurs et ma moue obstinée l'avertissaient toutefois de ne surtout pas me demander si j'étais enceinte — je ne l'étais d'ailleurs pas. Mais ma mère m'a toujours jugée dépourvue d'esprit pratique et me dépeint depuis des années comme une hurluberlue la tête dans les nuages, qui n'aime que les livres, la musique et la peinture. C'est en partie vrai, je l'avoue. Je suis pourtant beaucoup plus pragmatique qu'elle ne le croit et, en dépit de ce qu'elle pense de moi, j'ai toujours eu les pieds sur terre. Andrew et moi ne nous étions mariés si vite que parce que nous étions impatients de vivre ensemble et n'avions aucune raison d'attendre la fin de longues et inutiles fiançailles.

C'est un lieu commun de dire que les jeunes mariées profitent rarement du jour de leurs noces. Moi, si. Pendant tout le temps de la cérémonie religieuse et de la réception, je baignai dans l'euphorie. Cette journée était la plus importante de ma vie. En plus, j'avais réussi à tenir tête à ma mère en organisant tout à mon idée — ce qui, je le dis sans me vanter, ne représentait pas un mince succès dans une situation de ce genre.

Avec Andrew, nous tenions à rester dans l'intimité. Outre nos mères respectives, bien entendu, les invités se limitaient à quelques parents et amis proches. Andrew avait perdu son père mais le mien était en vie, bien que ma mère fît comme s'il n'existait plus car elle ne lui avait jamais pardonné de l'avoir quittée plusieurs années auparavant et de s'être installé au Moyen-Orient.

Pour moi, il existait cependant bel et bien. Nous correspondions régulièrement et passions le plus de temps possible ensemble quand il venait aux Etats-Unis. Il avait donc fait le voyage de New York pour conduire sa fille unique à l'autel et, à ma stupeur, ma mère s'était montrée enchantée de cet effort paternel. Moi aussi, cela va sans dire, car je n'en attendais pas moins de lui — je n'aurais même pas envisagé de me marier sans qu'il soit à mes côtés. Dès mes fiançailles avec Andrew, je lui avais téléphoné en Arabie Saoudite, où il se trouvait à ce moment-là, pour lui annoncer la grande nouvelle et lui faire partager ma joie.

Pendant son bref séjour à Manhattan, ma mère lui avait à peine adressé la parole mais elle s'était au moins conduite correctement envers lui en public. Je comprenais fort bien, dans ces conditions, que mon père ne se fût pas attardé plus qu'il n'était strictement nécessaire et eût préféré se retirer dès la fin de la réception. Archéologue, plus à l'aise dans le passé que dans le présent, il avait à l'évidence hâte de regagner ses fouilles.

J'avais dix-huit ans quand il s'était définitivement séparé de ma mère. Je partais vivre ma nouvelle vie à l'université de Radcliffe et mon départ lui enlevait sans doute sa dernière raison de subir plus longtemps une vie conjugale qui lui était de plus en plus pénible. Je me suis cependant toujours étonnée que mes parents n'aient jamais divorcé. Compte tenu des circonstances, cela constitue pour moi un mystère insondable.

Mon mari, mon père et moi avons quitté ensemble la réception pour nous rendre à l'aéroport Kennedy dans une des limousines louées par ma mère. Au moment des adieux, juste avant de nous séparer pour gagner nos avions respectifs, mon père m'a serrée dans ses bras et chuchoté à l'oreille :

— Je suis content que ton mariage se soit passé comme tu le voulais, ma chérie, au lieu de la foire à grand tralala que ta mère t'aurait imposée si tu l'avais laissée faire. Tu es comme moi, tu n'en fais qu'à ta tête — c'est une qualité, crois-moi. Reste toujours fidèle à toi-même, Mallory.

J'étais heureuse qu'il m'ait comparée à lui. Depuis mon enfance, nous avions toujours été proches l'un de l'autre, ce qui ne contribuait pas peu à exaspérer ma mère. Pendant toute leur vie commune, je ne crois pas qu'elle ait jamais compris mon père — au point que je me demandais parfois pourquoi ils s'étaient mariés. Ils avaient dans la vie des intérêts inconciliables et tout les séparait, jusqu'à leurs origines. Mon père descendait d'une longue lignée d'intellectuels, universitaires et écrivains, alors que ma mère venait d'une famille de promoteurs immobiliers prospères et, si j'ose dire, plutôt matérialistes.

Si ma mère n'a jamais cherché à comprendre mon père, elle ne me comprend pas davantage ni n'a la moindre idée de ma véritable personnalité. Mais il faut dire à sa décharge qu'elle n'est guère douée pour la psychologie, bien qu'elle puisse se montrer débordante de charme quand elle le veut.

J'aime ma mère, bien sûr, je sais qu'elle m'aime aussi mais depuis des années, je l'avoue, je trouve sa compagnie éprouvante. Son côté superficiel m'attriste plus encore qu'il ne me déçoit. Elle semble ne se soucier que de son standing social, de ses mondanités, de son apparence et n'a pratiquement aucun autre intérêt dans la vie. Ses journées s'articulent autour de ses rendez-vous chez le couturier, le coiffeur ou la manucure, des déjeuners, des dîners ou des cocktails auxquels elle est invitée.

Une telle existence me paraît vide et inutile, surtout à notre époque. Je ressemble davantage à mon père en ce sens que je suis plus volontiers portée vers l'introspection et que je déteste la frivolité. Comme lui, je me sens concernée par tout ce qui se passe sur notre planète et risque de compromettre son avenir. A bien des égards, le caractère de l'homme que j'ai épousé ressemble à celui de mon père. Andrew s'intéresse lui aussi au monde et aux êtres qui l'entourent. Ils sont tous deux solides et droits, ils ont le sens de l'honneur et de la parole donnée.

Andrew est mon premier amour, mon seul amour. Jamais aucun autre ne prendra sa place dans mon cœur. Savoir que nous serons ensemble jusqu'à notre dernier jour me soutient et donne à ma vie tout son sens. Quand nos enfants auront grandi et nous auront quittés pour mener leur propre vie, élever leur propre famille, je sais qu'Andrew et moi entrerons ensemble dans nos années de crépuscule et je puise dans cette pensée un profond réconfort.

La chaleur du soleil qui me caressait le visage à travers les branches du pommier m'a soudain tirée de ma rêverie. Comprenant qu'il était grand temps de commencer la journée, j'ai repris le chemin de la maison.

Nous étions le vendredi 1er juillet et, ce jour-là moins que tout autre, je n'avais pas une minute à perdre. J'avais prévu un week-end très spécial pour Andrew, les enfants et ma belle-mère, venue d'Angleterre nous rendre visite comme tous les ans à pareille époque. Le lundi 4 juillet serait non seulement notre fête nationale mais aussi, et plus encore, notre grande fête familiale.

2

La maison me paraissait plus belle que jamais ce matin-là. Illuminée par le soleil, toute blanche dans son écrin de feuillage aux mille nuances de vert, elle se détachait sur le bleu pervenche du ciel.

Andrew et moi étions tombés amoureux d'Indian Meadows dès l'instant où nous y avions jeté les yeux. En réalité, la maison ne s'appelait pas encore Indian Meadows, elle n'avait même pas de nom du tout. Aussi, dès la signature de l'acte d'achat, je m'étais empressée de la baptiser en fracassant une bonne bouteille de champagne sur la gouttière. Andrew avait bien ri de mon idée jusqu'à ce que les jumeaux, à qui j'expliquai que l'on baptisait ainsi les navires, aient exigé à leur tour une bouteille de veuve-clicquot pour en faire autant. Il m'avait fallu calmer l'indignation d'Andrew en promettant aux enfants qu'ils pourraient procéder le lendemain à leur propre cérémonie — mais avec du vin ordinaire.

Le nom m'avait été inspiré par une tradition locale selon laquelle des Indiens s'étaient établis, des siècles auparavant, dans les prairies s'étendant au pied de la colline où est bâtie la maison. Quand je me tiens sur la crête d'où la vue plonge sur ces prairies, je crois voir encore les braves, leurs squaws et leurs papooses assis devant leurs wigwams près des chevaux entravés ; je sens monter jusqu'à moi la fumée des feux de camp, j'entends leurs voix, leurs rires, les hennissements des chevaux et le roulement des tambours. Je me laisse sans doute emporter par un excès d'imagination mais ces images sont trop fortes pour ne pas avoir imprégné les lieux. Et puis, j'aime aussi penser que ma famille et moi vivons sur une terre dont les premiers habitants de l'Amérique appréciaient déjà la beauté.

Nous avions trouvé la maison tout à fait par hasard. A la réflexion, je devrais plutôt dire que c'était la maison qui nous avait trouvés — non : appelés, comme si elle était un être vivant. En y pénétrant pour la première fois, nous avions immédiatement senti qu'elle nous était destinée, qu'elle n'attendait que nous pour lui redonner vie. Nous y sommes parvenus, je crois, car nos visiteurs étaient frappés par l'atmosphère de paix et de bonheur qui émanait de ses murs et dans laquelle ils baignaient aussitôt qu'ils y entraient.

En juin 1986, en tout cas, j'étais loin de prévoir que nous découvririons enfin une maison qui nous convienne, encore moins la maison de nos rêves. Nos recherches étaient depuis si longtemps infructueuses que nous perdions l'espoir de jamais découvrir une retraite de week-end à une distance raisonnable de New York. Les maisons que nous visitions un peu partout dans le Connecticut étaient soit trop exiguës, soit trop vastes, soit trop coûteuses, ou alors en si mauvais état qu'il aurait fallu dépenser une fortune pour les rendre habitables.

Andrew et moi passions ce week-end-là à Sharon, région que nous connaissions mal. Nous avions emmené les enfants pique-niquer sur la dune à Mudge Pond, la petite station balnéaire voisine. En voulant regagner Sharon, nous nous étions trompés à un carrefour et avions tourné en rond, complètement perdus dans ce paysage vallonné qui ne nous était pas familier, pour finalement nous retrouver au fond d'une longue et sinueuse impasse que nous avions confondue avec une route secondaire.

Une maison isolée se dressait devant nous. Intrigués, nous l'observions en échangeant de temps à autre un regard étonné et ravi : malgré sa décrépitude et son évident abandon, elle nous avait déjà conquis l'un et l'autre.

Longue et basse, adossée à un bouquet de pins et de vieux érables, elle semblait épouser les ondulations du terrain. C'était une de ces classiques maisons en bois de style colonial qui font la renommée du Connecticut. Il se dégageait de ses harmonieuses proportions une douceur si accueillante que nous ne nous lassions pas de la contempler.

— Quel dommage que personne ne prenne soin d'une si belle maison ancienne, avait bougonné Andrew en ouvrant la portière. On pourrait au moins la repeindre !

Après avoir enjoint à Jenny, notre jeune Anglaise au pair, de rester dans la voiture avec les enfants, j'avais mis pied à terre à mon tour et suivi mon mari.

Par un phénomène auquel je n'imagine aucune explication rationnelle, la maison nous attirait de manière si impérieuse que nous courûmes presque vers la porte d'entrée, dont nous remarquâmes avec tristesse la peinture écaillée et le heurtoir de cuivre terni. Pendant qu'Andrew actionnait le marteau, je m'efforçai de regarder à travers les vitres poussiéreuses d'une fenêtre. Malgré la pénombre qui régnait à l'intérieur, je distinguai des meubles recouverts de housses, un papier peint fané sur les murs. Les heurts insistants d'Andrew n'éveillaient aucun signe de vie.

— Cette maison est déserte, elle a l'air inoccupée depuis des années. Et si elle était à vendre ? avait-il ajouté comme s'il se posait la question à lui-même.

— Je l'espère, me suis-je surprise à répondre tandis que nous regagnions la voiture à pas lents.

Je me souviens encore de mes battements de cœur à cette seule idée.

Nous redescendions le chemin en roulant lentement à cause des virages quand j'aperçus une vieille pancarte de bois vermoulu tombée dans l'herbe du fossé. J'avais poussé un cri, Andrew avait immédiatement freiné, je m'étais précipitée, pleine d'espoir. Mon pressentiment ne m'avait pas trompée : la maison était bel et bien à vendre !

Au cours des heures suivantes, nous avons réussi à retrouver la route de Sharon et à localiser l'agence immobilière dont j'avais noté l'adresse à demi effacée. Un moment plus tard, trop excités pour parler, nous suivions la voiture de la directrice vers la vieille maison sur la colline, en osant à peine espérer qu'elle nous conviendrait.

— Elle n'a pas de nom, nous avait informés Kathy Sands en faisant tourner la clef dans la serrure. Depuis au moins soixante-dix ans, on la désigne simplement dans le pays comme la maison Vane.

Le cœur battant, nous sommes entrés derrière elle dans une longue galerie faisant office de vestibule.

— Le style me rappelle l'architecture Tudor, avait fait observer Andrew. Cette galerie ressemble à celle du château de Parham, dans le Sussex. T'en souviens-tu, Mal ?

J'avais souri au souvenir de nos merveilleuses vacances en Angleterre l'année précédente. Elles avaient été pour nous comme une deuxième lune de miel. Après avoir passé une semaine dans le Yorkshire avec Diana, nous lui avions confié les jumeaux pour finir notre séjour en tête-à-tête.

Née dans la région et y ayant toujours vécu, Kathy

Sands n'ignorait rien de la chronique locale depuis au moins deux siècles, y compris l'histoire de la maison et les noms de ses propriétaires depuis sa construction, en 1790. Trois familles seulement s'y étaient succédé, les Dodd, les Hobson et les Vane. La vieille Mme Vane, née Hobson, y était née et y avait vécu après son mariage avec un M. Samuel Vane. A quatre-vingt-huit ans, veuve et de santé délicate, elle s'était finalement résignée à aller vivre chez sa fille à Sharon et avait mis la maison en vente deux ans auparavant.

— Et pourquoi n'est-elle pas vendue depuis ce temps ? avais-je aussitôt demandé avec un regard accusateur imité de ceux de ma mère. Y aurait-il un problème grave ?

— Absolument aucun, avait répondu Kathy. La plupart des gens qui cherchent une maison de week-end la jugent trop isolée et trop loin de Manhattan, voilà tout. Il faut dire que sa taille a de quoi faire réfléchir.

Il ne nous fallut pas longtemps, à Andrew et moi, pour tomber d'accord sur ce dernier point : la maison était immense, mais moins qu'on ne pouvait le croire de l'extérieur car elle était agencée à la perfection. Si elle comportait plus de pièces que nous n'en avions réellement besoin, mon œil de maîtresse de maison avait su discerner que l'entretien n'en serait pas surhumain, au contraire.

Les pièces ouvraient au rez-de-chaussée sur une galerie et, à l'étage, sur un palier carré. La cellule centrale, autour de laquelle plusieurs pièces avaient été ajoutées au cours des âges, était restée intouchée, comme en témoignaient les planchers et les plafonds inégaux, les poutres parfois de guingois. Certaines fenêtres étaient encore munies de vitres en verre soufflé datant du début du siècle précédent. On dénombrait dix cheminées, dont huit en état de marche.

Andrew et moi avions compris d'emblée que cette maison était une occasion inespérée et que nous en étions l'un et l'autre tombés trop amoureux pour la laisser passer. Peu nous importait qu'elle soit plus éloignée de New York que nous ne l'aurions souhaité pour une maison de week-end, nous avions déjà décidé de nous accommoder de la distance.

Et voilà comment, à la fin de l'été, la maison était à nous... ainsi qu'un écrasant emprunt hypothécaire.

Le reste de l'année 1986 fut consacré à la remise en état de notre acquisition. Nous y campions pour mieux travailler, avec un plaisir qui ne se démentait pas. Jusqu'à la fin de l'été et au début de l'automne, nos enfants, qui étaient devenus de vrais petits sauvageons, passaient pratiquement leur vie dehors tandis que Trixy, notre bichon frisé, retrouvait ses instincts ancestraux pour chasser les écureuils, les lapins et les oiseaux. Quant à Andrew et moi, ce travail manuel nous offrait une irremplaçable détente après le stress de notre vie urbaine et professionnelle.

Les travaux enfin terminés, nous avons emménagé pour de bon au printemps de 1987. Il avait alors fallu s'atteler au défrichage du terrain et aux plantations des jardins, tâche aussi considérable que la réfection de la maison. Nous aimions d'autant plus travailler avec Anna, une femme du pays engagée comme jardinière, qu'Andrew se découvrait dans ce domaine des dons insoupçonnés. Il avait la main verte, tout poussait comme par miracle, si bien qu'avant même le début de l'été la roseraie et le potager prenaient déjà bonne tournure. Nous avions désormais hâte l'un et l'autre de quitter la ville dès les premiers beaux jours et de profiter pleinement de cette merveilleuse contrée.

En rentrant du jardin ce matin de juillet 1988, je me suis arrêtée dans l'entrée pour goûter, ce dont je ne me lasse jamais, le charme et la sérénité de notre maison.

Les rayons du soleil, qui se déversaient dans la galerie par les portes ouvertes, faisaient scintiller des colonnes d'une poussière impalpable. Délicat et coloré comme un bijou précieux, un papillon apparut soudain devant moi et alla se poser sur le vase de fleurs de la console. Figée, je regrettais de ne pas avoir sous la main mon attirail de peintre pour capturer la pure beauté de cette scène. Mais mon atelier était trop loin, le papillon se serait sûrement envolé à mon retour. Mieux valait rester immobile et admirer cette éphémère merveille.

Dans le paisible silence du matin, tandis que je me disais à quel point j'avais de la chance de posséder tant de beauté et de jouir de tant de bienfaits, je ne pouvais pas prévoir que ma vie serait bientôt bouleversée de fond en comble. Encore moins me douter que cette maison me sauverait de mes propres instincts destructeurs, qu'elle deviendrait mon havre de grâce, mon refuge contre l'hostilité du monde, et que je lui devrais la vie.

Aussi est-ce avec insouciance que j'ai poursuivi mon chemin dans la galerie et que je suis entrée à la cuisine. Je me réjouissais du week-end de fête qui s'annonçait et j'envisageais l'avenir avec un optimisme que tout justifiait.

Machinalement, j'ai allumé la radio pour écouter les nouvelles, mis le café à chauffer, un toast à griller. Puis, tout en avalant ce frugal petit déjeuner, j'ai organisé mon emploi du temps en vérifiant la liste des tâches à accomplir que j'avais établie la veille au soir. Satisfaite, je suis alors montée me préparer, prendre une douche et m'habiller.

3

Avec mes cheveux roux, mes yeux verts et mes quelque deux mille taches de rousseur, je ne me trouve pas si jolie. Andrew n'était pas d'accord. Il me déclarait tout le temps que j'étais ravissante — mais la beauté, c'est bien connu, est une notion purement subjective. Disons qu'en ce qui me concerne, Andrew manquait d'objectivité. Je donnerais cher, en tout cas, pour ne pas être affligée de ces vilaines taches de son. Si j'avais une belle peau claire, je supporterais mieux la tignasse auburn — et c'est un euphémisme ! — qui m'a valu depuis mon enfance une kyrielle de sobriquets, parmi lesquels Poil de Carotte ou Queue de Vache n'étaient pas mes préférés. Autant dire que je n'en ai jamais apprécié aucun.

L'obsession de ma mère pour les apparences m'ayant toujours inspiré du mépris, je m'étais entraînée à ne pas céder à la vanité. En réalité, j'y suis sans doute aussi sujette qu'elle car je sais que, au fond, chacun ou presque attache une grande importance à sa présentation, à son allure et à l'impression qu'il donne aux autres.

Après ma douche, j'ai enfilé un tee-shirt et un short blancs et je me suis regardée dans la glace avec une grimace de dépit. Hier, j'étais restée trop longtemps au soleil dans le jardin et mes maudites taches de rousseur proliféraient comme à plaisir. Des mèches rebelles frisottaient sur mes tempes et autour de mes oreilles. Avec un soupir excédé, je les ai tant bien que mal aplaties avec de l'eau, en déplorant pour la millième fois de ne pas être une blonde éthérée au teint de lis et de roses.

Car je ne me suis jamais habituée au rouge de mes cheveux, au vert trop vert de mes yeux. Je les ai hérités de mon père à qui, de ce point de vue-là du moins, je ressemble un peu trop pour mon goût. Sa chevelure, naguère aussi flamboyante que la mienne, tire maintenant sur le cendré et ses yeux ne sont plus d'un vert pomme aussi cru. Vieillir, me dis-je parfois, offre des avantages. Je tente donc de me convaincre qu'avec un peu de chance je finirai peut-être à soixante-dix ans par ressembler à la merveilleuse Katharine Hepburn. Mais quelle femme au monde, qu'elle soit rouquine ou non, ne rêverait pas d'avoir autant de classe et de distinction ?

Mes cheveux enfin disciplinés, je les ai noués en queue-de-cheval avec un élastique et un ruban blanc et je suis descendue à mon petit bureau, qui donne sur le potager derrière la maison. Là, j'ai décroché le téléphone et composé le numéro de notre appartement de New York. Ma belle-mère a répondu à la troisième sonnerie.

— Diana ? C'est moi, Mallory.

— Bonjour, ma chérie. Quel temps avez-vous, là-bas ? En ville, il fait une chaleur épouvantable.

— Ce n'est pas mieux ici. Nous ne survivrions pas sans la climatisation. Comment se comportent mes monstres ?

— Ils sont adorables ! Si vous saviez comme je suis heureuse de les avoir quelques jours pour moi toute seule. C'est trop gentil à vous, Mallory, de me donner ainsi une chance de mieux connaître mes petits-enfants.

— Ils vous adorent, Diana, ils sont si heureux d'être avec vous. Qu'allez-vous faire d'eux aujourd'hui ?

— Après le petit déjeuner, je les emmène au Muséum d'histoire naturelle — vous connaissez leur passion pour les dinosaures ! Nous reviendrons déjeuner au frais à l'appartement et, après leur sieste, je leur ai promis d'aller chez F.A.O. Schwarz, le grand magasin de jouets.

— Ne les gâtez surtout pas, Diana ! Les grand-mères affectueuses sont connues pour leurs dépenses excessives...

Diana pouffait de rire quand j'entendis à l'arrière-plan ma fille fondre soudain en larmes en criant :

— Mamie ! Mamie ! Jamie a cassé le bocal ! Mon poisson rouge est tombé sur la moquette, il va mourir ! ajouta-t-elle dans un dramatique crescendo de sanglots.

— Je ne l'ai pas fait exprès ! protesta Jamie.

— Mon Dieu, quelle histoire ! murmura ma belle-mère. Attendez un instant, Mallory, le pauvre poisson est en effet en train de suffoquer. Le temps d'attraper un verre ou un bol d'eau pour le mettre dedans et je suis à vous.

Elle posa le combiné et je tendis l'oreille pour écouter la voix de mes enfants.

— Excuse-moi, Lissa, répétait Jamie d'un ton plaintif.

— Ta mère est au téléphone, Lissa, va lui parler, fit la voix de Diana. Va vite lui dire bonjour, ma chérie.

Un instant plus tard, j'entendais dans l'écouteur Lissa qui gémissait en reniflant ses larmes.

— Maman, Jamie a tué mon pauvre petit poisson rouge...

— Non, je ne l'ai pas tué ! protesta bruyamment Jamie.

— Ne pleure pas, ma chérie, ai-je dit à Lissa. Ton poisson rouge n'est sûrement pas mort, Mamie a déjà dû le remettre dans l'eau. Comment le bocal s'est-il cassé ?

— Jamie tapait dessus avec une cuiller, l'eau a coulé par terre et mon poisson avec ! expliqua Lissa, indignée.

— Je suis sûre que Jamie ne l'a pas fait exprès. Le bocal était peut-être fissuré.

— Si, il l'a fait exprès ! Il est méchant, il voulait faire peur au poisson en tapant très fort !

— Je t'ai déjà demandé pardon plus de dix fois ! criait Jamie à l'arrière-plan.

J'entendis les pas de Diana se rapprocher. Sa voix revint dans l'écouteur.

— Le bocal était en effet fissuré, me dit-elle. Quant au poisson, je l'ai mis dans un grand saladier, il est plus frétillant que jamais. J'achèterai un nouveau bocal.

— Inutile, Diana. Dans le placard où je range les vases, il y a un vieil aquarium qui fera parfaitement l'affaire.

— Merci du renseignement. Jamie veut vous parler, je vous le passe.

— Je ne l'ai pas fait exprès, maman ! dit la voix de mon fils. Je te jure que c'est vrai !

— Si, tu l'as fait exprès ! cria Lissa derrière lui.

— Je te crois, mon chéri, ai-je répondu à Jamie.

Mais sois gentil, demande encore pardon à Lissa, faites la paix et embrasse-la. D'accord ?

Cette fois, ce fut son tour de pleurer.

— Bon, d'accord, maman, dit-il en reniflant.

— Je t'aime, mon chéri, ai-je dit pour le consoler.

— Moi aussi, maman.

Sur quoi il reposa le combiné et partit en courant.

— Jamie, reviens ! ai-je crié. Demande à Mamie de reprendre l'appareil !

J'eus beau le répéter plusieurs fois, mon appel resta sans effet. Le silence retombait, et j'étais sur le point de raccrocher quand Diana revint en ligne.

— La paix règne à nouveau, me dit-elle en pouffant de rire. Seigneur ! Je crois que j'ai parlé trop vite...

J'entendis en effet la porte d'entrée claquer et Trixy aboyer. Jenny revenait de promener la petite chienne.

— Allons, il est temps de faire déjeuner ma troupe et de préparer les jumeaux, soupira Diana. J'avais oublié à quel point des enfants de six ans peuvent être accaparants. Ou alors, je deviens trop vieille...

— Vous, vieille ? Jamais, Diana ! Mais il faut que je vous quitte, j'ai moi aussi des milliers de choses à faire aujourd'hui. Je vous rappellerai ce soir. Bonne journée !

— Soyez tranquille, nous nous amuserons comme des petits fous. Et ne vous tuez pas au travail, Mallory.

Après avoir raccroché, j'ai distraitement gardé la main posée sur le combiné en laissant mes pensées s'attarder sur ma belle-mère.

Diana était la plus douce, la plus généreuse, la plus aimante des femmes. J'ai souvent regretté qu'elle ne se soit pas remariée après la mort du père d'Andrew, Michael Keswick, terrassé par une crise cardiaque en 1968, à l'âge de quarante-sept ans, sans avoir été malade un seul jour de sa vie. Tous deux originaires du Yorkshire, Michael et Diana s'étaient établis à Londres à la fin de leurs études. Amis d'enfance, ils s'aimaient depuis toujours et s'étaient mariés jeunes. Andrew était né deux ans après. Les époux s'adoraient et menaient une vie conjugale idyllique, brutalement interrompue par la mort prématurée de Michael.

Au cours d'une de nos conversations à cœur ouvert, Diana m'avait dit avoir rencontré bon nombre d'hommes depuis son veuvage sans en trouver aucun qu'elle ait jugé digne de succéder à Michael. Une autre fois, elle m'avait confié préférer vivre seule plutôt que de devoir transiger.

— Je ne pourrais pas m'empêcher de juger cet homme en le comparant à Michael, ce qui serait injuste pour lui, le pauvre. En vivant seule, je ne dépends de personne, je fais ce que je veux quand je veux. Je peux venir vous voir à New York si l'envie m'en prend, travailler tard tous les soirs s'il le faut, aller passer huit jours dans le Yorkshire si cela me chante ou filer en France acheter de la marchandise sans demander l'avis de personne. L'indépendance a peut-être ses inconvénients, Mallory, mais elle présente aussi d'immenses avantages. Je ne regrette rien, croyez-moi.

Je lui avais demandé ce jour-là si elle n'avait jamais aimé que Michael ou s'il lui était arrivé de tomber de nouveau amoureuse. Intriguée par sa réponse évasive et son soudain embarras, j'avais insisté et, après une hésitation marquée, elle s'était finalement décidée à répondre, avec cette franchise que j'apprécie tant chez elle :

— Le seul homme qui m'ait attirée et pour lequel j'aie jamais éprouvé un réel intérêt n'est pas libre. Il vit séparé de sa femme depuis des années mais n'a jamais divorcé, Dieu sait pourquoi. Cette situation fausse me déplaît, en ce sens que je serais incapable de nouer des rapports solides et sincères avec un homme légalement lié à une autre femme, même s'il ne partage plus sa vie. En fait, ce serait pour moi une situation intenable parce qu'elle ne déboucherait sur aucun avenir viable. Comme je vous l'ai déjà dit, Mal, poursuivit-elle en se redressant, je préfère de beaucoup vivre seule. Et, quoi que vous en pensiez, je suis heureuse ainsi. Au moins, je suis en paix avec moi-même.

Malgré tout, m'étais-je souvent dit depuis, Diana devait connaître des moments de solitude et de tristesse.

Andrew, en revanche, n'était pas du même avis.

— Ma mère, souffrir de la solitude ? s'était-il exclamé la première fois que je m'étais hasardée à lui en parler. Jamais de la vie, voyons ! Elle est plus débordante d'activité qu'une centrale électrique. Elle se lève tous les jours à l'aube, elle est à sa boutique dès six heures du matin. Et quand elle ne mène pas son personnel à la baguette ou ne vérifie pas pour la énième fois l'inventaire de ses chères antiquités, elle saute dans un avion et file à Paris acheter des meubles. Elle invite constamment ses meilleurs clients à dîner, elle vient ici nous dorloter et je ne parle même pas de ses expéditions dans le Yorkshire pour s'assurer que la vieille demeure ancestrale tient toujours debout. Ma mère, solitaire ? Allons donc ! S'il y a au monde une seule personne qui n'ait jamais connu la signification du mot solitude, avait-il conclu, c'est bien elle.

Je m'étais abstenue de rétorquer à Andrew que Diana ne s'imposait peut-être une telle débauche d'activités que comme dérivatif à sa solitude. Mais après tout, il était son fils unique et la connaissait sans doute mieux que quiconque. Pourtant, j'étais sûre d'observer de temps à autre une expression mélancolique assombrir les traits de Diana, un nuage de tristesse voiler son regard. Qu'est-ce qui la chagrinait ainsi, le souvenir de Michael ou le regret que cet autre amour reste inaccessible ? Je l'ignorais et je n'avais jamais eu l'audace d'aborder le sujet avec elle.

La porte s'ouvrant soudain avec fracas me fit sursauter. Nora traversa la pièce en deux enjambées et se laissa tomber sur une chaise en face de moi.

— Désolée d'être en retard, Mal. Quelle chaleur, aujourd'hui ! s'exclama-t-elle en s'éventant de la main.

Je ne cesserai jamais de m'étonner qu'une personne aussi menue puisse faire autant de bruit.

— Vous aurais-je fait peur en entrant ? reprit-elle en remarquant ma mine effarée.

— Oui, mais j'étais loin. Je rêvassais...

— Vous, rêvasser ? s'étonna-t-elle avec un rire incrédule. Vous êtes bien incapable de perdre votre temps, je ne vous ai jamais vue rester tranquille.

J'ai jugé plus sage de ne pas la contredire.

— Que diriez-vous d'un grand verre de thé glacé avant de nous attaquer au ménage ? lui ai-je demandé en me levant.

Elle se leva d'un bond et me précéda vers la porte en courant presque.

— Bonne idée. Ah ! J'oubliais de vous dire, je n'ai pas fait les courses en venant. Il vaut mieux attendre la dernière minute pour acheter les fruits et les légumes, ils seront plus frais pour le barbecue de lundi.

— Vous avez raison. Au fait, viendrez-vous, avec Eric ? Vous ne m'avez toujours pas répondu.

Tout en trottant le long de la galerie, elle me lança sans ralentir un regard par-dessus son épaule.

— Cela nous fera grand plaisir, Mal. Merci mille fois, vous êtes gentille de penser à nous inviter.

— C'est la moindre des choses, voyons. Eric et vous faites partie de la famille.

A son sourire heureux, je compris que j'avais eu raison d'insister.

Toujours sous pression, Nora Matthews était un petit bout de femme d'une quarantaine d'années avec du vif-argent dans les veines, des cheveux prématurément gris, un visage intelligent et gai et des yeux gris au regard perçant. Elle était mon assistante ménagère depuis notre installation ici, dix-huit mois auparavant. Son mari Eric, employé chez le marchand de bois du pays, venait les week-ends nous faire des travaux de menuiserie et autres bricolages. Mariés depuis une vingtaine d'années, sans enfants, ils vouaient l'un et l'autre une véritable adoration aux jumeaux.

Vraie Yankee aux pieds solidement plantés sur terre, Nora s'était d'elle-même intitulée mon assistante et avait décrété que nous nous appellerions par nos prénoms, comme cela se pratique à la campagne. J'avais d'autant moins objecté que, depuis le premier jour, Nora m'était devenue indispensable. Je ne sais pas ce que j'aurais fait sans elle.

— D'après les prévisions de la météo, annonça-t-elle en remplissant nos verres, lundi sera encore plus étouffant qu'aujourd'hui. Il faudra s'habiller légèrement.

— La barbe ! me suis-je écriée, navrée. Et moi qui comptais étrenner ma nouvelle robe de cocktail !

Nora me dévisagea en fronçant les sourcils.

— Non, rassurez-vous, Nora, ai-je repris en riant, je m'habillerai exactement comme aujourd'hui. D'ailleurs, vous savez bien que c'est mon uniforme d'été.

Elle bougonna quelques mots, je craignis de l'avoir vexée mais son sourire me rassura aussitôt.

— Allons, enchaîna-t-elle, ne traînons pas si nous voulons finir à temps. On commence par les lits ?

— Bien sûr, toujours le plus dur au début.

Sur quoi, j'ai vidé mon verre et j'ai dû la suivre en courant pour ne pas me laisser distancer.

4

Quatre heures plus tard, munie d'un sandwich et d'un Coca, je suis allée m'asseoir à l'ombre d'un érable sur le parapet de la terrasse. Je mourais de faim, moins de m'être levée à l'aube que d'avoir refait tous les lits avec Nora et nettoyé à fond les chambres et les salles de bains. L'exercice m'avait creusé l'appétit et je devais reprendre des forces avant le ménage du rez-de-chaussée, prévu pour l'après-midi.

J'étais si fière d'Indian Meadows, que j'aimais garder la maison impeccable. Diana me disait parfois que j'aurais dû être décoratrice car je possède, d'après elle, le don de disposer les objets et de choisir les coloris pour créer des décors originaux et attrayants. Ce métier ne me conviendrait pourtant pas le moins du monde ; je n'éprouverais aucun plaisir à me plier aux désirs des clients, comme Diana qui achète des meubles, des bibelots ou des tableaux pour le compte des siens. Au contraire, je me sentirais frustrée de devoir plaire à d'autres gens ou tenter de les convaincre que mon goût est meilleur que le leur. De même que j'ai toujours peint pour mon plaisir, créer un cadre de vie agréable pour Andrew et notre famille avait été pour moi une grande source de satisfaction.

Nora ne pique-niquait jamais dehors avec moi quand il faisait chaud, elle préférait déjeuner au frais à l'intérieur. Il faut bien dire qu'elle avait raison ; la température ce jour-là était accablante. Tel un énorme disque de feu, le soleil trouait l'étoffe du ciel dont le bleu uniforme semblait vibrer avec une intensité qui me faisait mal aux yeux.

Les larges pierres plates sur lesquelles j'étais assise couronnaient le mur de soutènement de la terrasse, construit il y a très longtemps par un artisan local. Dans le Yorkshire, par exemple, la maçonnerie en pierres sèches remonte à la plus haute antiquité. Les pierres doivent être sélectionnées, taillées et équilibrées avec soin, de manière à s'ajuster les unes aux autres et à rester calées sans l'aide d'un mortier. Si certains vieux maçons savent encore pratiquer cet art, car c'en est un, il est en voie de disparition, là-bas comme ici. C'est d'autant plus regrettable que ces vieux murs sont beaux et pleins de caractère.

J'étais particulièrement attachée à celui-ci parce qu'il abritait, à son pied et dans ses interstices, toute une population de petits animaux. Je savais qu'un couple d'écureuils y avait élu domicile, ainsi qu'un lapin et un serpent noir. Je connaissais bien les écureuils, je rencontrais le lapin de temps en temps mais je n'avais jamais vu le serpent, dont j'ignorais l'espèce. Anna, notre jardinière, affirmait toutefois qu'il existait et les jumeaux prétendaient entretenir avec lui des relations suivies, du moins me l'affirmaient-ils.

Depuis mon plus jeune âge, mon amour de la nature et des créatures qui y vivent en liberté ne s'est jamais démenti. Aussi me suis-je toujours efforcée d'encourager Jamie et Lissa à respecter tous les êtres vivants, les animaux, les oiseaux et jusqu'aux insectes qui peuplent Indian Meadows.

Inconsciemment, le plus souvent sans même comprendre ce qu'ils font, certains enfants font preuve d'une terrible cruauté. J'enrage d'en voir torturer de petits animaux sans défense, arracher les ailes d'un papillon, écraser à coups de pied des vers de terre ou des escargots, jeter des pierres aux oiseaux. Bien avant la naissance des jumeaux, j'avais déjà décidé qu'aucun de mes futurs enfants ne ferait jamais sous aucun prétexte souffrir un être vivant.

Voulant leur rendre la nature plus proche et plus accessible, j'avais inventé des histoires sur nos petits amis qui résidaient dans les anfractuosités du mur. C'est ainsi que je racontais à mes jumeaux les aventures d'Algernon, le timide serpent noir qui raffolait des cerises enrobées de chocolat et rêvait d'acheter une confiserie ; celles de Henry et Tabitha, les époux écureuils sans enfants qui souhaitaient adopter des bébés écureuils, sans oublier Angelica, la jeune lapine (Dieu sait pourquoi je l'avais décrétée de sexe féminin !), qui avait pour seule ambition de devenir la vedette de la grande parade de Pâques sur la Cinquième Avenue. Jamie et Lissa ne se lassaient pas de mes histoires et me les redemandaient si souvent que je devais en inventer constamment de nouvelles — ce qui, on s'en doute, mettait mon imagination à rude épreuve.

L'idée m'effleurait depuis quelque temps de coucher ces histoires sur le papier et de les illustrer par des dessins. Si je me décidais, en tout cas, ce ne serait pas dans l'idée de les publier mais pour le plaisir exclusif de Jamie et Lissa. Plus j'y pensais, d'ailleurs, plus l'idée me plaisait. Quelle bonne surprise pour les jumeaux de découvrir sous le prochain arbre de Noël un livre d'images fait exprès pour chacun d'eux ! Allons, me suis-je reprise, il est ridicule de penser à Noël en plein été et par cette chaleur écrasante. Pourtant, l'été serait vite envolé, je le savais. Le 4 Juillet sera à peine célébré que Thanksgiving pointera à l'horizon et Noël arrivera juste après. Le temps passe trop vite...

Nous avions prévu cette année d'aller fêter Noël en Angleterre, chez Diana, dans le Yorkshire. Andrew et moi nous en réjouissions d'avance et les enfants ne se sentaient pas de joie, car ils espéraient qu'il neigerait et que leur père leur ferait faire de la luge. Il leur avait promis de les emmener sur toutes les pentes qu'il dévalait quand il était enfant et même de leur apprendre à patiner, si la couche de glace sur l'étang de Diana était assez épaisse.

Dix minutes plus tard, je rêvais encore à nos vacances de Noël quand Nora me héla du pas de la porte :

— Sarah vous demande au téléphone ! cria-t-elle avant de disparaître en hâte à l'intérieur pour fuir la chaleur.

Je suis rentrée m'affaler sur un fauteuil du salon en décrochant l'appareil posé à côté sur un guéridon.

— Bonjour, Sarah ! Alors, quand arrives-tu ?

— Je ne crois pas que je viendrai.

Connaissant Sarah Elizabeth Thomas aussi bien, sinon mieux que moi-même, je n'eus pas de mal à comprendre au ton de sa voix que quelque chose clochait.

— Pourquoi ? Qu'est-ce qui ne va pas ?

Sarah et moi sommes amies depuis toujours. Nos mères, amies elles aussi, nous promenaient ensemble dans nos landaus. Nous avons fait toutes nos études ensemble du jardin d'enfants jusqu'à Radcliffe et sommes restées inséparables.

— Eh bien, parle ! Que se passe-t-il ? ai-je répété.

— C'est à cause de Tommy. Nous nous sommes disputés hier soir, pire que jamais, et il vient de m'informer — par téléphone, s'il te plaît ! — que c'était fini entre nous. Il ne veut plus jamais me voir et il part pour Los Angeles cet après-midi. En un mot, Mal, il me plaque ! Moi, *plaquée* ! Tu te rends compte ? C'est la première fois que ça m'arrive !

— Je sais, c'est toujours toi qui plaquais tes bons amis, ai-je dit en me retenant de justesse de pouffer de rire. Je suis désolée que tu aies de la peine, je sais que tu tenais à Tommy. Pourtant...

— Inutile de continuer ! me coupa-t-elle. Il ne t'a jamais plu, tu t'es toujours méfiée de lui et je constate maintenant que tu avais raison — comme d'habitude. Comment fais-tu pour connaître les hommes mieux que moi ? Non, je t'en prie, ne te donne pas la peine de répondre ! Ecoute, savoir que Tommy est un salaud n'arrange rien en ce qui me concerne. Je... je l'aimais bien, en un sens...

Elle s'interrompit et je compris qu'elle était sur le point de fondre en larmes.

— Allons, ne pleure pas, Sash, ce n'est pas si grave ! ai-je tenté de la réconforter en lui donnant le diminutif de notre enfance. Tommy Preston ne mérite pas une larme. Ce n'est pas une consolation, je sais, mais il était fatal que vous rompiez tôt ou tard — et mieux vaut plus tôt que trop tard, crois-moi. Pense à la situation où tu te retrouverais si tu l'avais épousé.

— Il me l'a pourtant demandé. Au moins six fois.

— Tu m'en as déjà parlé — et même bien plus de six fois, ai-je ajouté. Heureusement que tu as eu assez de bon sens pour ne pas plonger la tête la première. Mais pourquoi ne veux-tu plus venir pour le week-end ? Je ne te comprends pas, cela n'a rien à voir.

— Voyons, Mal, je ne peux pas venir seule ! Je serais la cinquième roue du carrosse.

— Ne dis pas de bêtises, je t'en prie ! Tu seras avec moi, ta meilleure amie, avec Andrew, qui t'aime comme une sœur, avec tes filleuls qui te vénèrent et avec Diana pour qui tu es ce qu'il y a de plus merveilleux au monde depuis la découverte du thé de Chine !

— Toi, tu crois toujours arriver à tes fins par la flatterie et tu en abuses ! répondit-elle d'un ton nettement moins lugubre. Je préfère quand même rester à Manhattan lécher mes plaies dans la solitude.

— Il n'en est pas question ! me suis-je écriée. Je te connais, tu en profiterais pour te gaver de glaces et de toutes ces horreurs pleines de calories sur lesquelles tu te précipites au moindre prétexte ! Rappelle-toi l'effort qu'il t'a fallu pour perdre dix malheureuses livres. En plus, il fera une chaleur intenable à Manhattan. Nora m'a dit que la météo annonce plus de quarante degrés à l'ombre.

— Les prévisions météo de ta chère Nora me laissent plutôt sceptique, Mal.

— Tu as tort, j'ai vu les mêmes tout à l'heure à la télévision. Il fera beaucoup plus frais à la campagne, voyons ! Sans parler de la piscine et des coins d'ombre du jardin. Tu es ici chez toi, tu le sais très bien.

— Tu auras beau prêcher, je préfère encore la chaleur torride des trottoirs de Manhattan et la solitude étouffante de mon appartement. Je pourrai au moins me vautrer dans mon chagrin et sangloter à mon aise sur mon grand amour perdu, conclut-elle d'un ton mélodramatique.

Si son tempérament de comédienne reprenait le dessus, elle n'avait pas le cœur aussi brisé que je l'avais d'abord cru. Soulagée, je ne pus m'empêcher de pouffer de rire.

— Je t'interdis de me rire au nez, Mallory ! s'exclama-t-elle avec indignation. Je suis accablée de douleur, comprends-tu ? *Ac-ca-blée !* Malheureuse comme les pierres...

— N'en rajoute pas, de grâce ! l'ai-je interrompue en riant de plus belle. Ton cœur n'est pas plus brisé que le mien, c'est ton amour-propre qui est blessé à mort. Et ce n'est pas tout : je te parie ce que tu veux que cet affreux petit sournois a toujours eu l'intention d'aller passer le week-end du 4 Juillet sur la côte ouest avec sa famille. Tu m'as toi-même dit qu'il idolâtrait sa mère, ne pouvait pas se passer de ses sœurs et se lamentait sans arrêt qu'elles soient allées s'installer en Californie. Vrai ou faux ?

— Hmm...

Il y eut un silence. Je l'entendais presque ruminer mes accusations.

— Je n'y avais pas pensé, je l'avoue, reprit-elle pensivement. Pourtant, Mal, notre dispute d'hier...

— Machinée de A à Z ! ai-je dit en m'échauffant. Ce n'était qu'un mauvais prétexte, il faut être aveugle et sourde pour ne pas l'avoir tout de suite compris !

Je n'avais jamais aimé Thomas Preston III. Typique représentant d'une certaine haute bourgeoisie protestante de la Nouvelle-Angleterre, il était aussi avare de son argent que de ses sentiments et beaucoup plus snob qu'intelligent. Il ne devait le titre ronflant de vice-président d'une grande banque d'affaires qu'au fait que le nom de sa famille figurait dans la raison sociale et qu'un de ses oncles dirigeait l'établissement. Belle, bourrée de cœur, de talent et de générosité, ma chère Sarah méritait mille fois, un million de fois mieux que ce prétentieux de Tommy Preston, ce gringalet encore fourré à son âge dans les jupes de sa mère et indigne de compter parmi les hommes ! En plus, il n'était même pas beau garçon ! A la rigueur, j'aurais pardonné à Sarah de s'amouracher d'un adonis sans cervelle, mais là...

Je suffoquais d'indignation au point que je dus reprendre haleine avant de pouvoir parler.

— Alors, quand arrives-tu ? ai-je demandé d'un ton sans réplique. Ce soir ou demain ?

— C'est-à-dire que... ce soir, j'avais déjà prévu d'inviter une de mes acheteuses à dîner. Ça ira si je n'arrive que demain dans la journée ?

— Evidemment, voyons ! Viens quand tu veux mais viens, nous comptons tous sur toi. Notre fête nationale ne serait pas une fête sans toi, ma chérie.

5

Après le départ de Nora, je suis passée dans chaque pièce vérifier si tout était en ordre — et aussi, je l'avoue, parce que j'aimais tant notre maison que je ne me lassais pas de l'admirer. Elle me parut ce soir-là plus belle et plus accueillante que jamais. Les meubles anciens, que j'avais moi-même cirés avec amour cet après-midi, luisaient dans la douce lumière du jour déclinant ; les vases de fleurs qui embaumaient l'atmosphère posaient des touches de couleur sur les murs clairs. Il ne manquait pour animer la maison que les voix et les rires de ma famille, mais je savais qu'ils seraient tous là le lendemain matin. A son retour de Chicago, Andrew devait passer la nuit à New York, d'où il comptait partir de bonne heure en voiture avec Diana et les jumeaux. J'avais hâte maintenant de les voir arriver.

Satisfaite de mon inspection, je suis montée prendre une douche et me changer. J'avais l'intention de me préparer un dîner léger et de me coucher tôt mais, pour le moment, je pensais surtout à me délasser de ma longue journée de travail.

Dès l'achat de la maison, je m'étais approprié une longue pièce basse de plafond qui communiquait avec notre chambre. Sa forme et ses proportions étaient si biscornues que je me demande encore à quoi elle servait ; en tout cas, son étrangeté m'avait séduite au point que je l'avais transformée en un confortable boudoir dont j'avais fait ma tour d'ivoire. Une peinture uniformément blanc cassé en atténuait les irrégularités ; une bibliothèque couvrait un mur, quelques-unes de mes aquarelles décoraient les autres ; le portrait des jumeaux, que j'avais peint à l'huile deux ans auparavant, était accroché au-dessus du canapé et celui d'Andrew trônait à la place d'honneur au-dessus de la cheminée. Tant que j'étais ici, mon mari et mes enfants me tenaient compagnie en me souriant du haut de leurs cadres dorés. Les meubles simples et sobres, la moquette et les rideaux dans des tons vert pâle créaient une ambiance reposante. C'était une pièce pleine de charme où j'aimais me retirer pour lire et réfléchir en paix, écouter de la musique ou regarder la télévision.

Après un rapide coup de téléphone à New York pour prendre des nouvelles de Diana et souhaiter bonne nuit aux enfants, je me suis allongée sur le canapé avec *Chéri*, de Colette, que je relisais depuis quelques jours. J'avais toujours beaucoup aimé ce merveilleux auteur, dont je redécouvrais avec autant de plaisir que la première fois la richesse de style et la finesse d'observation psychologique.

J'en avais lu à peine deux pages quand j'entendis avec étonnement un moteur de voiture. Avec un coup d'œil à la pendule de la cheminée, je me suis levée pour aller regarder par la fenêtre en me demandant qui pouvait bien venir à pareille heure, surtout sans avoir prévenu.

Le soleil était couché mais il faisait encore assez clair pour que je voie Andrew descendre de voiture, sa valise à la main. Stupéfaite, j'ai dévalé l'escalier au risque de me casser le cou et déboulé dans la galerie au moment où il y entrait.

— Tu arrives directement de l'aéroport ? me suis-je exclamée sans dissimuler ma surprise.

— Eh bien, oui, comme tu le constates.

Nous nous sommes dévisagés un instant. Si j'avais encore eu des craintes sur les conséquences de notre stupide querelle, son expression affectueuse et son sourire amusé auraient suffi à les dissiper.

— Mais... comment ta mère et les enfants vont-ils venir demain ? n'ai-je pu me retenir de lui demander.

— J'ai commandé une voiture et un chauffeur pour les chercher de bonne heure. J'avais grande envie, vois-tu, de passer enfin une soirée seul avec ma femme, répondit-il en me tendant les bras.

— Oh, mon chéri ! Comme je suis heureuse...

Je me suis jetée dans ses bras et nous sommes restés enlacés un long moment, sans mot dire.

— Pardonne-moi ma scène idiote, ai-je enfin dit à voix basse. Cela m'est complètement égal que Jack Underwood amène sa petite amie ce week-end chez nous. Elle me déplaît, c'est vrai, je la trouve vulgaire, mais...

— Peu importe, Mal. De toute façon, Jack ne pourra pas venir, il a dû partir d'urgence pour Paris et Gina ne viendra pas sans lui. Je suis désolé que nous nous soyons disputés pour une telle bêtise. J'étais énervé et j'ai eu tort de m'emporter. Je te demande pardon.

— Non, c'était ma faute ! ai-je protesté.

— Pas du tout, la mienne !

Nous nous sommes regardés en éclatant de rire et nous avons scellé d'un baiser notre réconciliation.

— Je meurs de soif, dit Andrew en me prenant par le bras. Allons boire quelque chose.

— Bonne idée.

Nous sommes partis bras dessus bras dessous jusqu'à la cuisine. Je me serrais contre lui, le cœur battant de joie à la perspective de passer, pour une fois, une nuit seule avec mon mari bien-aimé.

Tandis qu'il ôtait sa veste et sa cravate, j'ai préparé deux grands verres de vodka tonic, je lui en ai tendu un et nous avons trinqué en souriant.

— Si nous allions nous asseoir sur la terrasse ? dit-il en m'effleurant la joue d'un baiser.

— Il fait encore bien chaud...

— Mais le jardin est si beau à cette heure-ci. Entre chien et loup, disait ma grand-mère qui aimait particulièrement les longs crépuscules du Nord. Sais-tu qu'elle était originaire de Glasgow ? Elle n'avait jamais oublié son pays natal et m'en racontait souvent les légendes.

— Je sais, mon chéri, tu m'as souvent parlé de ton ascendance écossaise.

— Désolé, je radote, dit-il en souriant.

— Pas du tout ! J'adore tes souvenirs de famille.

Installés sous le parasol de la table ronde où nous prenions nos repas en été, nous avons bu quelques gorgées dans le silence complice des couples qui s'aiment et n'ont pas besoin de paroles pour exprimer leur bonheur d'être ensemble. Andrew et moi étions à ce point sur la même longueur d'onde qu'il arrivait fréquemment à l'un de dire ce que l'autre pensait quelques secondes plus tôt. Ce phénomène de télépathie m'a toujours émerveillée.

Il ne faisait pas aussi étouffant que je le craignais. L'air était tiède, une brise légère agitait les feuilles des arbres, tout était paisible. Depuis le mur de la terrasse, la pelouse se déroulait en pente douce jusqu'au petit bois au-delà duquel s'étendait l'étang, lisse comme un miroir. Dominant le bouquet d'arbres et les eaux calmes, on voyait les collines couvertes de forêts. Leur vert était si soutenu qu'il paraissait presque noir sous le bleu délavé du ciel crépusculaire, zébré de traînées roses, mauves, safran et écarlates, qui virait au gris sombre sur l'horizon.

Andrew s'étira avec un soupir de contentement.

— Que c'est bon d'être ici, Mallory ! Je brûlais d'impatience de retrouver la maison — et toi.

— Je suis si heureuse que tu sois là, mon chéri.

Il me prit la main, la serra avec tendresse. Le silence retomba, comme pour nous unir plus étroitement.

— Je ne t'ai pas encore dit, ai-je repris au bout d'un instant. Sarah a enfin rompu avec le roi des snobs.

— Le titre lui convient à merveille, dit Andrew en riant. J'étais au courant.

— Comment cela ?

— C'est Sarah qui me l'a appris.

— Quand donc ? ai-je demandé, stupéfaite.

— Tout à l'heure. Avant de quitter Chicago, je l'ai appelée de l'aéroport pour lui demander de ne pas venir ici ce soir, en expliquant que je voulais t'avoir pour moi seul au moins une soirée. Elle m'a répondu qu'elle comptait ne pas venir du tout parce qu'elle était bouleversée d'avoir rompu avec Tommy Preston ce matin même. Malheureusement, je n'ai pas réussi à lui faire changer d'avis.

— Eh bien moi, si. Elle viendra demain.

— Tant mieux. Franchement, je n'ai jamais jugé ce prétentieux imbécile digne d'elle et je suis ravi qu'il l'ait enfin quittée.

— Moi aussi. Je voudrais tant que Sarah rencontre enfin quelqu'un de bien, un homme qu'elle aime sans arrière-pensée, avec qui elle puisse se marier, avoir des enfants. Si seulement nous en connaissions un à lui présenter !

— Je ne vois pas qui, hélas ! puisque je ne suis plus libre... Mais crois-tu vraiment qu'elle ait envie de se marier ? Au fond, je la crois heureuse comme elle est. Elle aime son métier, elle poursuit une brillante carrière. Directrice artistique des grands magasins Bergman's, ce n'est pas rien.

— C'est vrai. Pourtant, tu ne m'enlèveras pas de la tête que la solitude lui pèse par moments et qu'elle aspire, comme toutes les femmes, à une vie familiale normale.

— Peut-être. Après tout, tu connais les femmes mieux que moi... Mais puisqu'il est question de carrière, poursuivit-il, je viens de recevoir une nouvelle proposition.

— De Gordon ? ai-je hasardé car je connaissais son admiration pour ce groupe de publicité.

— Non. Marcus & Williamson.

— Fantastique ! Que t'offrent-ils ?

— Un salaire impressionnant, mais leur générosité ne va pas jusqu'au partenariat.

— Quelle mesquinerie, tu es le meilleur de la profession ! Dois-je en déduire que tu as refusé ?

— Oui. L'argent seul ne suffirait pas à me motiver. Et puis, j'avoue que j'aurais des scrupules à lâcher BABS.

Je comprenais Andrew. Sa longue collaboration avec Blau, Ames, Braddock & Suskind avait fini par l'attacher sentimentalement à l'agence. Outre son statut d'associé, il y bénéficiait d'un salaire important et de nombreux avantages. Mais je savais aussi qu'il reprochait à l'agence de stagner et que, depuis bientôt un an, il s'y sentait de plus en plus insatisfait. Ayant toujours eu de l'ambition pour lui, je lui ai fait part de mes réflexions en énumérant les raisons pour lesquelles il devrait envisager de quitter l'agence — la moindre n'étant pas l'amertume croissante que lui inspirait l'immobilisme de Joe Braddock, le principal associé.

Il m'écouta avec attention, car il respectait mes opinions et savait que je ne parlais jamais à la légère.

— Tu as raison. Joe n'est pas un visionnaire en ce qui concerne l'avenir de l'agence, c'est le moins qu'on puisse dire. Depuis quelque temps, il semble même vouloir se réfugier dans le souvenir de ses triomphes passés. Il n'était pourtant pas ainsi quand j'ai débuté à l'agence il y a douze ans. Il vieillit, sans doute... Je vais lui parler des propositions que j'ai reçues depuis un an. Si cela ne fait pas de bien, cela ne pourra pas faire de mal.

— Sûrement pas, ai-je renchéri.

— En fait, j'espère que cela le secouera assez pour l'amener à partager enfin mes vues sur certains projets de développement. D'ailleurs, poursuivit-il en s'animant, Jack Underwood et Harvey Colton me demandent depuis un bon moment d'avoir une conversation sérieuse avec Joe. Ils le jugent plus que mûr pour la retraite et j'avoue que je suis de leur avis. D'un autre côté, Joe est le dernier survivant des quatre fondateurs et il jouit toujours dans la profession d'une réputation légendaire. Ce ne sera pas facile.

— Parle-lui, Andrew, l'ai-je encouragé en lui serrant la main. Moi aussi, j'attends depuis longtemps que tu prennes cette décision. Tout se passera bien, tu verras. Et maintenant, veux-tu boire encore un verre ou préfères-tu dîner ?

— Dînons, je meurs de faim ! Qu'y a-t-il au menu ?

— Je n'avais prévu pour moi que des spaghettis et une salade mais si tu veux autre chose, c'est facile...

— Non, non, ce sera parfait. Viens, je vais t'aider.

Le dîner terminé, nous finissions nos verres de vin quand Andrew m'a dit à brûle-pourpoint :

— Te souviens-tu de cette conversation avec ma

mère, quand elle t'avait parlé du seul homme vers lequel elle s'était sentie attirée depuis la mort de mon père ?

— Oui, bien sûr. Un homme séparé mais pas divorcé, donc tabou de son point de vue. Pourquoi m'en parles-tu maintenant ? me suis-je étonnée.

— Parce que je crois qu'il pourrait bien s'agir de ton père.

Je suis restée un moment muette de stupeur.

— C'est invraisemblable, Andrew ! me suis-je enfin exclamée. Qu'est-ce qui te fait croire une chose pareille ?

Je connaissais toutefois assez mon mari pour savoir qu'il n'était pas du genre à dire n'importe quoi, surtout s'il s'agissait de sa mère. J'attendis donc ses explications avec une vive curiosité.

— Mardi dernier, tu étais déjà sortie pendant que je me préparais à partir pour Chicago et j'ai demandé à ma mère si elle pouvait me changer un billet de cent dollars. Elle m'a dit d'aller dans sa chambre chercher son portefeuille dans son sac. Quand j'ai ouvert le sac, une enveloppe en est tombée et, en la ramassant, je n'ai pu faire autrement que de voir sur le rabat le nom de l'expéditeur : c'était celui de ton père avec une adresse à Jérusalem. Je me suis étonné qu'ils correspondent, ils se connaissent à peine, mais j'ai remis l'enveloppe dans le sac et je me suis abstenu d'en parler à ma mère. Qu'aurais-je pu lui dire, d'ailleurs ?

— C'est curieux, en effet, ai-je répondu, intriguée. Mais il y a peut-être une raison tout à fait anodine.

— Bien sûr, c'est même ce que je me suis d'abord dit. Pourtant, j'y ai repensé l'autre soir à Chicago et des tas de petits détails me sont revenus à la mémoire.

— Lesquels, par exemple ?

— Eh bien, pour commencer, Edward est toujours plein d'attentions pour elle, je dirais même de galanterie.

— Pas du tout, voyons ! Je le juge au contraire très distant envers Diana, presque froid.

— Uniquement lors des réunions de famille et en

présence de ta mère. A ces moments-là, on le sent même mal à l'aise. Tendu, manquant de naturel, comme s'il était gêné.

Je fixai des yeux le fond de mon verre en retournant ces propos dans ma tête mais je n'étais pas convaincue.

— Ecoute, Mal, reprit-il, souviens-toi des occasions où nous nous sommes retrouvés tous ensemble à Londres, avec Diana et lui. Eh bien, il n'était plus le même. Le changement était subtil, je l'admets, on ne le remarquait que si on le voulait bien, mais ton père changeait. Réfléchis un instant.

Je fis l'effort de me rappeler les quelques occasions où, par pur hasard semblait-il, mon père se disait appelé à Londres par ses activités d'archéologue alors que nous y étions nous-mêmes. A la lumière de ce que disait Andrew, le rapprochement devenait en effet troublant. S'agissait-il de simples coïncidences ou avaient-elles été soigneusement calculées pour provoquer ces retrouvailles familiales ? Plus j'y pensais, mieux je me souvenais en effet de l'empressement de mon père à nous accompagner dans le Yorkshire et plus les allégations d'Andrew devenaient plausibles. Dans ces cas-là, mon père se comportait en admirateur envers Diana qui, elle aussi, se montrait sous un jour différent.

Mais cette différence était elle aussi si subtile, pour reprendre le mot d'Andrew, que j'eus d'abord du mal à la cerner. Certes, Diana ne flirtait pas avec mon père ni ne lui manifestait ouvertement de l'affection. En sa présence, elle... comment dire ?... oui, elle rajeunissait ! C'était aussi simple que cela et si imperceptible à première vue que je n'en prenais conscience que maintenant.

— C'est vrai ! me suis-je écriée.

— Quoi donc ? demanda Andrew, déconcerté.

— Mon père n'est pas le seul à changer quand ils sont ensemble, Diana change elle aussi. Son comportement, son allure sont presque ceux d'une jeune fille. En un mot, elle rajeunit. Vrai ou faux ?

— Ma foi, tu as raison, Mal ! Ma mère paraît plus... insouciante au contact d'Edward. Rajeunir est bien le mot qui convient. C'est le même phénomène que j'observais chez lui et que je ne parvenais pas à définir tout à l'heure.

— A ton avis, pourraient-ils avoir une... liaison ? ai-je demandé pensivement.

Andrew pouffa de rire.

— Et pourquoi pas ? Franchement, je n'en sais rien, ajouta-t-il en reprenant son sérieux.

— Si c'était vrai, ma mère serait folle de rage.

— A quel titre ? Tes parents sont séparés depuis des années, ils ne peuvent plus se supporter !

— Je sais, mais elle a toujours été jalouse comme une tigresse — et je crois bien qu'elle l'est encore.

— Hmmm... Dans ce cas, ma mère n'a peut-être jamais eu de liaison avec ton père. Ce serait trop gênant.

— Je le crois aussi. Diana m'a dit qu'elle ne voyait plus cet homme parce qu'il était encore *légalement* lié à sa femme et que, pour elle, ce serait une situation intenable. Selon toute vraisemblance, il n'y a donc jamais rien eu entre eux. Il lui écrivait peut-être simplement pour donner de ses nouvelles. Entre beaux-parents, cela n'a rien d'anormal, après tout.

— Crois-tu ? Je ne te connaissais pas autant d'expérience sur les rapports entre beaux-parents.

— Comment veux-tu que je le sache ? ai-je répondu en riant de sa moue sceptique. Mais pour en revenir à ce que tu disais au début, je suis maintenant persuadée qu'il n'y a rien entre eux. Je le *saurais*, comprends-tu ? Je suis aussi proche de Diana que de mon père et mon instinct me trompe rarement quand il s'agit de personnes que j'aime.

Apparemment convaincu par mes arguments, Andrew se leva et commença à débarrasser la table. Mais pendant que je l'aidais à porter la vaisselle dans l'évier, je ne pouvais m'empêcher de penser à Diana et à mon père.

Et si Andrew avait quand même raison ? Je serais

sincèrement heureuse de savoir que ces deux personnes qui m'étaient si chères s'aimaient peut-être. Après tant d'années de solitude et de tristesse, nul au monde ne méritait plus qu'eux de retrouver un peu de bonheur.

6

Un croissant de lune brillait dans le ciel de velours bleu nuit, aucun nuage ne voilait les étoiles, une légère brise dissipait la chaleur de la journée. Heureux de profiter de cette nuit idéale, nous marchions en silence vers l'étang, la main dans la main, à travers la prairie en contrebas du jardin. Pendant qu'il m'aidait à ranger la cuisine, Andrew avait désiré voir les chevaux avant que nous allions nous coucher.

Nous avions aménagé en écurie pour nos chevaux et les poneys des enfants une des granges près du cottage d'Anna, notre merveilleuse jardinière qui avait su métamorphoser le fouillis végétal autour d'Indian Meadows en un vrai paradis terrestre. Son talent et son dévouement méritaient largement le salaire que nous lui versions ; de plus, nous la logions gratuitement au cottage en échange de ses soins aux chevaux et de leur surveillance. Son neveu Billy venait souvent en sortant de l'école l'aider à changer les litières et distribuer le fourrage. Excellente cavalière, elle montait avec plaisir quand nous ne pouvions sortir les chevaux nous-mêmes.

Ce que nous appelions le cottage était en réalité la plus petite des granges de la propriété. Nous l'avions rénovée l'année précédente en l'équipant d'une salle de bains et d'une cuisine, de sorte qu'Anna avait pu y emménager avec son labrador et sa chatte persane.

Anna était arrivée dans notre vie au bon moment, pour elle comme pour nous, car elle venait de rompre avec son ami et de quitter sa maison de Sharon. En attendant de se reloger, elle était hébergée par des amis dans leur ferme près du lac Wononpakook. Notre proposition de venir s'installer au cottage avait donc résolu à la fois son problème et le nôtre.

En nous approchant, je vis que ses fenêtres étaient éclairées ; mais comme elle ne sortait pas nous dire bonsoir et que nous avions pour principe de ne pas la déranger sans motif, nous sommes allés directement à l'écurie. Andrew entra dans chaque stalle, caressa Blue Boy et Highland Lassie, les poneys Pippa et Punchinella. Quelques minutes plus tard, nous reprenions le chemin de la maison.

Andrew n'avait pas beaucoup parlé en venant, il fut aussi taciturne au retour. Il paraissait préoccupé et je m'abstenais de le questionner. S'il avait en tête quelque chose dont il souhaitait me parler, je savais qu'il le ferait quand il le jugerait bon. Depuis le début de notre mariage, il partageait toujours tout avec moi, comme je partageais tout avec lui.

Diana m'avait dit une fois que, mieux que des époux, nous étions les meilleurs amis l'un pour l'autre. C'était vrai. Notre amour s'étendait à toutes nos activités. Sarah était ma plus vieille amie et la plus intime, Jack Underwood était très proche d'Andrew, mais mon mari et moi étions inséparables. A chaque fois que nous le pouvions, nous passions ensemble nos moments de loisir. Il n'était pas, comme tant d'autres, du genre à sortir de son côté pour boire et faire la fête entre hommes ou pratiquer quelque passe-temps dont je serais exclue. Andrew était à la fois un mari idéal, un merveilleux amant et un père exemplaire.

Tout en marchant, il me tenait par les épaules et me serrait contre lui. Il soupirait parfois de contentement, ou plutôt comme pour exprimer sa paix intérieure — la même que celle que j'éprouvais près de lui.

Une demi-heure plus tard, nous étions étendus côte à côte sur le lit. La climatisation maintenait une agréable fraîcheur dans notre chambre que la lune, par les rideaux ouverts, baignait d'une douce lueur argentée.

En appui sur un coude, Andrew écarta de mon visage une mèche de cheveux et me regarda dans les yeux.

— Tu m'as manqué, cette semaine, murmura-t-il.

— Moi aussi, mon amour, beaucoup. Je n'aime pas que nous nous disputions.

— N'y pensons plus. Ce n'était pas même une tempête, à peine un coup de vent dans un minuscule verre d'eau...

Pensif, il s'interrompit un instant.

— Je pense depuis tout à l'heure à quelque chose que je voudrais te dire, reprit-il d'un ton presque solennel. J'aimerais que nous ayons un autre enfant, Mallory. Et toi ?

— Oh, oui ! ai-je répondu, stupéfaite de l'entendre une fois de plus aborder un sujet auquel je ne cessais de penser moi-même ces derniers temps.

La spontanéité de ma réaction le fit sourire :

— Alors, mon amour, qu'attendons-nous ?

Depuis, le premier jour de notre mariage, notre désir mutuel n'avait rien perdu de son intensité, au contraire. Lentes d'abord, tendres, nos caresses se firent peu à peu plus exigeantes. Nous étions si bien accordés l'un à l'autre que notre passion ne cessa de croître pour culminer dans l'indicible explosion d'une extase partagée.

Nous sommes longtemps restés enlacés, blottis l'un contre l'autre. Alanguie d'une bienheureuse fatigue, je me laissais submerger par mon amour pour Andrew. Il était toute ma vie. J'étais la plus heureuse des femmes. La plus comblée.

— Je ne me rassasierai sans doute jamais de toi, Mal, me dit-il enfin à voix basse.

— Moi non plus, mon amour.

— Heureuse ?

— Au septième ciel, ai-je murmuré, mon visage

57

enfoui au creux de son épaule. Pour moi, tu seras toujours l'homme le plus parfait au monde.

— Heureusement, dit-il en pouffant de rire. Je ne voudrais surtout pas que tu cherches ailleurs.

— Me crois-tu bête à ce point ? Quand on a la chance d'avoir le meilleur, on le garde.

— Oh, Mallory, tu es si merveilleuse ! dit-il en me serrant plus fort contre sa poitrine. Le jour où nous nous sommes rencontrés restera le plus heureux de ma vie je me demande parfois ce que je ferais sans toi.

— La question ne se pose pas, voyons, puisque je ne te quitterai jamais. Nous serons ensemble tous les jours, tout au long de notre existence.

— Dieu merci ! Mais dis-moi, poursuivit-il, crois-tu que nous ayons réussi à faire un enfant ce soir ?

— Je l'espère bien...

Penchée vers lui, je lui ai pris le visage entre mes mains et j'ai posé mes lèvres sur les siennes en un long baiser où je fis passer tout l'amour dont je débordais.

— Et tant mieux si nous devions recommencer, ai-je repris en riant. Pense à toutes les merveilleuses soirées qui nous attendent !

7

Ma mère était à ne pas prendre avec des pincettes. Depuis le temps que je la côtoie, j'ai acquis un sixième sens pour deviner ses humeurs et celle de ce matin ne présageait rien de bon. Etait-ce son port de tête, la raideur de son maintien ? En tout cas, son langage corporel annonçait clairement des intentions belliqueuses. J'étais pourtant décidée à ne pas relever le gant, aujourd'hui moins que tout autre jour. Je tenais à ce que notre barbecue du 4 Juillet soit pour nous tous une fête dont aucun nuage ne devrait assombrir l'insouciance et la gaieté.

— Je me demande pourquoi tu organises ton barbecue d'aussi bonne heure, ronchonna-t-elle, le seuil à peine franchi. J'ai dû me lever aux aurores pour arriver à temps.

— Une heure de l'après-midi n'est pas si tôt que cela, Mère. Et rien ne vous obligeait à venir à cette heure-ci. Il est à peine dix heures et...

— Je voulais t'aider, m'interrompit-elle. Ne suis-je pas toujours là quand tu as besoin de moi, Mallory ?

— Oui, bien sûr, me suis-je hâtée de répondre.

Elle portait un sac de voyage que je lorgnai avec inquiétude. Nous nous étions téléphoné la veille et elle ne m'avait pas annoncé qu'elle comptait passer la nuit ici. Fasse le Ciel, me dis-je, qu'elle n'ait pas changé d'avis entre-temps !

— Qu'avez-vous dans ce sac ? me suis-je décidée à lui demander. Voulez-vous rester coucher ?

— Bien sûr que non ! s'exclama-t-elle comme si l'idée de dormir sous mon toit la scandalisait. J'ai simplement apporté de quoi me changer. Merci quand même de me le proposer mais ce soir j'ai un dîner en ville et je devrai même partir de bonne heure. Mon Dieu ! s'écria-t-elle en baissant les yeux vers son pantalon de gabardine noire. Ton chien va me couvrir de poils blancs !

Toujours débordante d'affection, Trixy lui sautait allègrement sur la jambe en signe de bienvenue. Réprimant tant bien que mal mon irritation, j'ai empoigné la coupable que j'ai prise dans mes bras.

— Les bichons frisés sont comme les caniches, Mère, ils ne perdent pas leurs poils.

— Comment veux-tu que je le sache ?

— Vous le savez depuis longtemps, ai-je répliqué, plus sèchement que je n'aurais voulu.

— Bien, reprit-elle comme si de rien n'était. Je vais à la cuisine préparer la salade de pommes de terre.

— Ne vous donnez pas cette peine, Diana s'en chargera.

— Grand Dieu, Mallory, tu ne vas pas demander à une Anglaise de préparer un plat typiquement *américain* pour une fête aussi *américaine* que celle de notre indépendance ! Une indépendance, je te le rappelle, arrachée aux Anglais...

— Inutile de me donner des leçons d'Histoire, Mère.

— La salade, c'est *moi* qui la ferai ! Au cas où tu l'aurais oublié, c'est une de mes spécialités.

Dans sa hâte d'occuper le terrain, elle se dirigeait déjà vers la cuisine au pas de charge.

— Je monte vos affaires dans la chambre bleue ! ai-je crié. Vous pourrez vous y changer quand vous voudrez.

— Merci, dit-elle sans daigner se retourner.

Je suivis des yeux sa fine et élégante silhouette, en m'étonnant une fois de plus que mon père ait résisté à la tentation de l'étrangler. Puis, sans lâcher Trixy, je suis montée déposer le sac dans la chambre d'amis.

— Et si on l'attaquait ? ai-je murmuré en embrassant la tête bouclée de ma petite chienne.

Trixy me regarda en remuant la queue de manière si drôle que je ne pus m'empêcher de rire. Je suis d'ailleurs convaincue qu'elle est assez intelligente pour comprendre tout ce que je lui dis.

Tandis que je regagnais la cuisine, Trixy trottinant sur mes talons, j'étais plus que jamais résolue à ne pas laisser ma mère gâcher ma journée. Le faisait-elle exprès ou se contentait-elle de passer sur moi une mauvaise humeur dont j'ignorais la cause ? Avec elle, je ne savais jamais au juste à quoi m'en tenir et il en avait toujours été ainsi.

En entrant, je l'ai trouvée devant un plan de travail, une tasse de café près d'elle et une cigarette aux lèvres, qui coupait les pommes de terre que j'avais cuites la veille. Elle savait pourtant que j'avais horreur de la voir fumer, surtout à la cuisine.

— Où sont Andrew et les enfants ? demanda-t-elle sans se retourner.

— Ils sont allés acheter les légumes frais — vous

savez, du maïs, des tomates... Est-ce trop vous demander, Mère, de ne pas fumer quand vous préparez de la nourriture ? n'ai-je pu me retenir d'ajouter.

— Je ne fais pas tomber de cendres dans la salade, si c'est cela qui t'inquiète, répondit-elle avec aigreur.

— Je sais, mais je déteste la fumée. Eteignez cette cigarette, je vous en prie, sinon pour votre santé ou la mienne, au moins pour celle de vos petits-enfants.

— Lissa et Jamie vivent tout l'hiver à Manhattan. Pense à l'air malsain qu'ils y respirent.

— Certes. Mais ce n'est pas une raison pour aggraver le problème en polluant l'atmosphère ici aussi.

Je m'entendais parler sur un ton trop agressif mais c'était plus fort que moi. Je n'admettais pas que ma mère se permette de se conduire chez moi de manière aussi cavalière.

Elle tourna sa tête blonde, toujours bouclée à ravir, et me lança un regard par-dessus son épaule. Mon expression butée, qu'elle connaissait bien pour l'avoir souvent vue au fil des ans, dut faire son effet car elle éteignit aussitôt sa cigarette sous le robinet de l'évier. Après quoi, elle la jeta dans la poubelle, avala le fond de sa tasse de café, prit le plat de pommes de terre, alla le poser sur la table et s'assit — le tout dans un silence glacial.

Un long moment s'écoula.

— Allons, ma chérie, ne sois pas aussi désagréable ce matin, dit-elle enfin. Tu sais combien j'ai horreur de me disputer avec toi. C'est si... contrariant.

Son ton suave et son sourire me laissèrent sans voix. Face à la femme la plus exaspérante que j'aie jamais connue, je ressentis un nouvel élan de solidarité et de compassion envers mon père. Avec son habileté coutumière, ma mère avait encore une fois réussi à retourner la situation de manière à m'attribuer le mauvais rôle comme si, depuis le début, c'était moi qui cherchais à envenimer les choses !

L'expérience m'avait toutefois appris que discuter ou tenter de faire valoir mes arguments ne m'avancerait à rien. Contre elle, le silence et l'indifférence constituaient les seules armes valables. Sans mot dire, je sortis donc du réfrigérateur les ingrédients de sa fameuse salade de pommes de terre — œufs durs, cornichons, céleri en branches — que j'avais préparés dès six heures du matin, longtemps avant son arrivée. Puis, munie d'une planche à découper et d'un couteau, je m'assis en face d'elle et j'entrepris de hacher un œuf dur en évitant de lever les yeux tant je bouillais intérieurement.

Nous travaillions depuis un moment dans un silence pesant quand ma mère reposa son couteau et me scruta d'un regard si perçant, si indiscret, que je sentis monter malgré moi une bouffée de colère. Comme toujours avec elle, j'avais l'impression pénible d'être disséquée comme un insecte et observée au microscope.

— Qu'y a-t-il encore ? ai-je demandé, agacée. Ai-je de la crasse sur la figure ou quoi ?

— Pas du tout, voyons !... Excuse-moi, Mal, poursuivit-elle après une légère pause, je ne devrais pas te dévisager avec tant d'insistance. Ce que j'examine, vois-tu, c'est ta peau, ou plutôt son élasticité. Le Dr Malvern a raison, une peau jeune possède une texture différente. Mais peu importe. Si la mienne ne peut plus recouvrer son élasticité, je peux au moins me débarrasser de ces vilains fanons, dit-elle en se passant la main sous le menton. Le Dr Malvern affirme qu'un simple lifting local devrait largement suffire.

— Pour l'amour du Ciel, Mère, vous n'avez absolument pas besoin d'une nouvelle intervention ! me suis-je exclamée. Vous êtes resplendissante telle que vous êtes.

J'étais sincère : elle possédait en effet une beauté qui semblait défier le temps. Le lifting complet qu'elle s'était fait faire trois ans auparavant y contribuait sans doute, mais elle était naturellement bien conservée. Un observateur non averti ne pouvait se douter que cette superbe blonde à la silhouette de star, au teint de pêche et aux yeux noisette dans un visage sans ride approchait de son soixante-deuxième anniversaire. Elle portait facilement quinze ans de moins. D'ailleurs, les seules choses que j'admirais chez elle étaient sa jeunesse d'allure et la discipline qu'elle s'imposait pour la préserver.

— Merci de ta gentillesse, ma chérie, mais je crois quand même qu'un petit... ourlet ne me ferait pas de mal.

Sans cesser de me dévisager, elle soupira d'un air mélancolique tellement inattendu chez elle que j'en fus un instant interloquée. Elle paraissait soudain si vulnérable que je ressentis à son égard une rare bouffée d'affection.

— Mais non, vous n'en avez pas du tout besoin, je vous assure, ai-je répété d'un ton radouci.

Sur quoi, chacune de nous s'absorba dans ses propres pensées. Je me disais qu'en dépit de sa futilité et de sa vanité, j'étais injuste de la juger si sévèrement. Je savais qu'elle avait un bon fond, qu'elle avait fait de son mieux pour être une bonne mère. Si ses efforts dans ce domaine n'avaient guère été couronnés de succès, elle n'avait quand même pas échoué en tout : je lui devais au moins de m'avoir inculqué un certain nombre de valeurs qui m'étaient restées précieuses. En revanche, il est vrai, nous n'étions pour ainsi dire jamais d'accord sur rien, elle ne me comprenait pas, elle me sous-estimait et me traitait trop volontiers comme si j'étais une évaporée sans cervelle.

Finalement, ce fut ma mère qui rompit le silence :

— Il y a autre chose dont je voulais te parler, Mal.

La voyant hésiter à poursuivre, je l'encourageai d'un signe de tête.

— Je vais me marier, dit-elle enfin.

— Vous marier ? Mais... vous l'êtes déjà ! Avec mon père. Légalement du moins, sinon en réalité.

— Bien sûr. Je veux dire, *après* avoir divorcé.

— Et avec qui ? ai-je demandé, soudain dévorée de curiosité.

— David Nelson.

— Ah, bon ?

— Tu n'as pas l'air très enthousiaste.

— Mais si. Je suis juste... étonnée, voilà tout.

— David te déplaît ?

— Voyons, je le connais à peine !

— Il mérite d'être connu, tu sais.

— Je n'en doute pas. Les rares fois où nous nous sommes rencontrés, il m'a paru très sympathique.

— Je l'aime, Mal, il m'aime, et nous nous entendons bien. J'ai été longtemps seule — *très* seule, en fait, et beaucoup *trop* longtemps. David aussi, depuis la mort de sa femme, il y a sept ans. Cela fera un an que nous nous voyons régulièrement et quand David m'a demandée en mariage la semaine dernière, je me suis rendu compte de la place qu'il avait prise dans ma vie. Je ne vois vraiment pas de raison de ne pas nous marier.

Elle me regardait d'un air interrogateur, presque timide, comme si elle quêtait mon approbation.

— Il n'y en a en effet aucune, ai-je approuvé avec empressement. J'en suis très heureuse pour vous. Au fait, David a-t-il des enfants ?

— Un fils, Mark, marié et père d'un petit garçon prénommé David comme son grand-père. Mark et sa femme Angela habitent Westchester. Il est avocat, comme David.

Un fils, ouf ! me suis-je dit. Au moins, il n'y aura pas de fille possessive ou jalouse qui couvera son père et saisira le premier prétexte pour briser le ménage. Plus j'y pensais, plus ce projet d'union me plaisait et je souhaitais sincèrement qu'il se réalise.

— Et quand prévoyez-vous de vous marier, Mère ?

— Le plus tôt possible, dès que je serai libre.

— Vous avez donc engagé la procédure de divorce ?

— Non, mais j'ai rendez-vous avec mon avocat dans le courant de la semaine. Cela ne devrait pas soulever de problème, compte tenu de ce que ton père et moi sommes séparés depuis si longtemps. Quinze ans, précisa-t-elle comme si je ne le savais pas déjà.

— En avez-vous parlé à papa ?

— Pas encore. Ne prends donc pas cet air chagriné, Mal. Je suis sûre qu'il...

— Je ne suis pas chagrinée le moins du monde ! ai-je protesté.

D'où lui venait cette idée ? Bien loin d'avoir de la peine, je me réjouissais qu'elle ait enfin décidé de mettre un terme à la situation fausse où elle semblait se complaire depuis quinze ans.

— Quand tu m'as coupé la parole, reprit-elle, j'allais dire que ton père sera sans doute soulagé que je prenne cette initiative.

— J'en suis convaincue moi aussi...

Un bruit de pas derrière la porte nous interrompit. D'un doigt sur les lèvres, ma mère m'enjoignit la discrétion et j'acquiesçai d'un signe de tête alors que l'idée même de secret m'avait toujours déplu. Il y avait tant de secrets dans notre famille que je m'efforçais de les oublier ou, mieux encore, de faire comme s'ils n'existaient pas. En vain, pour être franche. Mon enfance entière avait été marquée par des accumulations de secrets...

Diana entra. Je lui fis un grand sourire en feignant une insouciance bien éloignée de mes réflexions. Était-elle vraiment la maîtresse de mon père ? Dans ce cas, quelles conséquences ce changement de situation inattendu aurait-il sur leurs rapports ? La perspective de son divorce imminent déciderait-elle mon père à se remarier avec elle ? Ma belle-mère allait-elle devenir... ma belle-mère ? Je dus détourner les yeux pour dissimuler une soudaine envie de rire.

— Bonjour, ma chère Jessica ! dit chaleureusement Diana. Que je suis heureuse de vous revoir !

Ma mère se leva pour l'embrasser.

— Et moi donc, ma chère Diana ! Vous avez une mine superbe, vous m'en rendriez presque jalouse.

— Je me sens merveilleusement bien, c'est vrai. Mais vous n'avez rien à m'envier, Jessica, vous êtes l'image même d'une santé florissante...

Tandis qu'elles papotaient, j'observai avec curiosité

ces deux femmes mûres, nos mères, si différentes l'une de l'autre que j'étais frappée du contraste.

La mienne, tout en blondeur nordique un peu froide, avait un teint de pêche, des traits finement ciselés et une silhouette élancée lui conférant une distinction naturelle que bien des femmes lui enviaient. Moins grande, solidement charpentée, Diana avait des cheveux châtain foncé, la peau dorée d'un abricot, un visage charnu aux traits accusés et de grands yeux d'un bleu si lumineux qu'il paraissait presque gris. « Je suis celte, m'avait-elle dit un jour. Mon hérédité écossaise l'emporte de loin sur mon ascendance anglaise. » Aussi belles chacune dans leur genre, elles semblaient avoir toutes deux beaucoup moins que leur soixantaine.

Aux antipodes l'une de l'autre par le physique, elles l'étaient aussi par le caractère et la personnalité. Ma mère était superficielle jusqu'à la frivolité, Diana réfléchie et attirée par les activités intellectuelles. Leurs modes de vie respectifs et les milieux dans lesquels elles évoluaient n'avaient non plus rien de commun. Incapable de supporter l'oisiveté, Diana menait tambour battant son affaire d'antiquités où elle puisait un plaisir constant. Foncièrement mondaine, ma mère n'avait en revanche aucun goût pour le travail et, heureusement pour elle, n'en avait pas besoin. Une coquette fortune, héritée de sa famille et sagement investie, lui procurait de quoi vivre dans l'aisance, sans compter la modeste pension que lui versait mon père — je n'ai d'ailleurs jamais compris pourquoi elle l'acceptait.

De tempérament réservé, ma mère se montrait par moments si renfermée que je croyais y voir une forme de refoulement alors qu'elle pouvait déployer un charme irrésistible quand elle le voulait. Ma belle-mère, au contraire, était de nature extravertie et débordait en permanence d'une spontanéité et d'une joie de vivre communicatives. Comme tous ceux qui l'approchaient, je me sentais toujours heureuse en sa compagnie.

Pourtant, en dépit de tout ce qui les éloignait, ma mère et ma belle-mère faisaient assaut d'amabilité l'une envers l'autre et, en apparence du moins, s'entendaient plutôt bien. Andrew, les jumeaux et moi formions peut-être entre elles un lien assez solide pour les rapprocher durablement car elles pouvaient, à bon droit, se réjouir de la réussite de notre ménage. Notre bonheur à tous les quatre contribuait sans doute à justifier leur existence à leurs propres yeux et à estomper, sinon à effacer leurs échecs.

Les voyant s'asseoir et continuer à bavarder, je suis allée à l'évier laver la laitue, en affectant de m'absorber dans ma tâche afin de mieux poursuivre mes réflexions.

Le remariage de ma mère m'occupait à ce point l'esprit que je me suis étonnée de sentir au bout d'un moment le cours de mes pensées dévier pour se fixer sur mon père. Sauf dans son travail, qui lui avait toujours procuré de grandes satisfactions, il n'avait pas eu une vie heureuse. Bien loin de la félicité espérée, son mariage ne lui avait apporté qu'amertume et désillusions pour finir par sombrer dans l'échec. Quel dommage que le destin ne lui ait pas accordé ce qu'Andrew et moi avons eu la chance d'en obtenir ! Qu'il n'ait pas trouvé le bonheur avec une autre femme quand il était plus jeune m'attristait encore davantage. Il avait maintenant soixante-cinq ans. Etait-il trop tard ? Peut-être pas... Je ne pouvais que compatir à ses épreuves, dont je rendais depuis toujours ma mère seule responsable. A mes yeux, il n'avait jamais encouru aucun blâme dans ce désastre conjugal, il était la victime innocente et sans reproche...

Le manichéisme simpliste de cette image m'arrêta : n'était-ce pas injustice de ma part ? Me laissais-je aveugler par mes préjugés ? Nul au monde n'était parfait, mon père sans doute moins que tout autre. Si je l'avais toujours placé sur un piédestal, il n'était après tout qu'un simple mortel, pas un dieu. L'enfant que j'étais voyait en lui le plus beau, le plus intelligent, le meilleur des hommes. Mais cela suffisait-il à compenser les défauts, les faiblesses, les insuffisances dont la nature humaine l'avait sûrement affligé, comme nous tous ? Ne devais-je pas accorder au moins à ma mère le bénéfice du doute ?

Malgré son évidence, il me fallut un moment pour assimiler ma découverte.

Je hasardai un regard par-dessus mon épaule. Calme, souriante, ma mère bavardait avec Diana sans interrompre la confection de sa fameuse salade de pommes de terre — celle-là même que je l'avais vue préparer religieusement tous les 4 Juillet de mes années d'enfance et d'adolescence.

C'est alors qu'un souvenir vint soudain m'assaillir. Un souvenir que j'avais refoulé avec acharnement, que je croyais avoir anéanti à jamais et qui surgissait maintenant du tréfonds de ma mémoire pour s'imposer à ma conscience et me ramener brutalement vingt-huit ans en arrière. J'avais cinq ans, j'étais le témoin impuissant d'une scène de ménage si choquante, si insoutenable pour ma sensibilité d'enfant que l'instinct de survie m'avait dicté la seule réaction viable : l'oubli. L'oubli à tout prix.

Et voilà que, par quelque maléfice, j'entendais retentir à nouveau l'écho de voix trop familières tandis que les acteurs de ce drame domestique, exhumés de leur tombe d'oubli, reprenaient vie pour se déchirer sous mes yeux...

Jeune, radieusement belle en robe d'été de mousseline blanche, ma mère est dans la vaste cuisine de la villa de ma grand-mère à Southampton. Mais sa voix criarde et tremblante de rage détonne affreusement avec sa beauté.

J'ai peur. Très peur.

Elle dit à mon père qu'il n'a pas le droit de partir. Surtout pas aujourd'hui, le 4 Juillet. Tout est prêt pour la fête, la famille entière est attendue. Il n'a pas le droit de déserter tout le monde, elle, ses parents, moi.

— Pense à ta fille qui t'adore, Edward ! Aujourd'hui plus que n'importe quand, Mallory a besoin de ta présence !

68

Elle crie de plus en plus fort, elle le répète dix fois, vingt fois, comme une litanie.

Mon père a beau lui expliquer qu'il est obligé de partir, que son avion pour l'Egypte ne l'attendra pas, que la nouvelle campagne de fouilles est sur le point de débuter, que son poste de chef de l'équipe archéologique exige sa présence dès le premier coup de pioche, elle n'écoute pas.

Les traits convulsés, enlaidie par la rage, elle hurle encore plus fort, elle l'accuse d'aller rejoindre sa maîtresse sous le prétexte de cette expédition imaginaire.

Mon père proteste de son innocence. Il dit qu'elle se laisse aveugler par une jalousie absurde, qu'elle n'a aucune raison d'être jalouse. Il jure qu'il n'aime qu'elle et qu'il lui est fidèle. Il explique avec patience pourquoi il doit partir travailler, parce que c'est son travail qui assure notre subsistance à tous. Mais elle secoue la tête et refuse d'admettre ses explications.

Je vois tout à coup le saladier jaillir de ses mains, rebondir contre le mur et se fracasser sur le carrelage, en éclaboussant de pommes de terre et de mayonnaise le blazer de mon père qui tourne le dos et sort. Une grimace de douleur et de colère impuissante lui déforme le visage.

Je suis à côté, dans l'office, tremblante de peur, blottie contre la poitrine d'Elvira, la cuisinière de ma grand-mère. Elvira est ma meilleure amie, ma seule amie, à part mon père, dans cette maison où la colère, les secrets, les mensonges grouillent comme des bêtes nuisibles.

Ma mère sort en courant derrière mon père, sans remarquer qu'Elvira et moi sommes cachées dans l'office.

— Je te hais ! hurle-t-elle. Jamais je ne t'accorderai le divorce. Jamais, entends-tu ? Mercedes n'aura jamais la satisfaction de s'appeler Mme Edward Jordan. Je ne me laisserai pas supplanter par cette garce ! Et si tu me quittes, Edward, tu ne reverras plus Mallory, plus jamais ! J'ai la fortune de mon père derrière moi, je m'en servirai pour dresser une barrière entre notre fille et toi !...

Elle grimpe l'escalier à sa suite sans cesser de crier ses invectives. Elvira me serre plus fort contre elle, me caresse les cheveux, s'efforce de me rassurer.

— Ne fais pas attention, ma chérie. Les grandes personnes disent souvent des bêtises plus grosses qu'elles, des choses qu'elles ne pensent pas vraiment. Ta maman est en colère, elle dit n'importe quoi. Ne fais pas attention...

Mon père retarde son départ. Ma mère et lui ont conclu une trêve armée pour la journée du 4 Juillet. Le lendemain matin, il m'embrasse et part prendre l'avion.

Il ne revient que cinq mois plus tard.

Les yeux clos, j'ai lutté pour refouler mes larmes et maîtriser ma peine, aussi douloureuse que si j'avais vraiment revécu cette horrible scène. Un moment plus tard, me forçant à rouvrir les yeux, à bouger, j'ai réussi à sortir les feuilles de laitue de l'évier pour les mettre dans le panier à salade. J'avais les mains lourdes, inertes, l'estomac noué par la nausée. Peu à peu, cramponnée au bord de l'évier, je suis parvenue à me calmer, à reprendre contenance, à traverser la cuisine sans tituber. Près de la table, j'ai marqué une pause en posant sur ma mère un regard éclairé d'une nouvelle clairvoyance.

Pour la première fois, je prenais conscience que son mariage avait probablement été pour elle un long calvaire et que je n'avais pas le droit de la condamner sans appel comme je l'avais si longtemps fait. Les absences de mon père, trop longues et trop fréquentes, avaient souvent dû lui imposer une solitude insoutenable. Avait-il une maîtresse au moment de cette scène ? Cette Mercedes avait-elle réellement existé ? Y en avait-il eu beaucoup d'autres au fil des ans ? Malgré ma répugnance à l'admettre, c'était plus que vraisemblable. Mon père était bel homme, séduisant, doté d'appétits normaux auxquels, dans sa jeunesse, il lui était à l'évidence difficile de ne pas céder. D'aussi loin que je m'en souvienne, ma mère et lui avaient toujours fait chambre à part jusqu'à leur séparation définitive, au moment de mes dix-huit ans. Mon père ne s'était donc résigné à subir des liens conjugaux de plus en plus pesants que pour moi. Je m'en étais toujours doutée, j'en avais désormais la certitude.

Dans ces conditions, ma mère avait dû endurer des souffrances et des humiliations plus nombreuses et plus pénibles que je ne l'imaginais. Ce ne serait pas par elle, bien entendu, que je saurais la vérité : elle ne me parlait jamais du passé ni ne se confiait à moi, comme si elle voulait enterrer jusqu'au souvenir de ces années-là. Peut-être était-ce la raison pour laquelle elle me paraissait parfois aussi distante, aussi hostile : par mon existence même, je lui rappelais sans doute trop cruellement tout ce qu'elle cherchait à effacer de sa mémoire.

Elle dut sentir mon regard sur elle car elle leva les yeux vers moi avec un sourire hésitant. Et moi, pour la première fois de ma vie d'adulte, je me suis demandé avec angoisse si je ne m'étais pas rendue coupable envers elle d'une inexpiable injustice.

Elle fronça les sourcils, ses yeux noisette assombris par l'inquiétude.

— Qu'y a-t-il, Mal ?

Je dus m'éclaircir longuement la voix avant de pouvoir parler d'un ton normal :

— Rien, maman, tout va bien... Dites-moi, je viens de laver et d'essorer la laitue. Voudriez-vous la mettre au réfrigérateur jusqu'au moment de la servir ?

Dans l'état d'esprit où je me trouvais, mieux valait dire n'importe quoi d'insignifiant.

— Bien sûr, ma chérie.

— Et moi, que puis-je faire ? demanda Diana. Voulez-vous que je prépare l'assaisonnement ?

— Volontiers. Au fait, vous me rendriez un grand service toutes les deux en sortant la viande hachée du frigo et en commençant à préparer les hamburgers.

— Je m'en charge, dit Diana en se levant.

— Pendant ce temps, ai-je dit à ma mère, je vais sortir mettre la table.

Elle me fit un nouveau sourire, plus appuyé cette

fois, avant de se replonger dans la préparation de sa salade de pommes de terre.

Hors d'état d'affronter plus longtemps son regard, je suis sortie sur la terrasse, Trixy sur mes talons. Une fois dehors, je me suis étirée en respirant profondément dans l'espoir d'apaiser mes nerfs qui menaçaient de me trahir.

C'était moins l'évocation de ce mauvais souvenir qui me secouait intérieurement que la découverte brutale d'avoir vécu, durant toute mon enfance, dans la terreur inavouée que mon père pût nous abandonner un jour, ma mère et moi, et que je ne le revoie jamais.

8

A peine dehors, je sentis la chaleur coller mes vêtements à ma peau. Trixy s'était déjà réfugiée sous une des tables qu'Andrew et moi avions installées à l'abri du grand et vieil érable dont le feuillage formait un parasol géant. Nous aurions grand besoin de son ombre protectrice car la journée s'annonçait torride.

Je disposais les nappes et les couverts sur la grande table destinée aux adultes quand j'entendis Sarah me héler. En lunettes noires et peignoir éponge blanc, les cheveux ramenés au-dessus de la tête, elle sortit de la maison une tasse de café à la main et vint s'asseoir avec précaution sur le banc de la petite table. Je pus constater qu'elle avait une mine de papier mâché.

— Je ne me sens pas bien du tout, gémit-elle.

— Pas étonnant, avec ce que tu as bu hier soir ! ai-je répondu en vidant le panier des couverts sur la table.

— Pitié, Mal ! Pas tant de bruit, je t'en supplie. J'ai la tête dans un état...

— Pauvre chérie ! Veux-tu de l'aspirine, de l'Alka-Seltzer ?

— Non merci, j'en ai déjà ingurgité assez pour couler un porte-avions. J'irai mieux tout à l'heure mais d'ici là, de grâce, marche sur la pointe des pieds, ne jette pas les fourchettes sur la table et parle-moi à voix basse. D'accord ?

— D'accord. Mais permets-moi de te dire que Thomas Preston III ne mérite pas que tu te mettes dans des états pareils. Pourquoi éprouves-tu le besoin de te punir ?

Sarah eut un haussement d'épaules fataliste.

— Mon côté juif, sans doute. La détestable manie de tout dramatiser et de nager dans la culpabilité que je tiens de Charles Finkelstein, mon cher papa...

— Ce n'est pas une raison. Au fait, que devient-il, ce cher Charlie ? As-tu des nouvelles ?

— Aucune. Je sais seulement qu'il s'est encore remarié avec une bonne protestante bien blonde, comme ma mère. Il doit donc avoir autre chose en tête que de penser à moi. Je l'appellerai quand même la semaine prochaine, histoire de ne plus perdre le contact aussi longtemps que la dernière fois.

— Tu as raison. Surtout maintenant qu'il t'a enfin pardonné d'avoir pris le nom de ton beau-père.

— Pardonné à ma mère, tu veux dire ! C'est elle qui a décidé de changer mon nom alors que j'avais sept ans et que j'étais incapable de comprendre et de protester.

Sarah but une gorgée de café, bâilla, enleva ses lunettes de soleil et s'accouda à la table, le menton sur ses mains croisées.

— Combien serons-nous au déjeuner, Mal ?

— Une vingtaine. Voyons... ma mère, Diana, toi, les jumeaux et Jenny, Andrew et moi, cela fait huit. Avec Nora, Eric et Anna, nous en sommes à onze, plus trois couples de voisins et deux de leurs enfants. Oui, dix-neuf au total.

— Quelle foule ! Heureusement, nous n'avons pas à faire la cuisine.

— Sois tranquille, Andrew et les hommes s'occuperont du barbecue. Les légumes, les salades, le pain seront répartis sur les tables, chacun se servira.

— Tant mieux. J'espère quand même être assez en forme pour te donner un coup de main.

— Inutile, te dis-je. Détends-toi et profites-en.

Sarah garda le silence quelques instants pendant que je mettais le couvert pour les enfants.

— Dis donc, dit-elle enfin, ta mère a l'air très contente d'elle, ce matin. Tout à l'heure, quand je suis passée par la cuisine me préparer un toast et du café, elle n'arrêtait pas de me faire des sourires épanouis.

— Je sais pourquoi mais c'est censé être un secret.

— Et alors ? Tu m'as toujours dit tous tes secrets — sans compter ceux des autres. Allons, parle ! N'y aurait-il pas un homme là-dessous ?

— Comment as-tu deviné ?

— Facile ! répondit-elle en pouffant de rire. Elle avait la mine triomphante de toutes celles qui ont réussi à harponner un gros poisson. Un homme n'y verrait peut-être que du feu mais cela n'échappe pas à une autre femme.

— Eh bien, tu as gagné. Ma mère se remarie.

— Non ? Tu plaisantes !

— Pas le moins du monde.

— Au fond, je suis bien contente pour tante Jess. Et qui est l'heureux élu ?

— David Nelson. Tu as dû le rencontrer deux ou trois fois chez elle.

Sarah poussa un sifflement admiratif.

— Pour un gros poisson, c'en est un ! Bel homme, jolie fortune. Et plus jeune qu'elle, en plus.

— En es-tu sûre ?

— Absolument. Il n'y a pas longtemps, ma mère m'a dit qu'il avait cinquante-huit ans.

— Quatre ans de moins, ce n'est pas excessif, d'autant que ma mère est loin de porter son âge. Je ne m'explique pas sa dernière lubie : elle veut se faire faire un nouveau lifting. A mon avis, c'est totalement inutile.

— Tu as raison mais cela ne m'étonne pas. Elle

éprouve sans doute le besoin de se rassurer. Ma mère réagit de la même manière depuis qu'elle a eu soixante ans. C'est un phénomène classique, tu sais.

— Soixante ans, ce n'est pourtant pas vieux, surtout à notre époque !

Il y eut un bref silence.

— Ta mère en aurait-elle déjà parlé à la mienne, Mal ?

— Je ne sais pas mais, de toute façon, ne lui dis rien. Elle veut garder le secret, pour le moment du moins.

— Je serai muette comme une carpe, promis. En tout cas, je suis ravie que tante Jess soit enfin heureuse.

— Moi aussi. D'ailleurs...

Hésitant à poursuivre, je me suis assise en face d'elle. Déconcertée par mon changement d'humeur, Sarah me dévisagea, les sourcils froncés.

— Qu'est-ce qui ne va pas, Mal ?

— Rien, mais... J'ai eu une sorte de... révélation, tout à l'heure. Voir ma mère préparer sa fameuse salade de pommes de terre a fait remonter en moi un souvenir que je croyais oublié, une scène survenue elle aussi un 4 Juillet quand j'avais cinq ans... Bref, cela m'a amenée à réfléchir aux rapports de mes parents dans mon enfance et j'ai alors pris conscience que ma mère avait dû subir pas mal d'épreuves quand elle était plus jeune.

— Probablement. Dans mes souvenirs, elle était — non, *vous* étiez, elle et toi, presque toujours seules.

— Pour moi, vois-tu, c'est une découverte. Quand je pense que depuis des années je la rends seule responsable de leurs problèmes conjugaux !... Je m'en veux d'avoir été aussi injuste envers elle. Les torts étaient sûrement partagés.

— C'est évident, rien n'est jamais tout blanc ou tout noir. Pour ton père, la vie normale consistait à gratter le sable du désert au Moyen-Orient et à examiner des cailloux ou des tessons de poterie pour déterminer leur ancienneté. Il a toujours vécu dans un autre monde.

— Tu sais bien que son travail l'obligeait à s'absenter souvent ! ai-je protesté en prenant d'instinct sa défense.

— Je sais. Mais pourquoi ne vous emmenait-il jamais avec lui, ta mère et toi ?

— Il fallait que j'aille à l'école...

— Pas quand tu étais petite. Et même plus tard, tu aurais pu aller à l'école dans les pays où ton père menait ses fouilles, ou étudier avec un précepteur.

— Tu plaisantes ! Je n'ai jamais été douée pour les langues. Tu me vois suivre des cours en arabe, en urdu ou en je ne sais quoi ? Et puis, mes parents n'avaient peut-être pas les moyens de me payer un précepteur.

— Inutile de te fâcher, Mal. Il n'y a pas de situations inextricables — à condition de le vouloir, bien entendu.

— Autrement dit, tu rejettes toute la responsabilité sur mon père !

— Mais non, je ne reproche rien à personne ! Est-ce que je sais ce qui se passait entre tes parents ? Tu ne le sais d'ailleurs pas toi non plus. Je ne comprenais moi-même rien à ce qui se passait entre les miens. Les enfants ne savent jamais rien de ce genre de choses alors que c'est eux, en fin de compte, qui en sont les victimes.

Comme je ne répondais pas, elle poursuivit :

— Ta mère estimait peut-être qu'il valait mieux t'élever à New York plutôt que de te traîner dans des masures croulantes au milieu des déserts d'Arabie, ou alors...

— Ou alors, suis-je intervenue, mon père préférait peut-être par égoïsme vivre seul à sa guise et nous laisser nous débrouiller comme nous pouvions.

— Allons, Mal, je n'ai pas dit ni même sous-entendu une chose pareille !

— Je ne t'en accuse pas, je n'essaie pas de te faire dire ce que tu n'as pas dit, je me demande seulement si ce n'est pas la simple vérité. De toute façon, je ne saurai sans doute jamais ce qui a provoqué l'échec de leur ménage.

— Tu pourrais le demander à ta mère.

— Voyons, Sarah, j'en serais incapable !

— Mais si. Viendra un moment où tu en seras tout à fait capable, crois-moi. Et je te parie qu'elle ne te mordra pas — au contraire : elle en sera probablement ravie parce que cela la soulagera de parler enfin de ses rapports avec ton père. Les gens aiment dire ce qui leur pèse sur le cœur, tu sais. Surtout une mère à sa fille.

J'imaginais mal ma mère me faire ses confidences.

— Espérons-le, ai-je répondu avec une moue sceptique. Tu connais pourtant nos difficultés à dialoguer... En tout cas, j'ai toujours su que ma mère m'aimait et que je l'aimais aussi, bien qu'elle m'exaspère la plupart du temps. Mais ce qu'elle m'inspire depuis tout à l'heure est très différent. J'éprouve — comment dire ? — une sorte de pitié, de compassion mêlée de remords. Je me rends compte que mon père ne lui a pas rendu la vie facile, loin de là. Et je m'en veux terriblement d'être restée si longtemps aveugle à la réalité à cause de mon adoration pour lui.

— Tu as peut-être été injuste envers elle, Mal, mais tu n'y peux plus rien. Ce qui est fait est fait, il faut l'accepter. Et je suis heureuse pour toi que tu aies eu cette... comment disais-tu ?... cette révélation...

Elle s'éclaircit la voix avant de conclure, en me regardant droit dans les yeux.

— Ton père n'était jamais là quand tu avais besoin de lui, Mal. Ta mère, si.

J'ouvrais la bouche pour protester quand je me rendis compte, avec un serrement de cœur, que les mots de Sarah ne reflétaient que la stricte vérité. Pendant toute mon enfance, toute ma jeunesse, ma mère avait toujours réglé seule les mille et un problèmes de la vie quotidienne, ma mère seule m'avait soignée quand j'étais malade. A chaque fois, mon père était à l'autre bout du monde.

— Tu as raison, ai-je enfin répondu.

Pour la première fois de ma vie, je trahissais mon père en pensée et en paroles. Mais, pour la première fois, je prenais conscience qu'il était au moins aussi fautif que ma mère dans le naufrage de leur mariage.

Sarah avait dû deviner mon trouble car elle se leva, fit le tour de la table et me serra contre son cœur.

— Je t'aime, me murmura-t-elle à l'oreille.

— Moi aussi je t'aime, ai-je répondu en étreignant sa main posée sur mon épaule.

Elle se redressa en pouffant de rire.

— Allons, il est grand temps de rentrer m'habiller si je ne veux pas que tes invités me voient en peignoir et toute décoiffée !

Je me suis levée à mon tour.

— Et moi, je ferais bien de finir de mettre la table si nous voulons déjeuner !

Je pliais les serviettes quand Sarah, déjà éloignée de quelques pas, se retourna :

— La journée sera bonne, Mal. Ce 4 Juillet-ci sera le meilleur que tu aies jamais vécu, je te le promets.

Une fois de plus, j'étais sûre qu'elle avait raison.

9

Par les portes-fenêtres du jardin d'hiver, je regardais les jumeaux jouer sur la terrasse.

Mes enfants chéris !... Inséparables, si semblables et si différents l'un de l'autre à la fois, ils me paraissaient plus beaux, plus adorables que jamais ce matin-là. De vrais angelots de Botticelli avec leurs cheveux blonds, leurs yeux aussi bleus que ceux de leur père, leurs joues roses et rebondies comme des pêches mûres.

Je me suis rapprochée de la fenêtre pour écouter leur babillage.

— Mais si, Jamie ! disait Lissa. Il faut leur donner un drapeau. On en a un grand sur notre maison, c'est la moindre des choses qu'ils en aient un aussi.

— Tu crois vraiment qu'ils s'en apercevront ? grommelait Jamie en se remettant à l'ouvrage.

Mon fils plantait la hampe d'une petite bannière étoilée au sommet du mur entre deux dalles disjointes.

— Voilà pour Henry et Tabitha, dit-il, son travail achevé. Mais ils ne viendront sûrement pas le regarder, il y aura trop de monde au déjeuner. Le bruit leur fera peur.

— Ne t'inquiète donc pas, Jamie ! le rassura Lissa, le prenant par les épaules en un geste maternel. Nos petits écureuils verront leur drapeau ce soir.

— Tu es sûre ?

— Evidemment ! Tu sais bien qu'ils sortent toujours jouer la nuit. Et maintenant, tu vas en planter un sur le côté du mur pour Algernon le serpent et un autre là pour Angelica la lapine.

Jamie s'exécuta mais le drapeau retomba aussitôt.

— Ça ne veut pas tenir ! Comment faire ?

Comme toujours, il se tournait vers sa sœur pour lui demander conseil. Ma fille affichait une confiance en elle qui ne cessait de m'étonner pour son âge alors que Jamie se montrait moins décidé, plus sensible pour certaines choses.

— Attends... Mais oui ! Si on prenait la colle dont papa se sert pour tout réparer, tu sais, celle qui a une drôle d'odeur ? Maman dit que ça colle n'importe quoi.

Je compris qu'il était temps d'intervenir.

— C'est vrai, ai-je déclaré en m'avançant sur la terrasse, mais il n'en est pas question ce matin. Elle est compliquée à préparer et elle vous collera les doigts si vous ne faites pas attention.

— Maman..., voulut protester Lissa.

— Pas aujourd'hui, ma chérie. Nous n'aurons pas le temps, nos invités ne vont pas tarder à arriver. De toute façon, je connais une bien meilleure solution à ton problème, Jamie. Va chercher ta pâte à modeler. Tu en feras une boule que tu coinceras dans une fente et tu pourras y planter ton drapeau. Ce sera beaucoup plus solide, tu verras.

Jamie eut un sourire épanoui.

— Oh oui, maman ! Pour une bonne idée, c'est une bonne idée ! Je cours la chercher.

Il s'élança à toutes jambes, Trixy sur les talons.

— Pas si vite, tu vas tomber ! ai-je crié.

Peine perdue ; il s'était déjà engouffré dans la maison. J'ai baissé les yeux vers Lissa, mignonne à croquer dans son ensemble rose.

— Vous voulez donc donner des drapeaux à chacun de nos petits amis du mur ?

— Oui, maman, répondit-elle avec le plus grand sérieux. Le 4 Juillet est notre fête nationale, tous les foyers américains doivent faire flotter un drapeau. C'est toi-même qui l'a dit.

— C'est vrai. Où avez-vous trouvé ceux-ci ?

— Papa les a achetés pour nous dans la boutique à côté du marchand de légumes. Il t'a aussi rapporté des fleurs... Oh ! Je n'aurais pas dû le dire, c'était une surprise. Fais semblant de ne rien savoir, promis ?

— Je n'ai même pas entendu ce que tu viens de dire, ma chérie.

Jamie revenait déjà, toujours suivi de Trixy. Il s'affaira aussitôt à remplir sa mission patriotique, sous le regard vigilant de Lissa. Apparemment satisfaite de la bonne exécution du travail, elle se tourna vers moi.

— Il fait si chaud, maman. Est-ce que je peux enlever ma chemise ?

— Il ne vaut mieux pas, ma chérie, tu attrapes trop facilement des coups de soleil.

— Mais on cuit ! gémit-elle.

— Eh bien, pourquoi ne pas aller barboter dans la piscine en attendant le déjeuner ?

— Oh, oui ! Chic alors ! s'écria-t-elle en battant des mains. Viens, Jamie, allons mettre nos costumes de bain ! Dis, maman, on peut prendre le poisson rouge avec nous ? Il aime bien nager, lui aussi.

— Sûrement pas, Lissa ! Ce n'est qu'un petit poisson habitué à son aquarium, il mourrait de peur dans la piscine.

— Oh non, maman ! C'est un poisson très courageux qui a résisté à pire que cela, déclara-t-elle en lançant à son frère un regard lourd de sous-entendus.

— Je ne lui ai pas fait mal, à ton poisson, grommela Jamie, le dos tourné.

— Non, mon chéri, tu ne lui as rien fait du tout, me suis-je empressée de le rassurer. Et toi, Lissa, même si ton poisson rouge est le plus courageux du monde, il ne faut pas le mettre dans la piscine parce que l'eau contient du chlore et des produits chimiques qui risqueraient de l'empoisonner. Alors, vois-tu, mieux vaut le laisser dans l'aquarium.

Déconfite, Lissa hocha la tête.

— Tu as raison, maman, je n'y avais pas pensé.

Jamie s'était déjà désintéressé de notre conversation.

— Viens voir les drapeaux, maman ! N'est-ce pas qu'ils sont beaux comme cela ?

— Superbes, mon chéri. Tu as fait du très bon travail.

Jenny, notre jeune Anglaise au pair, nous rejoignit à ce moment-là et je la saluai avec affection. Je regrettais beaucoup qu'elle doive rentrer chez elle en novembre. Même avec l'aide de Diana pour lui chercher une remplaçante, je doutais que nous en trouvions une dotée d'autant de qualités.

— Que puis-je faire pour vous aider à préparer le déjeuner, Madame ?

— Rien du tout, Jenny. Chargez-vous plutôt des enfants et veillez à ce qu'ils ne fassent pas de bêtises.

— Maman a dit qu'on pouvait se baigner ! intervint Lissa.

— Oui, mais pas sans vous, Jenny.

— Naturellement, Madame. Vous savez bien que je ne les laisserais pas seuls dans la piscine. Je vais chercher nos costumes de bain.

Quand Jenny se fut éloignée, Lissa me tira par la manche.

— Dis, maman, est-ce que nous sommes obligés de nous asseoir à la table des enfants ?

— Bien sûr. Pourquoi ?

Que cachait cette surprenante question ? Jamie vint au secours de sa sœur :

— On aimerait mieux pas, déclara-t-il. Nous voudrions être à table avec papa et toi.

— Voyons, mon chéri, il n'y a pas assez de place à notre table. De toute façon, c'est à vous deux de remplir le rôle de maîtres de maison envers vos amis.

— Vanessa et Luke ? Beurk...

Lissa et lui firent en même temps une grimace de dégoût. Cette soudaine antipathie envers les enfants de nos voisins, fréquents compagnons de jeu avec lesquels ils s'étaient jusqu'alors entendus à merveille, me plongea dans la perplexité.

— Vanessa a une drôle d'odeur, maman, dit Jamie. Elle sent comme le manteau de fourrure de Bonne-Maman.

Ma perplexité se mua en stupeur.

— Elle sent... la naphtaline ? En es-tu sûr, Jamie ?

— Oui, maman ! Peut-être parce que ses parents la rangent dans une armoire pour qu'elle ne s'use pas, dit-il en éclatant de rire.

J'eus du mal à ne pas l'imiter, d'autant que Lissa donnait libre cours à son hilarité.

— Allons, tais-toi ! lui ai-je dit en feignant tant bien que mal de prendre une mine sévère. Et pourquoi Luke vous déplaît-il, tout d'un coup ? Vous l'aimiez bien.

— Parce que, quand on joue, il veut toujours être le chef. Ici, c'est Lissa et moi les chefs, précisa-t-il.

— Je vois... En tout cas, vous serez quand même à leur table aujourd'hui, mes enfants. Les places sont déjà marquées, vous n'avez pas le choix.

— Est-ce qu'on pourrait au moins avoir nos grand-mères avec nous ? implora Lissa.

— Je ne sais pas... Ma foi, pourquoi pas ?

— Oh, chic alors ! Elles, on les aime ! s'écria Jamie. Non, se corrigea-t-il, on les *adore*.

— Je suis ravie de l'apprendre.

Une fois de plus, je dus me mordre les lèvres pour ne pas rire — tout en me demandant comment j'aurais réagi s'ils m'avaient dit qu'ils détestaient aussi leurs grand-mères.

— Elles nous donnent plein de cadeaux, avoua Lissa.

— Et même de l'argent, ajouta Jamie. Beaucoup, beaucoup, mais on ne doit pas le dire.

— De l'argent ? me suis-je écriée, effarée.

— Pas tant que cela, tu exagères, le rabroua Lissa, gênée des révélations de son frère.

Décidément, la vérité sort bel et bien de la bouche des enfants, ai-je pensé en me promettant d'intervenir pour refréner la générosité de ma mère et de Diana.

Déjà, Jamie cherchait à attirer mon attention.

— Oui, mon chéri ?

— A qui étais-tu avant papa ?

Sa question me prit au dépourvu.

— Eh bien... à Bonne-Maman Jessica. Pourquoi ?

Lissa voulut clarifier la situation :

— Alors nous, nous sommes à papa et à toi ?

— Bien sûr, mes chéris.

Je me suis accroupie pour les serrer tous les deux sur mon cœur. Ils sentaient si bon, ils étaient si beaux, mes petits angelots à la Botticelli... Le premier, Jamie se dégagea et demanda avec le plus grand sérieux :

— Dis, maman, est-ce que le nouveau bébé sera à nous tous ou simplement à papa et à toi ?

— Le bébé ? Quel bébé ?

— Celui que vous êtes en train d'essayer de faire avec papa, dit-il, les sourcils froncés par une intense concentration. Et puis, comment on fait un bébé ?

Désarçonnée, je cherchais désespérément une réponse quand Lissa m'en épargna la peine :

— Les bébés sont faits avec de l'amour, déclara-t-elle avec l'assurance blasée d'une spécialiste.

— Qu'est-ce que ça veut dire, Lissa ? voulut savoir son frère. Je n'y comprends rien.

Il était urgent de reprendre la situation en main.

— Eh bien oui, c'est vrai, votre papa et moi essayons de faire un nouveau bébé. Comment le savez-vous ?

— C'est papa qui nous l'a dit ce matin au petit déjeuner, expliqua Jamie. Nous faisions trop de bruit, alors il s'est fâché en nous disant que nous devions apprendre à bien nous tenir parce que nous allions bientôt nous occuper du nouveau bébé et lui donner le bon exemple. C'est pour cela qu'on voudrait savoir à qui il sera vraiment.

— A nous tous, mon chéri. Si nous réussissons, bien entendu.

— Parce que vous n'êtes pas sûrs de pouvoir en faire un ? s'étonna Lissa.

— Non, pas tout à fait.

— Tant mieux ! Ne le faites pas, j'aime mieux que nous restions comme maintenant.

— Mais si vous le faites quand même et qu'on ne l'aime pas, est-ce qu'on pourra le donner à quelqu'un d'autre ? s'enquit Jamie.

— Certainement pas, voyons !

— Pourtant, quand la chatte d'Anna a eu des petits, Anna les a donnés.

— Ce n'est pas la même chose, mon chéri. Il y a une grande différence entre les bébés et les chatons.

— Ils ont quand même des noms ! protesta Jamie.

Lissa le rabroua d'un air supérieur et il s'ensuivit une querelle qui menaçait de s'éterniser sur les mérites respectifs des noms d'humains et d'animaux.

— Allons, vous deux, ça suffit !

Mon ton sévère les calma aussitôt. Mais Jamie ne s'était pas laissé détourner de son idée première :

— Dis maman, comment on fait les enfants avec de l'amour ?

Je me creusais la tête pour formuler une réponse crédible sans faire appel à des mensonges absurdes quand Lissa me prit à nouveau de vitesse :

— Par le sexe, déclara-t-elle. C'est comme ça qu'on fait les enfants.

Cette fois, je ne pus m'empêcher de sursauter.

— Qui t'a dit cela ?

— Mary Jane Atkinson, ma voisine en classe. Sa mère vient de faire un bébé de cette façon-là.

— Je vois... Et que t'a-t-elle appris d'autre ?

— Rien, maman. Pourquoi ?

A mon vif soulagement, le retour de Jenny mit fin à la conversation sur les méthodes de fabrication des enfants.

— Venez vite mettre vos costumes de bain ! leur dit-elle en tendant à chacun le sien.

— Et mettez-leur aussi leurs bouées autour de la taille, ai-je spécifié. Ils n'iront pas dans la piscine sans elles. Ni sans vous.

— Soyez tranquille, Madame, j'y veillerai.

Une minute plus tard, ils se jetaient tous les trois à l'eau en s'éclaboussant dans un concert de rires et de cris de joie. Après les avoir observés quelques instants, je m'apprêtais à rentrer quand Andrew apparut, m'embrassa et me tendit une gerbe d'œillets rouges et blancs.

— J'aurais aussi voulu des bleus pour compléter les couleurs du drapeau mais ils n'en avaient pas, dit-il en me donnant un autre baiser.

— Merci, mon chéri, ils sont superbes. Rassure-toi, le bleu n'est pas une couleur naturelle, les fleuristes n'en ont presque jamais. Mais dis-moi, les jumeaux pensent que nous sommes en train d'essayer de faire un bébé.

Il me regarda, étonné, avant de pouffer de rire.

— C'est ma foi vrai !

— Bien sûr, mais ils sont dévorés de curiosité. Pourquoi leur en as-tu parlé ?

— Ce n'était pas prévu, ma chérie, je t'assure. Ce matin ils étaient intenables, Lissa prenait ses grands airs de Mademoiselle-je-sais-tout. Je voulais juste les sermonner pour qu'ils se tiennent mieux et j'ai parlé du nouveau bébé sans le faire exprès, je te le jure. Ils en sont restés sans voix — même si cela n'a pas duré, c'était mieux que rien. En tout cas, je peux te dire que les grand-mères étaient ravies. Elles riaient comme des folles.

— De quoi oses-tu me qualifier ? s'exclama Diana qui sortait de la maison à ce moment-là.

— Ah ! vous voilà, maman. Eh bien oui, j'avoue ! Je vous ai traitées de grand-mères, Jessica et vous. Mais il y a d'autant moins de honte à cela que je n'ai jamais vu d'aïeules plus époustouflantes que vous deux. Je vous le dis en toute sincérité, vous avez des jambes à faire pâlir d'envie toutes les reines de beauté de la planète !

— Votre mari n'est qu'un vil flagorneur, ma pauvre enfant, me souffla Diana avec un clin d'œil complice.

— Pas du tout, Diana ! Pour une fois, il ne dit que la stricte vérité. Mais il faut que je vous laisse, j'ai à peine le temps de me changer avant le déjeuner.

— Allez-y, Mal. Je vais m'asseoir à l'ombre regarder mes petits-enfants s'amuser dans la piscine.

Andrew me prit le bras d'autorité.

— Et si nous faisions un nouvel essai pour ce fameux bébé ? me chuchota-t-il à l'oreille en traversant la galerie. Tu n'aurais vraiment pas le temps ?

Je ne pus m'empêcher de sourire.

— Tu es incorrigible !

— Parce que je t'aime trop... Ecoute, je te propose un marché : décide de l'heure et du lieu. Tu n'as qu'un mot à dire, je suis ton homme.

Cette fois, j'ai pouffé de rire.

— Ce soir. Au lit.

— Marché conclu !

10

Connecticut, octobre 1988

Les oiseaux étaient de retour.

Tout à l'heure, de ma chambre, je les avais vus se poser comme hier près de la piscine en formant une tache noire sur la pelouse parsemée de feuilles mortes rouges et dorées. Je les observais maintenant par la fenêtre de mon atelier. Intriguée par leur immobilité et leur silence, j'ai posé mes pinceaux et je suis sortie sur le pas de la porte. Que faisaient-ils, pourquoi revenaient-ils ? J'avais beau me raisonner, leur allure me donnait la chair de poule.

Un éclair de couleur à la limite de mon champ de vision me fit retourner vers la maison. Une longue écharpe rouge autour du cou, emmitouflée dans un gros chandail, un pantalon de laine et des bottes de daim, Sarah descendait de la terrasse, un plateau à la main.

— Que regardes-tu avec tant d'intérêt ? me demanda-t-elle en s'approchant.

— Ces oiseaux noirs, là. Depuis deux jours, ils reviennent au même endroit. Je les trouve... inquiétants.

Sarah leur jeta un coup d'œil par-dessus son épaule.

— Tu as raison, ils font froid dans le dos.

— Exactement ce que je me disais. Entre donc.

— Brr... Volontiers ! Je pensais qu'un café chaud te ferait du bien. Je ne te dérange pas, au moins ?

— Pas du tout, au contraire. Je mourais d'envie de boire un bon café.

Je repoussai une boîte d'aquarelle et un pot d'eau pour faire de la place sur la table. Après avoir versé le café dans les tasses, Sarah leva les yeux vers la fenêtre.

— C'est vrai, que viennent faire ces oiseaux sur la pelouse ? Il y en a au moins deux douzaines.

— Bizarre, n'est-ce pas ? Ils n'ont même pas bougé depuis tout à l'heure. Toute la région est classée réserve naturelle, on y voit beaucoup d'oiseaux migrateurs qui se posent sur l'étang, des oies sauvages du Canada, des canards, des hérons. Mais c'est la première fois que je vois cette espèce-ci, surtout un vol d'une telle importance.

— Qu'est-ce que c'est, à ton avis ? Des corbeaux ?

— Plutôt des corneilles ou des choucas.

— Tu peux dire ce que tu veux, je n'y connais rien !

En pouffant de rire, nous avons bu toutes deux une gorgée de café et mordu dans un macaron.

— Alors, demanda Sarah, es-tu finalement décidée à rejoindre Andrew à Londres pour le week-end ?

— J'aimerais bien, d'autant plus qu'il y sera coincé au moins une quinzaine de jours. Mais à condition que cela ne t'ennuie pas de venir ici avec Jennifer et les jumeaux pendant mon absence. Ou alors, si tu préfères rester en ville, tu pourrais t'installer à l'appartement.

— Mais non ! Tu sais que j'adore les jumeaux et que je raffole de jouer les mères poules. Je serai ravie de venir ici. Un week-end tranquille au grand air me fera beaucoup de bien, surtout en ce moment. Avec le travail qui me tombe dessus, j'ai grand besoin de recharger mes batteries. Ne change rien à tes projets...

Assise face à la fenêtre, elle s'interrompit soudain. Suivant la direction de son regard, je me suis levée d'un bond et j'ai couru ouvrir la porte : les oiseaux s'envolaient dans un grand battement d'ailes. La tête levée, j'ai suivi des yeux leur masse qui se détachait contre le ciel gris et j'ai tout de suite vu, à leur envergure, qu'ils étaient de taille imposante. Ils se rassemblèrent au-dessus du toit de l'atelier en un véritable nuage qui tournoya un instant avant de s'éloigner.

— Ce ne sont ni des choucas ni des corneilles, ai-je dit à mi-voix, mais bel et bien des corbeaux.

— Ô mânes d'Edgar Poe !... psalmodia Sarah d'un ton lugubre.

Sa voix, juste derrière moi, me fit sursauter. Je ne m'étais pas rendu compte qu'elle m'avait suivie.

— Tu m'as fait peur, idiote ! Et que veux-tu dire, en invoquant les mânes d'Edgar Poe ?

— Voyons, tu sais bien qu'il considère ces pauvres bêtes comme des oiseaux de mauvais augure, des présages de mort. Il en met dans ses histoires les plus sinistres. C'est très injuste, à mon avis.

— Ne dis pas des choses pareilles ! ai-je protesté en frissonnant malgré moi.

— Tu es trop sotte ! Je plaisantais, voyons.

— Tu sais pourtant que j'ai horreur de tout ce qui est macabre ou touche à l'occultisme... Mais pourquoi me regardes-tu tout à coup d'un air aussi bizarre ?

— Tu es devenue toute pâle, Mal. Excuse-moi, je suis désolée de t'avoir fait peur. Je n'aurais pas dû oublier que tu étais aussi froussarde pour ce genre de choses.

— Et toi, tu es un esprit fort, je sais.

Je me suis forcée à rire sans parvenir à chasser le sentiment d'appréhension que me causaient ses paroles et cet étrange rassemblement d'oiseaux.

— C'est vrai, je ne me lasse pas des films d'horreur.

— Eh bien moi, si !

Pendant que je refermais la porte et que j'allais m'asseoir sur le vieux canapé en m'efforçant de calmer mes nerfs à vif, Sarah s'approcha de la longue table, disposée sous la fenêtre, où je faisais sécher mes aquarelles.

— Mais... elles sont superbes, Mal ! s'exclama-t-elle. Tu ne m'avais pas dit que tu dessinais les petits habitants du mur. Voilà Algernon, le serpent noir, la tête dans un bocal de chocolats... Et Angelica la lapine. Elle est adorable avec son bonnet ! Et les écureuils en train de fabriquer un berceau pour le bébé qu'ils veulent adopter ! Tu es un génie, Mal ! Tu as manqué ta vocation, tu sais, tu aurais dû devenir illustratrice de livres pour enfants.

— Tes compliments me vont droit au cœur, mais entre Andrew et les jumeaux, j'ai déjà fort à faire. En tout cas, je suis contente que mes dessins te plaisent, je me suis beaucoup amusée à préparer les livres.

— Les enfants seront ravis quand ils les découvriront à Noël dans leurs souliers.

— Je l'espère bien, quand je pense au temps que j'y ai passé et au mal que je me suis donné !

— Sérieusement, Mallory, tu devrais les faire éditer.

— Non, ils ne sont pas assez bons.

— Si, ils le sont. Crois-moi.

— De toute façon, j'ai écrit et illustré ces contes uniquement pour Jamie et Lissa. Tu auras beau dire, tu ne me feras pas changer d'avis.

Après que Sarah eut quitté l'atelier, je me suis rapprochée du chevalet où était posé le tableau auquel je travaillais depuis deux mois. C'était un portrait de Diana, que je comptais offrir à Andrew pour Noël. J'en avais commencé les premières esquisses en juillet, quand elle était venue nous rendre visite, et j'avais pris plusieurs photos d'elle dans la même pose. Le portrait était maintenant presque terminé. Il me restait à fignoler les détails, comme la couleur des cheveux dont je voulais rendre avec exactitude les reflets auburn sous la lumière. Au bout d'une heure de travail, sentant que je ne pouvais plus l'améliorer, j'ai préféré m'interrompre pour ne pas risquer de gâter l'effet obtenu et prendre quelques heures de recul avant d'y revenir. D'ailleurs, l'heure du déjeuner approchait et je devais me mettre à table avec Sarah et les jumeaux.

J'avais fini de nettoyer mes pinceaux et je remettais mon chandail quand le téléphone sonna. C'était Andrew qui appelait de Londres.

— Que je suis heureuse de t'entendre, mon chéri ! Tout va bien ?

— Oui, sauf que vous me manquez terriblement, les jumeaux et toi.

— Tu nous manques aussi, tu sais.

— Viens-tu au moins le week-end prochain ?

— Rien ne pourrait m'en empêcher ! Sarah est d'accord pour garder les jumeaux ici avec Jenny. Ils vont sûrement s'amuser comme des petits fous.

— Et nous aussi, ma chérie, je te le promets !

DEUXIÈME PARTIE

Kilgram Chase

11

Londres, novembre 1988

Le jeudi matin, je me suis envolée pour Londres.

A cause de la brièveté de mon séjour en Angleterre, Andrew avait insisté pour que je prenne le Concorde à neuf heures et demie afin que nous disposions du maximum de temps ensemble. Son assurance que mon billet serait aux frais de l'agence avait eu raison de mes objections.

On prend très vite goût à cette manière de voyager : j'avais à peine eu le temps de me détendre, de déguster un délicieux en-cas et de lire quelques pages de Colette que nous nous posions à Heathrow. Mieux encore : les passagers du Concorde avaient droit à des égards inconnus de ceux des vols ordinaires. A peine débarquée, je découvris que mes bagages tournaient déjà sur le carrousel et un porteur me fit franchir les contrôles douaniers en un clin d'œil. Encore tout étourdie de ce déploiement d'efficacité, je me suis retrouvée dans le hall de l'aérogare.

Andrew m'attendait près de la barrière, tiré à quatre épingles comme à son habitude. Je sentis mon cœur battre plus vite : il était, il serait à jamais le seul homme que j'aimais et nos retrouvailles, même après la plus brève des séparations, me faisaient toujours l'effet d'un miracle. En me reconnaissant dans le groupe des arrivants, son visage s'illumina d'un large sourire. Une fraction de seconde plus tard, nous tombions dans les bras l'un de l'autre et nous embrassions passionnément.

— Jusqu'à quand restes-tu ? me demanda-t-il enfin avec un regard amusé en constatant la dimension de mes deux valises. Au moins jusqu'à mon départ, j'espère.

— Tu sais bien que j'aimerais rester plus longtemps que prévu, mon chéri, mais il faut que je reparte lundi. Je ne peux pas laisser les enfants seuls plus d'un week-end.

— Mais si, voyons ! Jenny, ta mère et Sarah s'occupent d'eux, ils ne risquent rien du tout.

— Sarah travaille toute la semaine...

— Pas ta mère. Et j'ai toute confiance en Jenny. Allons, un bon mouvement !

J'allais résister quand sa mine soudain rembrunie me décida à changer mes projets.

— Eh bien, d'accord. Si tu insistes, je ne partirai que mardi matin, mais je ne peux vraiment pas rester plus longtemps. Cela te convient quand même ?

— Si cela me convient ? A merveille !

Sur quoi il me prit par le bras et m'entraîna vers la sortie. Le porteur nous attendait près du parking.

Le décalage horaire ayant compensé la rapidité du voyage, la nuit tombait. Tandis que je frissonnais dans le froid et l'humidité typiques d'un hiver anglais, une Rolls Royce vert bouteille freina à notre hauteur. Le chauffeur chargea mes bagages dans le coffre, Andrew me fit monter, paya le porteur et me rejoignit aussitôt. La voiture démarra pendant que nous échangions à nouveau un long baiser.

— Je suis si heureux que tu sois venue, me dit-il avec un soupir de contentement.

— Moi aussi, mon amour. Je ne supporte pas d'être loin de toi.

Tandis que nous roulions sur l'autoroute luisante de pluie, j'observai avec inquiétude que mon mari avait les yeux cernés, les traits tirés, le visage visiblement marqué par la fatigue.

— Les choses se passeraient-elles encore moins bien que tu ne me le laissais entendre ? ai-je demandé.

— Je t'en parlerai plus tard, murmura-t-il en faisant un signe de tête en direction du chauffeur.

Comprenant qu'il ne souhaitait pas être entendu, je n'ai pas insisté. Il lut avec attendrissement les cartes que les enfants m'avaient chargée de lui remettre, nous avons bavardé de choses et d'autres. Moins d'une heure plus tard, la voiture nous déposait au Claridge.

Plus tard ce soir-là, après que j'eus passé quelques coups de téléphone, défait mes valises, pris un bain, changé de robe et refait mon maquillage, Andrew m'emmena dîner au Connaught.

— Pour des raisons sentimentales, mon amour, précisa-t-il en souriant.

C'était au Connaught, en effet, que nous avions célébré nos fiançailles en compagnie de Diana.

S'il faisait encore froid et humide, il ne pleuvait plus et j'étais contente de respirer après avoir été si longtemps enfermée dans l'avion et à l'hôtel. D'ailleurs, j'avais toujours aimé marcher dans Londres à cette heure-là. Avec un trafic moins dense, des rues moins encombrées, Mayfair retrouvait son charme suranné qui, pour moi, évoquait surtout les plus heureux souvenirs de ma vie.

Une fois installés au restaurant, Andrew commanda nos apéritifs et, en attendant le retour du serveur, me décrivit les problèmes auxquels il avait dû faire face.

— Je suis arrivé juste à temps, commença-t-il. Comme je te le disais au téléphone l'autre soir, j'ai trouvé une situation catastrophique. Joe Braddock a bombardé son gendre directeur de l'agence. Cet imbécile n'y connaît rien et la dirige en dépit du bon sens. Jack Underwood et moi aurons toutes les peines du monde à maintenir l'affaire à flot.

— Pas possible ! me suis-je exclamée. La branche européenne de BABS a toujours été la plus rentable du groupe.

— Ce n'est plus le cas, hélas ! Ce Malcolm Stanley est d'une nullité crasse. Je ne m'explique pas que Joe, malgré ses défauts, ait pu commettre une telle bourde. C'est pire qu'une erreur de jugement, c'est criminel de sa part — d'autant plus que le bureau de Londres centralise les facturations de nos filiales en France, en Allemagne et dans le reste de l'Europe.

— Triste exemple des méfaits du népotisme... Mais qu'est-ce que Malcolm a fait, au juste, pour mettre l'agence dans une telle situation ?

Avant de répondre, Andrew attendit que le serveur, revenu avec nos consommations, se fût éloigné.

— Le pire de ses défauts, à mon avis, est sa méconnaissance totale des problèmes humains. En voulant diviser pour mieux régner, il dresse les gens les uns contre les autres et ne réussit qu'à mécontenter tout le monde. Résultat, le moral est au plus bas et les rares éléments valables qui n'ont pas encore claqué la porte le haïssent cordialement. Son avarice sordide et ses économies de bouts de chandelles sur les budgets de campagne nous font perdre tous les jours des clients. Mais la liste de ses erreurs serait trop longue.

Andrew eut un geste désabusé.

— Que faire, alors ? ai-je demandé. Malcolm a épousé la fille de Joe et, d'après ce que je sais, Ellen aime vivre à Londres. Joe ne congédiera jamais son gendre.

— Joe ne fera rien de sa propre initiative, en effet. C'est donc à Jack et à moi qu'il incombera de neutraliser ce redoutable crétin et de lui lier les mains.

— De quelle façon ?

— En nommant quelqu'un d'autre à la tête du bureau.

— Je comprends de moins en moins.

— Joe sera bien forcé d'accepter, répondit Andrew avec un sourire. Depuis des mois, Jack, Harvey Colton et moi le harcelons pour le pousser dehors. La seule idée de prendre sa retraite le terrifie au point qu'il se soumettra, bon gré, mal gré, à ce que nous lui proposerons, rien que pour conserver un poste honorifique à l'agence et l'illusion d'être encore quelqu'un d'important. Bien sûr, Malcolm se débattrait comme un beau diable si nous le mettions sans précaution sur la touche. La seule solution consistera donc à lui donner un titre ronflant qui le mettra hors d'état de nuire et à confier les véritables responsabilités à quelqu'un capable de redresser la barre.

— Et les conjurés ont-ils ce *quelqu'un* en tête ?

— Jack et Harvey voudraient que ce soit moi mais je n'y tiens pas le moins du monde. Franchement, Mal, je n'ai aucune envie de déraciner les enfants pour venir passer deux ou trois ans à Londres — et quand je dis deux ou trois ans, je suis optimiste. Il en faudra sans doute davantage pour remettre l'agence sur les rails.

— Hmm... Pour ma part, je ne verrais pas d'inconvénient à vivre à Londres trois ou quatre ans. Si tu n'as encore engagé personne, pourquoi ne prendrais-tu pas le poste ?

— Non, Mal, pas question. D'abord, parce que ce n'est pas mon genre de passer derrière un autre pour remettre de l'ordre dans sa pétaudière. En plus, Harvey, Jack et moi nous sommes donné beaucoup de mal ces derniers mois pour impulser de l'élan à l'agence de New York et je tiens à terminer le travail... Tu parais déçue, ma chérie, dit-il en me regardant dans les yeux.

— Mais non, pas du tout, ai-je protesté en rougissant d'avoir été si facilement percée à jour.

— Je te connais, Mallory. Tu aurais aimé que nous nous installions à Londres, n'est-ce pas ? Avoue.

— Eh bien... un peu, c'est vrai. Mais mon avis n'a aucune importance, me suis-je hâtée d'ajouter. Il s'agit de *ta* carrière et je serai toujours d'accord avec ta décision, quelle qu'elle soit. Je te le jure.

— En fait, vois-tu, je ne souhaite plus vivre en Angleterre, tu le sais d'ailleurs depuis longtemps. J'aime travailler à Madison Avenue, l'atmosphère de New York a quelque chose de tonifiant. Et surtout, Indian Meadows nous manquerait aussi cruellement à l'un qu'à l'autre.

— C'est vrai... Alors, as-tu déjà trouvé quelqu'un ?

— Jack Underwood veut bien se dévouer. Il doit même arriver mercredi prochain pour que nous mettions tout au point avant mon départ.

— Harvey et toi resterez donc seuls à New York ?

— Oui, et nous aurons du pain sur la planche, crois-moi. Mais nous sommes sûrs de pouvoir remonter la pente. Dans certains secteurs, l'agence est encore parmi les plus performantes et elle possède toujours un noyau de clients fidèles. Ce ne sera pas une tâche surhumaine.

— Je ne t'avais pas vu aussi las depuis longtemps, mon chéri, ai-je dit en lui prenant la main. Mais avec ce que tu viens de me dire, je comprends que c'était encore plus dur que ce que j'imaginais.

— C'est vrai, Mal, répondit-il en soupirant. Et je dois aussi avouer que passer des journées entières avec des collaborateurs démoralisés suffirait à abattre les plus enthousiastes... Mais maintenant que tu es là, poursuivit-il avec un clin d'œil et un sourire, tout va beaucoup mieux. Nous allons profiter d'un bon week-end seuls ensemble et il ne sera plus question de travail. Plus un mot. D'accord ?

— Je t'ai déjà dit que j'étais d'accord à l'avance avec tout ce que tu voudrais.

— Eh bien, attends-toi que je te prenne au mot ! dit-il, retrouvant sa gaieté. Et maintenant, buvons un autre verre et commandons le dîner. Ta présence m'ouvre l'appétit, je n'ai pas eu aussi faim depuis mon arrivée à Londres.

12

Quand je sortis du Claridge le vendredi matin, le ciel gris était menaçant. Avant de partir au bureau, Andrew m'avait d'ailleurs prédit qu'il pleuvrait. Aussi ai-je hélé un taxi plutôt que d'aller à pied chez Diana comme j'avais plaisir à le faire d'habitude. J'y suis montée juste à temps : la pluie commençait à tomber au moment même où je refermais la portière. Maudit climat anglais ! ai-je maugréé en regardant par la vitre. Mais je me suis raisonnée : après tout, on ne vient pas en Angleterre pour profiter du beau temps, le pays a bien d'autres choses à offrir. Pour moi, qui ai toujours aimé l'Angleterre et les Anglais, Londres est la ville la plus merveilleuse au monde — je la préfère même à New York, ma ville natale. Et puis, ai-je conclu, qu'il pleuve, qu'il neige ou qu'il gèle, je me moque du temps qu'il fait, je suis trop contente d'être ici.

Tandis que le taxi traversait Knightsbridge en direction de King's Road, où se trouvait le magasin d'antiquités de ma belle-mère, j'ai décidé d'aller faire mes achats de Noël chez Harrods dans l'après-midi. Comme nous devions revenir passer les fêtes de fin d'année chez Diana, je pourrais ainsi faire livrer directement dans le Yorkshire mes cadeaux pour elle, Andrew et les enfants, ce qui m'éviterait de tout rapporter de New York en décembre.

Voulant faire la surprise à sa mère, Andrew ne l'avait pas prévenue que je venais le rejoindre à Londres pour le week-end. Ravie de m'entendre au téléphone la veille au soir, elle m'avait aussitôt invitée à déjeuner.

En descendant du taxi, je me suis attardée un instant sur le trottoir pour admirer les merveilles exposées dans la vitrine. Au fond du magasin, Diana parlait avec sa vivacité coutumière à un homme, un client sans doute, auquel elle montrait sur le mur derrière elle une tapisserie flamande.

Elle me parut particulièrement en beauté ce matin-là. Son élégant tailleur rouge et son collier de perles mettaient en valeur son teint doré et ses cheveux châtains. J'étais d'autant plus heureuse de la voir en rouge que je l'avais peinte vêtue d'un chemisier écarlate, avec les perles qui ne la quittaient pour ainsi dire jamais. En l'observant, j'étais sûre d'avoir réussi à capturer sur la toile la beauté, la chaleur, la grâce innée que toute sa personne irradiait.

Dès qu'elle m'aperçut, Diana se hâta de venir à ma rencontre, le visage illuminé par un sourire. Ses yeux bleu-gris reflétaient la même joie spontanée, la même affection profonde que ceux d'Andrew quand il me retrouvait après une de nos séparations.

— Vous voilà enfin, ma chérie ! s'exclama-t-elle en m'embrassant. Je suis si heureuse de vous voir ! Quelle merveilleuse surprise vous me faites !

— Vous êtes ce que Londres a de meilleur à offrir, très chère Diana, ai-je répondu en lui rendant son baiser. A part votre fils, cela va sans dire.

Elle éclata d'un rire franc.

— Vilaine flatteuse ! Venez que je vous présente, dit-elle en m'entraînant vers son visiteur. Mallory, Robin McAllister. Robin, Mallory Keswick, ma belle-fille.

L'homme, grand, beau, distingué et vêtu avec élégance, s'inclina courtoisement et me serra la main.

— Voulez-vous m'excuser quelques minutes, Mal ? reprit Diana après l'échange de salutations. J'allais montrer à M. McAllister un tableau dans la réserve au sous-sol. Ce ne sera pas long, nous irons déjeuner aussitôt après.

— Prenez votre temps, je mourais justement d'envie d'explorer le magasin. J'ai déjà remarqué la présence de nouveaux trésors — comme d'habitude, d'ailleurs.

Diana était réputée pour offrir certains des meubles et des objets d'art les plus beaux et les plus rares que l'on puisse trouver à Londres. Elle sillonnait constamment l'Europe à la recherche de pièces exceptionnelles et, si elle se spécialisait dans les antiquités françaises des XVIIIe et XIXe siècles, elle ne dédaignait pas pour autant les autres styles. C'est ainsi qu'au moment de ma visite elle exposait un mobilier Biedermeier d'une rare qualité devant lequel je suis restée en contemplation.

Un peu plus loin, les rinceaux délicats et le paysage bucolique d'un trumeau Louis XV retinrent mon attention. Le miroir terni me renvoya mon image qui ne me plut qu'à moitié. Sous ma tignasse rousse, j'étais décidément trop pâle et j'avais l'air fatiguée... mais après tout, quoi de plus normal ? me suis-je dit sans pouvoir retenir un sourire. La nuit dernière, Andrew et moi avions fait l'amour avec une passion que je n'hésiterais pas à qualifier de débridée. En dépit de sa lassitude, il avait fait preuve d'une incroyable vitalité. Si nous n'avions pas conçu d'enfant cette nuit-là, le Destin nous était vraiment contraire...

— Mallory ! Quelle joie de vous revoir !

Une voix derrière moi me fit sursauter. En me retournant, je reconnus le visage souriant de Jane Patterson, le bras droit de Diana. Pendant que nous bavardions, je vis M. McAllister traverser le magasin et nous saluer d'un signe de tête avant de sortir. Diana me rejoignit peu après en jetant sur ses épaules une cape rouge assortie à son tailleur.

— Allons-y, Mal ! Je rentrerai vers trois heures, Jane, ajouta-t-elle.

Je suivis en hâte Diana sur le trottoir, où elle agitait déjà son parapluie pour arrêter un taxi.

Bien qu'il soit assez éloigné de son magasin, Diana m'emmena au Savoy, sur le Strand, parce qu'elle savait que c'était un de mes restaurants préférés à Londres. Connaissant son emploi du temps toujours surchargé, j'eus beau protester, suggérer des endroits plus commodes, elle ne voulut rien entendre. Elle pouvait parfois se montrer aussi têtue que son fils !

De notre table, près d'une fenêtre dominant la Tamise, j'admirais le panorama unique qui s'offrait à moi. La pluie avait cessé, une brume légère estompait les contours des bâtiments ; le soleil hivernal qui s'efforçait de percer entre les nuages teintait les eaux du fleuve d'étranges reflets métalliques. Une atmosphère à la Turner, me dis-je en pensant d'instinct à mon peintre préféré, dont j'admirais tant la maîtrise de la lumière.

Je me sentais détendue, heureuse, comblée. Je bénissais ma chance d'être à Londres avec mon mari, de partager ce repas au Savoy avec Diana, d'avoir mes adorables jumeaux. J'étais peut-être même de nouveau enceinte. Ma vie débordait de joies et de bénédictions...

Un sourire m'était venu aux lèvres. Diana me le rendit et me serra la main sur la table.

— Andrew est le plus heureux des hommes de vous avoir trouvée, Mal. Vous êtes la fille que j'avais toujours rêvé d'avoir.

— Vous êtes merveilleuse, Diana. Je pensais justement à tous les cadeaux que la vie m'a faits.

— Eh bien, disons que nous avons toutes deux beaucoup de chance, dit-elle en souriant. Je suis désolée de n'avoir pas pu me rendre au mariage de votre mère, poursuivit-elle. Il tombait pour moi au plus mauvais moment. Mes projets étaient établis longtemps avant que je n'aie reçu son invitation et je ne pouvais absolument pas me dégager.

— Aucune importance, Diana, ma mère a parfaitement compris. En fait, je crois qu'elle était contente que tout se passe dans l'intimité. C'est étonnant de sa part quand on la connaît, mais je crois que pour une fois elle ne voulait pas de réception à tout casser. Il n'y avait d'ailleurs que la famille proche et quelques rares intimes, comme la mère de Sarah, qui est sa plus vieille amie. Elle n'avait même pas invité sa mère, ma grand-mère Adelia. Il est vrai qu'à son âge, elle n'aurait de toute façon pas pu venir.

— Quel âge a-t-elle donc ?

— Quatre-vingt-onze ans.

— Que Dieu me préserve de devenir aussi vieille ! dit Diana en pouffant de rire.

— Pour ma part, je ne dirais pas non — à condition de ne pas trop perdre la tête.

Nous avons toutes deux ri de bon cœur.

102

— David Nelson gagne à être connu, ai-je repris. J'ai découvert ses qualités en le voyant plus souvent ces derniers temps et il semble aimer sincèrement ma mère.

— Je suis très heureuse pour Jessica qu'elle se soit enfin remariée ; elle était restée trop longtemps seule. Elle a eu parfaitement raison d'épouser David.

J'observai Diana un instant avant de laisser échapper :

— Vous devez être très solitaire, vous aussi.

— La plupart des femmes — non, disons la plupart des gens qui vivent seuls — souffrent par moments de la solitude, répondit-elle. La solitude, ajouta-t-elle après une brève pause, est en quelque sorte une autre forme de mort et...

Le regard soudain voilé par une mélancolie inhabituelle, elle n'acheva pas sa phrase. Profondément émue par ce que je devinais en elle de regrets ou de frustrations, je ne sus que dire et le silence retomba. Je brûlais pourtant d'envie de la questionner au sujet de mon père, de lui rapporter l'hypothèse qu'Andrew et moi avions échafaudée l'été dernier mais, en levant les yeux vers elle, j'en fus incapable. Non parce qu'elle m'intimidait, mais parce que c'eût été d'une impardonnable indiscrétion de m'immiscer ainsi dans sa vie privée.

Voyant mon regard posé sur elle, elle me fit son plus brillant sourire.

— Soyez tranquille, Mal, ma solitude ne dure jamais longtemps et je n'en souffre que rarement. J'ai beaucoup de chance, voyez-vous, d'avoir mon affaire qui m'occupe jour et nuit. Je passe mon temps à voyager en Europe, à courir les ventes aux enchères, à inviter des clients à déjeuner et à dîner, à rencontrer des marchands étrangers, sans parler de la boutique à faire marcher. Je n'ai pas une minute à moi.

— Et n'avez-vous jamais rencontré quelqu'un de... remarquable au cours de tous vos voyages ? ai-je hasardé sur le ton de la plaisanterie. Un séduisant

Français, par exemple, un Italien lyrique, ou même un bouillant Espagnol ?

Elle pouffa de rire comme une écolière, le regard à nouveau plein de gaieté.

— Hélas non, ma chérie !

Elle dégustait une gorgée de vin — un délicieux montrachet, car elle s'y connaissait autant en vins qu'en meubles français — quand le serveur apporta les entrées et le silence retomba quelques instants.

Pendant que je savourais mes huîtres, Diana me dit à brûle-pourpoint :

— Au fait, je me demande si votre père va se remarier, maintenant qu'il est libre.

Bouche bée, j'en ai laissé tomber ma fourchette. Il me fallut un moment pour retrouver ma voix.

— Eh bien... il doit en effet y avoir quelqu'un dans sa vie... quelqu'un qu'il pourrait épouser...

Je ne pus aller plus loin. J'étais si impatiente d'entendre Diana me confirmer elle-même sa relation avec mon père que ma langue me refusait tout service.

— Bien sûr qu'il a quelqu'un ! dit-elle avec son sourire le plus éclatant.

— Vraiment ? ai-je bafouillé.

— Naturellement, voyons ! Comment imaginer qu'un homme comme votre père puisse vivre seul ?...

Je devais avoir l'air si ahuri qu'elle s'interrompit et me dévisagea, perplexe.

— Je croyais que vous étiez au courant, reprit-elle. Que votre mère vous en avait parlé il y a des années.

— Me parler de quoi ?

— Mon Dieu ! Si j'avais su que je ferais une gaffe... J'aurais mieux fait de me taire.

— Mais pas du tout, Diana, je vous assure ! ai-je protesté. Que pensiez-vous que ma mère m'aurait dit ?

— Eh bien, qu'il y a eu beaucoup de femmes dans la vie de votre père, lança-t-elle après avoir marqué une hésitation. Je veux dire, après leur séparation, quand vous êtes partie pour Radcliffe, à dix-huit ans. Jess elle-même m'a parlé de ses... liaisons, ou de ses aventures, selon le terme que vous préférez. Je supposais donc qu'elle se serait confiée à vous, surtout depuis votre mariage.

— Non, ma mère ne m'a jamais rien confié. Je dois dire, cependant, que j'ai souvent pensé à mon père et que je l'imaginais mal vivant tout à fait seul. Il y aurait donc, en ce moment même, quelqu'un dans sa vie ?

Diana se borna à acquiescer d'un signe de tête, comme si elle se sentait hors d'état de parler — ainsi que je l'étais moi-même quelques minutes plus tôt. J'étais désormais certaine de la véracité de mon hypothèse.

— C'est vous, Diana, n'est-ce pas ? ai-je lâché. Andrew et moi nous en doutions depuis des mois.

Ma belle-mère sursauta, me dévisagea un instant avec stupeur et éclata de rire, d'un rire si sincère que les larmes lui montèrent aux yeux. Elle parvint finalement à reprendre contenance.

— Excusez-moi, ma chérie, dit-elle en se tamponnant les yeux avec son mouchoir, je n'avais rien entendu de si drôle depuis des années. Votre père et moi ? Grand Dieu, non ! Je suis bien trop terre à terre pour Edward. Il lui faut une femme infiniment plus douce et délicate que moi, voyons ! Une idéaliste, une... visionnaire, dirais-je même. Non, le mot de *voyante* conviendrait mieux à Gwenny.

— Gwenny ? Qui est Gwenny ?

— Gwendolyn Reece-Jones, une décoratrice de théâtre renommée et une très bonne amie à moi. Quand elle n'est pas à Londres en train de créer des décors pour les spectacles du West End, elle vit dans un manoir du XVIe siècle au fin fond du pays de Galles. Elle déborde d'imagination, de charme, elle est d'une drôlerie irrésistible et, oui, tout ce qu'il y a de plus extralucide.

— C'est donc elle la... bonne amie de mon père ?

— Oui, et elle lui convient à merveille. Je dois aussi avouer que c'est moi qui les ai présentés — en punition de mes péchés, ajouta-t-elle après un nouvel accès de fou rire.

— Sont-ils... sérieux ? ai-je demandé, de plus en plus déconcertée.

— Gwenny l'est, en tout cas, je puis vous l'assurer. Elle est littéralement folle de lui. Quant à Edward...

Diana marqua une pause.

— Je *pense* qu'il est sérieux lui aussi, reprit-elle, mais je ne puis en jurer. Voilà pourquoi je me demandais tout à l'heure s'il songeait à l'épouser. Peut-être que oui, peut-être que non, c'est difficile à dire.

— La connaît-il depuis longtemps ?

— Environ quatre ans.

— Je vois...

En réalité, je voyais de moins en moins.

— Mais dites-moi, dit Diana après un bref silence, qu'est-ce diable qui a pu vous amener, Andrew et vous, à croire que votre père et moi avions une folle aventure ? C'est l'idée la plus absurde au monde — à tous points de vue, ajouterais-je.

Je lui rapportai la découverte par Andrew de la lettre de mon père dans son sac l'été précédent, les hypothèses que nous avions alors formulées et les conclusions que nous en avions tirées à la lumière de la modification de leurs comportements quand ils étaient ensemble.

Diana eut la bonne grâce d'en rire.

— Si je deviens différente en compagnie d'Edward ? Mais c'est tout à fait exact ! Avec lui, je me sens une femme plutôt qu'une mère et surtout une grand-mère ! En fait, je redeviens moi-même — je veux dire, telle que je suis quand je suis seule, sans Andrew et vous et les jumeaux. Avec lui, je me comporte d'une manière naturelle, je me surveille moins... Il y a dans la personnalité de votre père, voyez-vous, quelque chose qui met toutes les femmes à l'aise ou... comment dire ?... les rend heureuses...

— Sauf ma mère, fis-je remarquer.

— C'est vrai, ma chérie, mais toute règle comporte une exception. Comme je le disais, il a le chic de faire croire à une femme qu'elle est la plus belle, la plus désirable, la plus féminine — même si elle ne l'attire pas. Il sait se montrer attentionné, dire des choses aimables, flatter sans flagornerie... C'est difficile à expliquer, en réalité, mais je puis vous dire ceci : votre père n'est dans son élément qu'avec les femmes. Il les aime, les admire, les respecte, il ne peut pas se passer d'elles. Elles le sentent d'instinct et elles le lui rendent bien.

Je commençais à mieux comprendre.

— Epousera-t-il Gwenny ? Qu'en pensez-vous, Diana ?

— Je vous ai dit que je n'en savais rien. Mais il aurait tort de ne pas le faire. Elle le rendrait heureux, j'en suis convaincue.

Nous avons réfléchi quelques instants, chacune de notre côté.

— Rendra-t-il leur liaison... officielle, maintenant que le divorce est prononcé et que ma mère s'est remariée ?

Diana me lança un regard perplexe.

— Mais... ils ne se sont jamais cachés ! Ce n'est un secret pour personne, à Londres du moins. S'il ne vous en a pas parlé, c'est sans doute pour ne pas vous choquer.

— Peut-être.

— Pour ma part, j'en suis certaine, déclara-t-elle.

Je m'étonnais que Diana vole ainsi au secours de mon père. Il n'avait pourtant nul besoin d'être défendu, de mon point de vue du moins. Je l'aimais toujours autant, ses démêlés conjugaux avec ma mère, qui avaient marqué toute mon enfance, étaient de l'histoire ancienne et, surtout, j'estimais qu'ils auraient dû divorcer depuis longtemps. Leur comportement m'avait toujours paru incompréhensible.

— A-t-il jamais emmené Gwenny aux Etats-Unis ? ai-je demandé après m'être éclairci la voix.

— Pas à New York, autant que je sache. Je crois toutefois qu'elle l'a accompagné à Los Angeles quand il a donné sa série de conférences sur l'archéologie à l'UCLA.

— Quel âge a-t-elle ?

— Cinquante-trois, cinquante-quatre ans. Pas plus, en tout cas.

— A-t-elle été déjà mariée ? Parlez-moi d'elle, Diana.

— Votre curiosité est tout à fait naturelle mais il n'y a pas grand-chose à en dire. Elle était mariée à Laurence Wilton, l'acteur. Vous savez sans doute qu'il est mort il y a une douzaine d'années. Ils n'ont pas eu d'enfants. C'est une femme remarquable qui s'intéresse à l'archéologie, à l'anthropologie, aux arts, à l'architecture. En fait, votre père et elle ont beaucoup d'atomes crochus. Je suis sûre qu'elle vous plaira quand vous ferez sa connaissance.

— Je regrette seulement que mon père n'ait pas eu assez confiance en moi pour m'en parler, ai-je murmuré en baissant les yeux sur mes huîtres.

Ma belle-mère m'observa un long moment avant de reprendre la parole.

— Edward est gentleman jusqu'au bout des ongles, Mal. C'est un homme foncièrement discret qui ne s'est jamais vanté de ses conquêtes et je suis sûre qu'il croyait bien faire en ne vous parlant pas de Gwenny. Il ne voulait sans doute pas vous choquer inutilement.

— Oui, peut-être, me suis-je forcée à répondre.

J'en voulais à mon père de sa maudite *discrétion*. J'étais surtout déçue qu'il me connaisse assez mal pour ne pas savoir que j'aurais compris ses rapports avec cette Gwendolyn Reece-Jones et son besoin, à ce stade de sa vie, de retrouver le bonheur avec une autre femme. S'il l'avait fallu, je l'aurais même encouragé de grand cœur. J'avais trente-trois ans, que diable ! Je n'étais plus une petite fille mais une femme mariée, une mère de famille ! Etait-il donc aveugle ou distrait au point de l'avoir oublié ?

13

Si notre suite au Claridge n'était pas la plus vaste, son cachet victorien la rendait sans doute l'une des plus charmantes de l'hôtel. Le salon possédait une cheminée de marbre blanc et un piano quart-de-queue, les fenêtres aux rideaux de velours prune ponctuaient de touches chaleureuses le brocart gris tourterelle qui tendait les murs. Les sièges tapissés d'une soie prune assortie aux rideaux, les guéridons, la vitrine remplie de délicats bibelots complétaient un décor si authentique qu'on se croyait transporté dans une autre époque.

En cette soirée de novembre, une flambée dans la cheminée et la lumière tamisée distillée par les lampes créaient une atmosphère douillette. Pourtant, ni la lecture des magazines ni les nouvelles télévisées, regardées d'un œil distrait, ne parvenaient à calmer mon énervement. Je tournais en rond, j'allais du salon à la chambre, je revenais m'y asseoir pour me relever presque aussitôt. Quand Andrew sortirait-il enfin de son maudit bureau ? ne cessais-je de me demander. Il m'avait téléphoné vers la fin de l'après-midi, à mon retour de la Tate Gallery où j'étais allée voir mes Turner préférés après mon déjeuner avec Diana, pour me dire qu'il avait retenu une table au Harry's Bar. Il ne m'avait cependant précisé ni l'heure de la réservation ni quand il comptait me rejoindre à l'hôtel.

Vers huit heures, je me suis décidée à tuer le temps en allant dans la salle de bains commencer à me préparer. Mais j'étais à peine démaquillée que j'ai entendu avec soulagement le bruit de la clef dans la porte et je me suis précipitée au salon, un sourire de bienvenue aux lèvres.

Andrew pendait son trench-coat au portemanteau du petit vestibule. Je remarquai immédiatement ses yeux cernés, ses traits tirés, son dos voûté, tous les stigmates d'une lassitude encore plus écrasante que celle qui l'accablait la veille.

— Bonsoir, dit-il sans même me regarder.

Je voulus l'embrasser, le serrer dans mes bras, mais il se dégagea avec impatience et s'approcha de la cheminée sans mot dire. Après s'être frotté les mains devant les flammes, il se tourna de côté pour s'accouder à l'entablement, dans une posture qui lui était familière.

Debout devant lui, je l'observais avec inquiétude.

— Qu'as-tu, mon amour ? Tu ne te sens pas bien ?

— Je suis crevé. Mort de fatigue.

— Nous ne sommes pas obligés de sortir dîner, tu sais. Nous pouvons nous faire servir ici.

La froideur de son regard me désarçonna.

— Je me moque que nous sortions ou pas. Ce que je n'admets pas, c'est d'être forcé de me traîner demain jusque chez ma mère, à l'autre bout du pays. Il n'en est pas question !

Cet éclat me stupéfia.

— Mais... de quoi parles-tu ?

— Je te parle du coup de téléphone que ma chère mère m'a donné tout à l'heure pour me sermonner sur mon prétendu surmenage et m'ordonner, comme si j'étais encore un gamin, de venir passer le week-end avec toi. Pour me reposer, d'après elle ! Le repos, parlons-en ! Quatre cents kilomètres sous la pluie, pour moi ce n'est pas du repos mais une corvée que je n'ai nullement l'intention de me laisser infliger dans l'état où je suis. C'est donc cela que vous complotiez toutes les deux au déjeuner ? Vous cherchez à me tuer, ou quoi ?

Devant tant de mauvaise foi, je sentis la moutarde me monter au nez.

— Nous en avons à peine parlé ! Ta mère m'a simplement dit que cela lui ferait plaisir de nous recevoir, sans plus.

— Ce n'est pas la version que j'ai entendue, en tout cas. Elle m'a cassé les oreilles plus d'un quart d'heure au téléphone pour me dire que tu tenais absolument à y aller, que je te traitais indignement, que j'étais une brute de t'avoir fait traverser l'Atlantique pour te garder enfermée dans une chambre d'hôtel, etc. — j'en passe !

J'étais partagée entre la colère et la stupéfaction. Il n'en voulait pas seulement à sa mère mais à moi ! Pourquoi faisait-il un tel drame pour un motif aussi futile ?

— Peu importe, ai-je répliqué en me dominant à grand-peine. Je me moque que nous y allions ou pas. Est-ce clair ?

— Je suis heureux de te l'entendre dire parce que je te répète que c'est de toute façon hors de question. J'ai du travail par-dessus la tête, je devrai aller demain au bureau toute la journée et sans doute aussi dimanche.

— Ah, bon...

— Qu'est-ce que ça veut dire, *ah bon* ?

— Rien. Sinon, comme ta mère te le faisait remarquer, que si tu avais l'intention de ne pas quitter ton bureau, tu aurais pu te dispenser de me faire venir ici pour me laisser enfermée à l'hôtel ! ai-je répondu en m'échauffant. J'aurais aussi bien pu rester à New York ou à Indian Meadows avec les enfants, au moins je me serais rendue utile.

Il poussa un soupir excédé, se passa la main dans les cheveux, se frotta les yeux.

— Pas de scène, je t'en prie ! gronda-t-il. Le moment est mal choisi. Si tu savais quelle journée je viens de subir... Je suis tombé sur une nouvelle bourde de Malcolm Stanley, encore plus monumentale que les autres. Et cet imbécile le prend de haut ! Je ne connais rien de plus redoutable que la fatuité, l'aveuglement, la bêtise humaine...

Je m'abstins de répondre. Il se redressa, s'ébroua.

— La situation est telle, reprit-il, que je serai peut-être obligé de rester à Londres une semaine de plus.

— Je croyais que Jack Underwood devait venir te relayer mercredi ?

— Oui, mais il aura besoin d'un sérieux coup de main. Et je suis le seul à pouvoir le lui donner.

J'allais protester quand la sagesse me referma la bouche. Je m'assis sur le canapé, le silence retomba.

Andrew hochait la tête en murmurant des mots inaudibles ponctués de gestes saccadés.

— Appelle donc le restaurant pour annuler notre réservation, ai-je dit au bout d'un moment. Visiblement, tu n'es pas d'humeur à sortir ce soir.

— Non, toi, tu en as envie. Va te préparer.

— Arrête, Andrew, je t'en prie ! Tu sembles prendre plaisir ce soir à me chercher querelle, je ne comprends vraiment pas pourquoi, ai-je dit en refoulant les larmes de dépit que je sentais me monter aux yeux. Je fais toujours tout ce que tu veux, tu le sais très bien.

— Oui, bon... J'ai besoin de boire quelque chose.

Il alla d'un pas d'automate à la console où étaient disposés les verres et les bouteilles. Je le vis se verser un scotch pur qu'il lampa en deux gorgées avant de s'en servir un autre, cette fois allongé d'un peu d'eau et de deux glaçons. Puis, son verre à la main, il traversa le salon et disparut dans la chambre sans m'adresser un mot ni un regard.

Sa conduite me laissait bouche bée. Depuis bientôt dix ans, je ne l'avais jamais vu d'une humeur pareille ! Certes, je compatissais à ses soucis, à sa fatigue, mais qu'il passe ses nerfs sur moi était d'une injustice si flagrante que la colère l'emporta sur la raison.

Je me suis levée d'un bond et lui ai couru après. Quand je suis entrée à mon tour dans la chambre, il avait déjà jeté sa veste sur le lit et dénouait sa cravate.

— Ecoute, Andrew, j'admets que tu aies eu une journée pénible et que tu sois accablé de soucis. Dieu sait que tu ne les mérites pas. Mais je n'admets pas que tu t'en prennes à moi, est-ce clair ? Je n'y suis pour rien et je ne t'ai rien fait qui justifie ton attitude !

— Ce n'est pas *une* journée pénible que je viens de passer mais *quinze* jours, peux-tu comprendre ?... Je vais prendre un bain, cela me fera peut-être du bien.

— Alors, mets-toi la tête sous l'eau et laisse-la le plus longtemps possible ! ai-je crié, hors de moi.

Sur quoi, j'ai tourné les talons et je suis sortie en claquant la porte — si fort que le lustre du salon en trembla. J'avais passé une merveilleuse journée et, en quelques minutes, Andrew l'avait gâchée irrémédiablement. S'il était de mauvaise humeur, la mienne n'avait maintenant plus rien à lui envier.

Je n'avais pas eu le temps de me rasseoir qu'Andrew fit irruption dans la pièce et m'empoigna par les épaules.

— Je te demande pardon, Mal. Je suis désolé, sincèrement désolé de m'en être pris à toi. Tu as raison, c'est injuste de ma part, inqualifiable. Je ne cherche aucune excuse à ma conduite envers toi. C'est ma mère qui m'a poussé à bout en me reprochant de ne pas faire l'effort de la voir depuis que je suis à Londres et en insistant pour que nous allions passer le week-end chez elle. Elle n'a pas entièrement tort, je l'avoue, elle croit bien faire, mais... Ne m'en veux pas, je suis à bout de nerfs ce soir.

Ses yeux me fixaient avec anxiété. Faute de réponse immédiate de ma part, il insista :

— Tu me pardonnes ? Dis-moi que tu me pardonnes, ma chérie, je t'en prie.

Ma colère s'évanouit aussi vite qu'elle avait éclaté.

— Il n'y a rien à pardonner, gros bêta ! C'est moi qui ai eu tort de me fâcher. Faisons la paix, veux-tu ?

Le sourire lui revint enfin.

— Oh, mon amour ! dit-il en me serrant dans ses bras. Je ne sais pas ce que je ferais sans toi.

— Ni moi sans toi, tu devrais pourtant le savoir... Ecoute, ai-je poursuivi en lui caressant la joue, je vais annuler notre réservation et commander une bonne bouteille et tous tes plats préférés au service d'étage. Nous resterons dîner ici devant la cheminée, seuls toi et moi. Es-tu d'accord ? Qu'en dis-tu ?

— J'en dis que tu as une idée de génie.

— Bien. Et maintenant tu vas te plonger dans un bon bain chaud qui détendra tes pauvres nerfs usés.

— Tu m'y tiendras compagnie ?

— Pas question ! D'abord, tu es beaucoup trop fatigué. Je veux que tu sois en grande forme.

Pour la première fois, il rit de bon cœur.

— C'est ma foi vrai... Mais rassure-toi, je récupère vite. Ce n'est que partie remise.

Le dîner fut parfait et la soirée, pourtant si mal commencée, se termina comme dans un rêve.

A onze heures, détendu par son bain et un dîner raffiné arrosé d'une bouteille de lafite-rothschild, mon mari était redevenu lui-même. Il me surprit en décidant, sans que je sois revenue à la charge, de passer le week-end dans le Yorkshire au lieu de retourner au bureau.

— Les problèmes de l'agence me sortent par les yeux, je n'arrive même plus à raisonner. Tout compte fait, cela me fera du bien de changer d'atmosphère et de prendre un peu de recul. Je me rends compte que j'en ai grand besoin.

— Bien vrai ?

— Tout ce qu'il y a de plus vrai. J'emporterai les dossiers urgents et je travaillerai en route, voilà tout.

— Irons-nous là-bas par le train ?

— Non, le premier nous ferait arriver trop tard, ce serait dommage de gâcher toute une demi-journée. Je préfère commander une voiture avec chauffeur et partir de bonne heure pour arriver avant le déjeuner. S'il le faut, je finirai mon travail dans l'après-midi afin que nous ayons notre dimanche tranquille. Nous reviendrons tous ensemble lundi matin dans la voiture de ma mère. Cela te convient ?

— A merveille, mon chéri. Diana aurait été très déçue si nous n'y étions pas allés. Et puis, ai-je ajouté en riant, tu es déjà un mari impossible, tu ne voudrais pas en plus devenir un fils indigne !

Nous venions de nous coucher quand Andrew, au moment d'éteindre la lumière, me demanda à brûle-pourpoint :

— Au fond, que ton père se remarie ou non avec Gwenny Reece-Jones ne t'affecterait pas outre mesure, n'est-ce pas ?

Prise au dépourvu, je réfléchis un instant.

— Non. Je veux simplement qu'il soit heureux.

— Elle est charmante, tu sais.

— Tu la connais donc bien ?

— Bien, ce serait beaucoup dire. Maman la connaît depuis des années, elle était à Oxford avec Gladys, sa sœur aînée. Nous allions parfois passer quelques jours chez eux pendant les vacances. Je me souviens vaguement d'une belle vieille maison dans le pays de Galles.

— Ta mère m'en a parlé, en effet. Comment est-elle, cette fameuse Gwendolyn ?

— Grande, mince, très brune, comme beaucoup de Galloises. Des traits typés mais pleins de douceur, des yeux noisette. Je me rappelle aussi qu'elle s'accoutrait de manière plutôt excentrique, de longues robes flottantes, des écharpes qui n'en finissaient pas, des boucles d'oreilles à pendeloques, des capes jusqu'aux chevilles — une sorte de compromis entre une bohémienne et une hippie avant la lettre, dit-il avec un sourire amusé. Mais ce n'est pas une critique de ma part. Je la trouvais déjà très gentille quand j'étais petit, elle l'est sûrement restée.

— Et pleine de talent, paraît-il. C'est du moins ce que m'a dit ta mère.

J'avais pris malgré moi un ton sarcastique,

— Ecoute, ma chérie, ne sois pas si méfiante en ce qui concerne Gwenny. Que tu en veuilles à ton père de te l'avoir cachée, je le conçois. Mais ce n'était sûrement que pour éviter de te mettre dans une situation embarrassante vis-à-vis de ta mère.

— Oui, je sais. Et je n'ai rien contre elle, je t'assure. Au contraire, j'en suis ravie pour mon père et j'espère faire bientôt sa connaissance. Papa restera sans doute basé plusieurs mois au Mexique, il viendra donc plus souvent à New York.

— Il accepte de diriger les fouilles de Yaxuna pour le compte de l'UCLA ?

— Oui. Il s'intéresse depuis longtemps à la civilisation maya et il me disait dans sa dernière lettre qu'il ne serait pas fâché de quitter le Moyen-Orient.

— Ce n'est pas moi qui l'en blâmerais.

— Bref, s'il s'installe quelque temps au Mexique et si Gwenny l'y rejoint, nous aurons l'occasion de les voir. Ta mère m'a dit beaucoup de bien de Gwenny. Elle compte d'ailleurs les inviter tous les deux à Kilgram Chase pour passer Noël avec nous. Qu'en penses-tu ?

Andrew ne répondit pas parce qu'il dormait déjà. Compte tenu de son épuisement, je m'étonnais même qu'il ne soit pas tombé de sommeil pendant le dîner.

Couchée près de lui dans l'obscurité, j'ai pensé à mon père et à cette mystérieuse Gwenny en espérant qu'ils seraient heureux. J'étais sûre, en tout cas, que ma mère l'était avec David Nelson. J'en avais douté au début, car je craignais qu'un avocat de sa réputation ne laisse sa célébrité lui monter à la tête. Depuis, je m'étais rendu compte que c'était un homme foncièrement bon, charmant sans affectation, intelligent sans pédanterie et brillant sans fatuité, et doué d'un irrésistible sens de l'humour. J'avais découvert en lui une profonde compréhension des hommes, une réelle indulgence pour leurs faiblesses, de la compassion pour leurs épreuves. Mais surtout, il éprouvait pour ma mère une adoration qu'elle lui rendait sans réticence et cela me suffisait.

Et je finis par céder à mon tour au sommeil, à la fois émue et amusée à la pensée que ma mère entamait une nouvelle vie à la veille de ses soixante-deux ans.

14

Yorkshire, novembre 1988

Tout le long de la route, Andrew s'absorba dans ses papiers tandis que je dormais, engourdie par la chaleur et bercée par le ronronnement du moteur. Emergeant enfin de mon assoupissement, je jetai un coup d'œil à ma montre et constatai avec étonnement qu'il était neuf heures et demie.

— Nous roulons depuis près de trois heures, dis-je à Andrew, nous devrions bientôt arriver.

— C'est exact, ma chérie, répondit-il en levant les yeux du dossier ouvert sur ses genoux. Nous avons dépassé Harrogate il y a déjà un moment.

Les yeux bien ouverts, cette fois, je vis avec plaisir qu'il faisait un temps splendide. Sur la campagne gracieusement vallonnée, le soleil hivernal brillait dans un ciel bleu pâle virant au blanc à l'horizon. Nous arriverions à West Tanfield dans moins de trois quarts d'heure.

Dès le début de notre mariage, Andrew et moi avions pris l'habitude de venir au moins une fois par an en Angleterre et n'en repartions jamais sans aller dans le Yorkshire. Je me réjouissais d'autant plus de ce week-end, non prévu à mon programme, que j'avais appris depuis dix ans à aimer ce comté, le plus vaste et sans contredit l'un des plus attachants de toute la Grande-Bretagne. Nulle part ailleurs on ne découvre une plus grande variété de paysages, allant de la grandiose austérité des landes aux campagnes semées de ruines romantiques, d'abbayes, de châteaux et de pittoresques villes anciennes. Quant à ses habitants, au bon sens et à l'hospitalité légendaires, ils m'inspiraient une profonde affection.

La région de Wensleydale et de la vallée de l'Ure, que nous longions en ce moment, m'était la plus familière car c'était là que se trouvait le manoir de Kilgram Chase, dans la famille Keswick depuis plus de quatre siècles. Bien que Michael et Diana se soient fixés à Londres après leur mariage, ils y revenaient souvent le week-end, du vivant des parents de Michael, ainsi que pour les grandes vacances. Comme tous ses ancêtres, Andrew y avait vu le jour. Ses parents s'étaient mariés dans la cathédrale de Ripon, dont je voyais la tour se détacher sur l'horizon, et il y avait été baptisé...

La voix d'Andrew m'arracha à mes pensées :

— J'espère que cette chère vieille Parky nous aura préparé un solide petit déjeuner, j'ai une faim d'ogre.

— Moi aussi, ai-je renchéri en riant. Nous sommes partis de trop bonne heure pour manger quoi que ce soit.

La voiture traversa Ripon en direction de Middleham. La route serpentait maintenant à travers la lande. L'hiver lui donnait un aspect désolé bien différent de celui qu'elle prend en août et septembre, quand le vent fait moutonner à perte de vue les bruyères en fleur comme une mer aux mille nuances de pourpre et de violet d'une incroyable beauté. Quand nous avons franchi l'Ure sur l'antique pont de pierre de West Tanfield, j'ai admiré le gracieux tableau des maisons basses aux toits de tuiles rouges bordant la rive. Derrière leur alignement, le clocher de la vieille église normande cerné par les arbres se détachait contre le ciel.

Emue par la beauté de ce spectacle familier, j'ai serré la main d'Andrew sur la banquette. Il me sourit et rangea prestement ses dossiers dans son porte-documents.

— As-tu bien travaillé, au moins ? ai-je demandé.

— Oui, et j'en ai sûrement fait davantage que si j'étais resté dans ce maudit bureau. Ma mère et toi avez eu raison d'insister, hier. Ce week-end nous fera du bien.

— Alors, content de revenir chez toi ?

Soudain sérieux, il me fixa un instant.

— Je suis chez moi partout où vous êtes, les jumeaux et toi, répondit-il en me donnant un rapide baiser. Mais j'aime retrouver mon pays natal, c'est vrai. Rien de plus naturel, après tout.

Nous avions déjà quitté le village. Peu après, le chauffeur tourna à droite et je vis enfin se profiler devant nous le haut mur et la grille de fer forgé ouverte sur la longue allée menant à la maison, dont je distinguais les cheminées qui pointaient au-dessus des arbres.

118

Edifiée en 1563 sous le règne d'Elisabeth Ire, Kilgram Chase était une solide bâtisse carrée de style Tudor, dont les hautes fenêtres à meneaux, les cheminées élancées, les pignons pointus et les tourelles d'angle allégeaient la silhouette massive. La maison se dressait au milieu d'un vaste parc et de pâturages entourés sur trois côtés de bois touffus, au creux d'un vallon semi-circulaire dont les crêtes rocheuses abritaient la propriété des vents du nord et des rigueurs de l'hiver.

Curieuse de tout ce qui touchait à la maison natale d'Andrew, j'avais questionné Diana qui m'avait résumé son histoire lors de ma première visite. Le domaine tenait son nom de son bâtisseur, sir John Kilgram, ami intime du comte de Leicester et fidèle de la reine Elisabeth qui, pour le récompenser de ses services, lui avait fait don d'une terre confisquée aux moines d'une abbaye voisine par son père Henri VIII, comme tous les biens de l'Eglise au moment de sa rupture avec Rome. Entré dans la famille Keswick en 1589 par le mariage Jane, fille unique de John Kilgram, avec Daniel Keswick, fils d'un seigneur local, le domaine n'en était plus sorti depuis. Un jour, il reviendrait donc à Andrew et, après lui, à notre fils Jamie.

Pour Diana, Kilgram Chase était un manoir campagnard typique qui, malgré son histoire, ne méritait en rien le titre pompeux de château. Comparée aux superbes demeures du Yorkshire, souvent gigantesques, la maison était en effet de petite taille. Pourtant, en dépit de ses dimensions modestes, Diana avait depuis longtemps du mal à en assurer le coûteux entretien. Aussi avait-elle pris le parti de n'en habiter que la moitié et de laisser l'autre fermée le plus clair de l'année. Le personnel se bornait au ménage Parkinson, Joe et Edith, qui travaillait et vivait à Kilgram Chase depuis plus de trente ans. Ils prenaient soin de la maison avec leur fille Hilary Broadbent, dont le mari Ben faisait office de jardinier avec l'aide épisodique de son frère Wilf. Joe assurait aussi le bricolage et de menus travaux extérieurs.

Tandis que la voiture remontait lentement l'avenue, je constatai avec une tristesse inattendue que les chênes séculaires finissaient de perdre leurs feuilles. Un plafond de nuages rongeait peu à peu le bleu du ciel et voilait les rayons du soleil, les premiers froids de l'hiver menaçaient. Je frissonnai malgré moi en enfonçant mes mains dans les poches de mon manteau. A quoi rime cet accès de mélancolie ? me suis-je demandé. La nature ne meurt en hiver que pour mieux préparer la renaissance du printemps...

A la vue du manoir, ma tristesse se dissipa aussi soudainement qu'elle était venue. La voiture s'était à peine arrêtée devant le perron que la porte s'ouvrit et je vis Diana dévaler les marches, un radieux sourire aux lèvres. Je bondis à terre et courus me jeter dans ses bras, suivie d'Andrew.

— Vous voilà enfin, mes enfants ! Quel bon week-end nous allons passer ! Parky a l'intention de te gâter, Andrew.

— Je n'en attendais pas moins de sa part ! dit-il en riant... Mais dites-moi : avant de renvoyer le chauffeur, dois-je lui demander de revenir nous chercher demain soir ou pouvons-nous vous demander de nous raccompagner lundi matin ?

— Vous rentrerez avec moi, bien entendu ! Je serai ravie d'avoir de la compagnie sur la route. Je bavarderai avec Mal et toi, Andrew, tu me relayeras au volant.

— Cela va sans dire, voyons.

Pendant qu'Andrew parlait au chauffeur, Diana m'entraîna vers le perron. Joe descendit à notre rencontre, me salua affectueusement et alla prendre les bagages qu'Andrew sortait du coffre. Je vis les deux hommes se serrer la main et plaisanter comme les vieux amis qu'ils étaient. Andrew n'avait que huit ans quand les Parkinson étaient arrivés à Kilgram Chase. Il devait à Joe tout ce qu'il savait de la nature et lui vouait une profonde affection.

— Rentrons vite, il fait froid ce matin, dit Diana en refermant frileusement son cardigan.

Edith Parkinson, surnommée Parky depuis toujours, nous attendait dans le hall avec sa fille Hilary. Les deux femmes me souhaitèrent chaleureusement la bienvenue.

— Ah ! Madame Andrew, si seulement vous aviez amené les chers petits, notre joie aurait été complète.

— Soyez tranquille, Parky, ils viendront le mois prochain pour Noël. Nous avons même l'intention de rester jusqu'après le Nouvel An.

— Allons, tant mieux ! Il faudra installer un bel arbre de Noël dans le hall, ajouta-t-elle en se tournant vers Diana. Joe ressortira sa tenue de Père Noël et...

— Excellente idée, l'interrompit Diana, mais nous aurons le temps d'en reparler d'ici leur arrivée. Allons vite à la cuisine. Vous devez mourir de faim et Parky s'affaire depuis plus d'une heure à préparer toutes sortes de bonnes choses — les préférées d'Andrew, bien entendu.

La cuisine, au cachet ancien amoureusement préservé, était longue et spacieuse. Les murs blanchis à la chaux, le plafond bas aux poutres apparentes, l'immense cheminée qui en occupait tout le fond, le dallage usé par d'innombrables passages au fil des siècles lui conféraient un charme inimitable. Certes, elle était désormais pourvue d'une cuisinière moderne et Diana avait équipé l'office de tous les appareils électroménagers pouvant faciliter le travail de Parky et le sien. Mais les beaux meubles rustiques, les collections de faïences anciennes et les rutilants ustensiles de cuivre qui l'ornaient en faisaient une pièce où l'on prenait plaisir à vivre. J'avais toujours adoré cette cuisine, l'une des plus accueillantes que j'aie jamais vues. Diana disait volontiers qu'elle était le cœur de la maison.

Quand nous y sommes entrés, l'odeur appétissante du bacon grillé et du pain chaud, tout juste sorti du four, me fit venir l'eau à la bouche. Andrew et moi avons pris place à la longue table de chêne, Diana versa le thé fumant dans les tasses et Parky apporta une assiette avec une pile de sandwiches au bacon.

— Ciel, mon cholestérol ! s'exclama Andrew d'un ton faussement scandalisé. Oh, Parky, quel délice !...

— Ne te bourre quand même pas, Parky a concocté d'autres merveilles pour le déjeuner, le prévint Diana.

— Et même votre pudding favori, Monsieur Andrew.

— Merci, Parky, parvint-il à articuler, la bouche pleine. J'ai l'impression d'avoir été transporté au Paradis.

— Mais mon chéri, c'est *ici* le Paradis, lui dit Diana avec un sourire affectueux. L'aurais-tu oublié ?

— Non, maman, répondit-il en l'embrassant sur la joue. Je l'oublie d'autant moins que je m'y trouve avec trois des quatre femmes de ma vie.

— Et qui est la quatrième ? ai-je demandé en feignant la colère, les sourcils froncés.

Il me fit un clin d'œil complice.

— Mais... notre fille, voyons !

15

Le samedi après-midi, un coup de chance extraordinaire me fit découvrir les livres.

Diana était partie après le déjeuner faire des courses à West Tanfield. Préférant rester avec Andrew, j'avais décliné son offre de l'accompagner — pour constater que mon cher mari voulait travailler.

— Je suis désolé, ma chérie, m'avait-il dit d'un air penaud, il faut que je finisse d'étudier ces dossiers. Mais ce ne sera pas long, avait-il aussitôt ajouté en voyant ma moue dépitée. J'en aurai pour une heure et demie, deux heures tout au plus. Nous irons nous promener avant le thé, je te le promets.

— Ça ne fait rien, mon chéri, dis-je en dissimulant tant bien que mal ma déception.

Sur quoi, pour tuer le temps, je m'étais dirigée vers

la bibliothèque. Je l'avais souvent explorée, à la recherche de trésors oubliés ou de souvenirs de famille, sans succès jusqu'à présent. Mais je ne désespérais pas.

A part les livres qui s'y étaient accumulés au fil des âges, la bibliothèque de Kilgram Chase n'avait guère changé elle non plus depuis quatre siècles. La pièce, de loin la plus vaste de la maison, occupait la surface entière d'une tour d'angle sur deux étages de hauteur. Le plafond à caissons planait à dix mètres au-dessus du sol mais une immense fenêtre assurait une parfaite luminosité à toutes les heures de la journée. Les rayonnages contenaient plusieurs milliers de volumes, fort anciens pour la plupart, dont la rigide ordonnance n'était interrompue que par la cheminée en pierre adossée au mur face à la fenêtre. Quelques sièges modernes et confortables et une longue table de lecture, du même chêne que les boiseries, complétaient l'ameublement.

Rien ne retenant mon attention dans l'assortiment de magazines et de romans récents empilés sur la table, je fis le tour de la pièce. Mais je connaissais à peu près tous les livres rangés sur les rayons à ma hauteur, de sorte que j'avais peu de chances d'y découvrir du nouveau.

Arrivée près de la cheminée, un frisson me fit prendre conscience qu'il faisait frais. Une flambée était déjà prête dans l'âtre, je n'eus qu'à l'allumer. Quelques instants plus tard, je me réchauffais le dos au feu quand mon regard se posa sur l'escabeau roulant à l'autre bout de la pièce. Voulant rester au chaud, je suis allée le chercher afin de commencer mon exploration des rayonnages les plus hauts par ceux situés de chaque côté de la cheminée, où je n'avais pas encore eu l'occasion de fouiner.

J'ai d'abord examiné une série de volumes reliés en cuir vert que je n'avais jamais remarqués jusqu'alors, sans doute parce qu'ils étaient trop hauts. Déçue de constater qu'il s'agissait d'atlas et de recueils de cartes anciennes de la région, j'ai regardé le rayon au-dessus de moi où une épaisse reliure de cuir fauve aiguillonna ma curiosité. Dressée sur la pointe des pieds, le bras tendu, j'ai tenté en vain de la saisir. J'ignorais ce qu'elle contenait mais le seul fait qu'elle soit hors de ma portée me poussait à vouloir en percer le mystère à tout prix — tant et si bien que je perdis l'équilibre et n'eus que le temps de me raccrocher à une étagère. Le cœur battant, la gorge sèche, je redescendis prudemment de mon escabeau et ne poussai un soupir de soulagement qu'en posant le pied par terre. Ne prends pas de risques inutiles, ma fille, me dis-je. Va plutôt chercher de l'aide.

Joe était à la cuisine avec Parky. Après lui avoir expliqué ce que je voulais, j'ai regagné la bibliothèque où il me rejoignit peu après, porteur de la grande échelle dont il se servait pour nettoyer les lustres et les vitres des fenêtres les plus élevées.

— Où voulez-vous au juste que j'installe l'échelle, Madame Andrew ? me demanda-t-il.

— Ici, Joe. Je voudrais prendre un livre sur cette étagère, ai-je dit en montrant le rayonnage en question.

— A-t-il un titre ?

— Je ne sais pas, je ne l'ai pas vu d'assez près, mais c'est le gros livre en cuir fauve, là. A côté de celui à la reliure abîmée.

Plein de bonne volonté, Joe leva les yeux.

— Je ne vois pas..., commença-t-il.

— Peu importe, Joe, je vais le chercher moi-même. Tenez-moi bien l'échelle, s'il vous plaît.

J'allais poser le pied sur le premier barreau quand il s'interposa, indigné :

— Vous n'y pensez pas, Madame Andrew ! Il ne manquerait plus que vous fassiez une mauvaise chute ! Pensez un peu à ce que dirait Madame ! Et Monsieur Andrew, donc ! Non, non, vous ne monterez pas là-haut. Dites-moi simplement quel livre vous voulez, je vous le descendrai.

A l'évidence, Joe me jugeait incapable d'une action aussi périlleuse que grimper à une échelle. Je compris qu'il était inutile de discuter. Mieux valait d'ailleurs ne pas tenter le sort, d'autant que j'avais failli tomber quelques minutes plus tôt.

Sur mes indications, Joe ne tarda pas à localiser l'objet de ma convoitise.

— Ouvrez-le, Joe. Qu'est-ce que c'est ?

— On dirait un livre de comptes. Oui, je vois : *clous, un penny*. Il y a une date, 1892. Fichtre, bientôt cent ans !

— Et celui d'à côté ?

— La même chose : *poisson frais, deux pences*. Il y a des colonnes de chiffres mais pas de date.

— Et l'autre, celui qui a la reliure abîmée ? Pouvez-vous regarder, Joe ?

Il prit le volume indiqué, le feuilleta.

— Celui-ci ressemble plutôt à un journal ou à quelque chose de ce genre, dit-il un instant plus tard.

— Un journal ? Voulez-vous dire qu'il est manuscrit ?

— Oui, Madame Andrew. Et d'une belle écriture.

— Soyez gentil, Joe, descendez-le-moi avec les livres de comptes. Je voudrais les examiner.

— Tout de suite, Madame Andrew.

Il redescendit et alla déposer les volumes sur la table, devant le fauteuil le plus proche de la fenêtre.

— Faut-il laisser l'échelle, Madame Andrew ?

— Oui, Joe, merci. Je vous ferai signe pour remettre les livres en place quand j'aurai fini de les lire.

Il avait la main sur la poignée de la porte quand il se retourna en me fixant d'un regard sévère :

— N'allez surtout pas grimper vous-même à l'échelle, Madame Andrew ! Appelez-moi aussi souvent que vous voudrez, je suis là pour ça.

— Je vous le promets, Joe, ai-je répondu en me retenant à grand-peine de pouffer de rire.

Après un rapide coup d'œil aux livres de comptes, sans grand intérêt, je les mis de côté afin d'accorder mon attention au journal qui piquait davantage ma curiosité.

Sous la reliure de cuir en mauvais état, les pages de

garde, décorées d'un motif de plumes en camaïeu d'ocres sur fond bleu, étaient impeccables, les épais feuillets filigranés à peine jaunis sur les bords. De plus en plus intriguée, j'ai commencé à lire :

Je, Clarissa Keswick, épouse de Robin Keswick de Kilgram Chase, ai fait ce jour la découverte du Journal et du Livre de Raison écrits de la main de Lettice Keswick, ancêtre de mon cher époux, née en 1640 et décédée en 1683. Je dois au pur hasard cette trouvaille dans la bibliothèque de Kilgram Chase, où je cherchais à la demande de mon mari un volume des œuvres de William Shakespeare. Les écrits de Lettice Keswick m'ont paru d'un tel intérêt que j'ai résolu de les recopier dans le dessein de les sauvegarder pour l'édification des futures générations de notre famille.

J'entreprends mon travail ce 10 août de l'année 1893, sous le règne de notre bien-aimée Reine Victoria, Impératrice des Indes. Que Dieu garde Sa Gracieuse Majesté.

Le prénom de Clarissa, que nous avions donné à notre propre fille, appartenait en effet à la tradition familiale des Keswick. Celle-ci, dont j'avais sous les yeux l'élégante calligraphie, faisait donc partie de la lignée.

Désormais passionnée par ma découverte, je lus sur la page suivante une sorte de frontispice :

Lettice Keswick
Son Journal
Kilgram Chase
Comté du Yorkshire

Le journal de Lettice, si soigneusement recopié par Clarissa à l'apogée du règne de Victoria, près de trois siècles plus tard, débutait sur la page suivante :

Je soussignée, Lettice Keswick, commence à tenir ce Journal le vingt-cinquième jour de mai de l'An de Grâce 1660. Ce même jour, l'Angleterre entière est dans la liesse et chacun se réjouit dans son cœur car Charles Stuart, notre Bien-Aimé Souverain revenu d'exil, foule enfin à Douvres le sol de son royaume. La restauration de la monarchie légitime et le couronnement de notre roi Charles II vengeront en partie la sanglante impiété de l'exécution de son noble père.

Que Dieu châtie les infâmes félons ! Que le sang innocent de notre feu roi retombe sur leurs têtes !

Ce jourd'hui, dans le Comté du Yorkshire comme par tout le royaume, les cloches des églises ont salué d'un joyeux carillon le retour du Bien-Aimé Souverain qui nous est rendu par miracle. Des messagers ont sillonné le royaume de long en large pour répandre la bonne nouvelle et des feux de joie ont partout illuminé la nuit.

En ce jour glorieux, mon très cher époux et seigneur Francis a conduit, dans la chapelle de la tour, une prière d'action de grâces unissant dans une même ferveur notre famille et nos serviteurs. Ensemble nous avons remercié le Tout-Puissant pour Sa bonté et Sa miséricorde. L'avènement de notre souverain véritable marque notre renaissance.

J'écris ces mots tard dans la nuit à la lumière d'une chandelle. Car cette nuit Francis, mon époux bien-aimé, est venu à moi et nous nous sommes aimés. Si Dieu le veut, peut-être ai-je conçu en cette nuit de joie, peut-être un enfant viendra-t-il couronner notre félicité. Je prie Dieu qu'Il nous accorde cette grâce et qu'Il étende Sa bénédiction pour nous donner enfin un fils, un héritier qui perpétuera avec fierté la lignée des Keswick. De tout mon cœur, je prie que le Seigneur nous exauce.

Il est tard, la chandelle vacille, mon époux est endormi. Dehors, la lune brille haut et clair dans le ciel. Je vais donc reposer ma plume, moucher la chandelle et rejoindre mon cher mari dans le sommeil afin de partager ses rêves. Demain, je reprendrai la plume et je continuerai.

Fascinée, je poursuivis ma lecture avec une avidité croissante. Lettice Keswick avait tenu son journal de manière régulière en juin, juillet, août. Outre ses notations du contexte historique de son temps elle parlait des détails de sa vie quotidienne, de ses filles Rachel et Viola, de ses devoirs d'épouse et de châtelaine. A la fin du mois d'août, elle annonçait joyeusement qu'elle était enceinte et réitérait ses prières pour avoir un fils.

Décidément, me dis-je, rien ne change sous le ciel. De toute éternité, les êtres humains ont nourri les mêmes espoirs et les mêmes désirs. Cette Lettice dont je lisais les écrits souhaitait un enfant en 1660 comme Andrew et moi en 1988... Je repris ma lecture.

Impatiente de trouver la suite du journal proprement dit, j'avais sauté de longues digressions — recettes de cuisine, conseils pour la fabrication de cire et de chandelles, pour la cueillette et la préparation d'herbes médicinales ou aromatiques, remèdes de bonne femme et formules d'onguents contre diverses affections. Voilà maintenant que je retombais dans les confitures ! Agacée, je tournai les pages de plus en plus vite. Ma persévérance fut bientôt récompensée.

D'octobre à décembre 1660, Lettice évoquait pêle-mêle la vie en hiver à Kilgram Chase, ses activités familiales, ses travaux d'aiguille, les tableaux de chasse et les talents d'écuyer de son mari. Elle parlait aussi du solstice d'hiver, des rigueurs du climat, de sa grossesse difficile. Avant d'entamer l'année 1661, elle n'avait pu cependant résister au désir d'aligner des recettes de tartes et de tourtes, de pâtés et de terrines, de liqueurs digestives — et même de bière de ménage !

Il y avait sans doute là un véritable trésor de traditions domestiques mais je n'avais pas le loisir de tout étudier, du moins dans l'immédiat. Aussi, tout en admirant l'irréprochable calligraphie de Clarissa, ai-je continué à tourner rapidement les pages. Par épisodes toujours entrecoupés de considérations pratiques, le journal couvrait ainsi le début de 1661 jusqu'à la fin du printemps. En avril, Lettice annonçait la naissance de son fils Miles à l'issue d'un long et pénible accouchement ; elle parlait en mai de l'anniversaire de Francis, son mari. Le tout se terminait le 29 mai, à la fin de la dernière page.

Cette fois, j'étais franchement déçue. Le journal

s'interrompait faute de pages blanches, mais Lettice ne s'en était sûrement pas tenue là. Elle possédait à l'évidence le don de l'écriture ; son ton naturel et sa liberté de style en témoignaient assez. Il devait donc y avoir, quelque part dans cette bibliothèque, un autre volume que Clarissa n'avait peut-être pas retrouvé ni recopié.

Ma curiosité piquée au vif, je bondis vers l'échelle au mépris des mises en garde de Joe... dont je ne me suis souvenue qu'en atteignant l'avant-dernier échelon. Ainsi rappelée à la prudence, je me suis arrêtée ; mais j'étais assez haut perchée pour voir les titres des livres restant sur la tablette d'où provenaient le journal et les registres. De part et d'autre du vide laissé par ces trois volumes, il n'y avait que deux romans de Thomas Hardy, trois des sœurs Brontë, six de Charles Dickens ainsi qu'un recueil des *Sonnets* de Shakespeare. Rien d'autre en vue...

Je pris machinalement le recueil de sonnets, dont la belle reliure de cuir rouge aux lettres d'or me plaisait. Et c'est alors que j'aperçus, caché par les œuvres des sœurs Brontë, un épais petit livre noir debout sur la tranche contre le fond de l'étagère. Je crus d'abord qu'il s'agissait d'une bible mais la couverture ne portait aucun titre ni signe distinctif. En équilibre instable sur le dernier échelon, je l'ouvris... et je sentis mon cœur battre plus vite : je tenais l'original du journal de Lettice que Clarissa avait en partie recopié, celui écrit de sa propre main ! Par acquit de conscience, j'écartai les autres livres, mais il n'y avait plus rien à découvrir. Alors, serrant précieusement ma trouvaille d'une main, je me suis hâtée de redescendre afin de l'examiner de plus près.

Assise à la table, je l'ai feuilleté avec précaution, de peur de l'endommager, mais, à ma vive surprise, il était en parfait état. Çà et là, quelques pages paraissaient un peu friables ou portaient de minuscules perforations dues aux vers mais, dans l'ensemble, ce livre vieux de trois siècles était intact.

Un miracle ! ai-je d'abord pensé. A la réflexion, la

préservation de ce précieux document n'avait cependant rien de miraculeux. Nul à l'exception de Clarissa n'avait dû le toucher depuis trois siècles ni même se douter de son existence. En outre, les murs épais maintenaient dans la bibliothèque une température à peu près constante toute l'année et ce n'était pas la cheminée qui pouvait endommager les livres ; elle réchauffait à peine un quart de la pièce.

Si l'écriture comportait les enjolivures propres à son époque, elle était assez facile à déchiffrer. Et je découvris avec ravissement que Lettice avait illustré son journal à la plume et à l'aquarelle par des dessins de fleurs, de fruits et d'herbes, ainsi que des vues cavalières et de perspectives des jardins de Kilgram Chase tels qu'ils étaient alors. Une chance insigne m'avait permis d'exhumer ce trésor ! Même s'il n'avait pas une grande valeur intrinsèque et ne présentait de réel intérêt que pour les Keswick, je brûlais d'impatience de le montrer à Diana et Andrew.

Un coup d'œil à ma montre me fit sursauter : le temps avait passé si vite qu'il était déjà près de quatre heures. Si Andrew avait fini de travailler, nous devions aller nous promener avant l'heure du thé comme il me l'avait promis.

Laissant les livres sur la table, je me suis dirigée au bout du couloir vers le bureau de Diana dont j'entrebâillai la porte. Ses dossiers étalés devant lui, Andrew téléphonait. Il était absorbé par sa conversation avec Jack Underwood à New York au point de ne pas même se rendre compte de ma présence.

Comprenant à sa mine soucieuse qu'il serait sage de ne pas le déranger, j'ai refermé sans bruit et me suis éloignée. Puisque à l'évidence notre promenade en amoureux était compromise, j'irais seule prendre l'air. Après avoir été enfermée en voiture toute la matinée puis à la maison depuis notre arrivée, j'en avais d'ailleurs grand besoin. Dans le vestiaire, toujours bien garni de vêtements chauds, j'ai trouvé des bottes à ma taille, une grosse veste fourrée, une écharpe de laine et je suis sortie.

Le soleil du matin avait disparu, le ciel était devenu d'un gris uniforme. Des odeurs de feuilles mortes pourrissantes, de terre humide et de fumée imprégnaient l'air. Tandis que je m'approchais de la pièce d'eau, des canards s'éloignèrent en caquetant, indignés sans doute par mon intrusion. Je suis restée un instant sur la rive à les regarder nager, en me demandant si l'étang serait gelé à Noël. Les jumeaux brûlaient d'envie de patiner dessus, à l'exemple de leur père dans son enfance, mais je doutais que le froid soit assez vif d'ici un mois pour geler une surface aussi importante que celle-ci.

J'ai commencé à faire le tour de l'étang, l'esprit tout occupé de ma découverte et de ces deux femmes, Lettice et Clarissa, dont la vie entière s'était écoulée ici même. Si la terre et les murs pouvaient parler, me disais-je, quels merveilleux secrets ils révéleraient ! Mais après tout, le journal ne m'avait-il pas déjà beaucoup appris sur le passé de la famille ?

Ainsi, la courte introduction rédigée par Clarissa et le fait qu'elle se soit donné la peine de recopier le journal de son écriture appliquée m'éclairaient sur sa personnalité. A n'en pas douter, il s'agissait d'une femme consciencieuse, dévote peut-être, typique de l'époque victorienne, mais en même temps assez ouverte et généreuse d'esprit pour estimer la valeur du testament spirituel de son ancêtre et vouloir le sauver d'une destruction possible afin de le transmettre à la postérité. Peu importait, somme toute, qu'elle n'ait pas possédé de dons artistiques lui permettant de reproduire les dessins et les aquarelles, seule l'intention comptait.

Par lui-même, le journal m'instruisait aussi sur celle qui l'avait rédigé. Lettice y faisait preuve d'un don certain pour l'écriture et maîtrisait la langue à la perfection, contrairement à la plupart des femmes de son temps. La beauté des illustrations et sa sûreté de main dénotaient un évident tempérament artistique ; l'abondance, la précision des conseils pratiques et des recettes la montraient en ménagère avisée, doublée d'une excellente cuisinière et d'une herboriste de talent. Tout ce qu'elle disait de son mari et de ses enfants dévoilait une épouse aimante et une mère exemplaire. Quant à ses commentaires sur le Parlement, ses critiques acerbes de divers personnages et son exultation au retour de Charles II, ils témoignaient d'opinions bien arrêtées et d'un intérêt évident pour la vie publique.

Plus j'y pensais, plus j'étais persuadée qu'il devait y avoir un autre volume de ce journal, oublié quelque part dans cette immense bibliothèque. Mais comment le retrouver au milieu de ces milliers de livres ? Je n'avais certainement pas le temps, ni aujourd'hui ni demain, d'entreprendre des recherches sérieuses. Peut-être pourrais-je m'y mettre quand je reviendrais à Noël. En tout cas, cela vaudrait la peine. Le volume déjà retrouvé intéresserait à coup sûr Diana — et Andrew, si j'arrivais à l'arracher à ses maudits dossiers ! Qu'avait donc perpétré ce Malcolm Stanley pour plonger mon mari dans une telle colère ? Aurait-il trafiqué les comptes ? Dans ce cas, je ne donnerais pas cher de sa peau...

Je remontais de l'étang à travers la pelouse quand je vis dans l'avenue une voiture rouler en direction de la maison. Diana rentrait-elle ? Non, ce n'était pas sa voiture mais une Jaguar bleu clair. Qui cela pouvait-il être ? Diana attendait-elle une visite ? Bizarre. Elle ne manquait jamais de nous prévenir avant de s'absenter afin de nous permettre de fuir car, pendant ses séjours ici, elle ne recevait guère que le pasteur, la présidente de la société d'horticulture ou d'ennuyeuses personnalités locales.

La voiture s'arrêta au pied du perron au moment où j'arrivais du parc par le côté de la terrasse. En haut des marches, j'attendis avec curiosité. La portière s'ouvrit. Une femme mit pied à terre.

Elle était grande et mince. Une masse de cheveux bruns cascadant sur ses épaules encadrait un visage fin et attrayant qu'éclairaient des yeux d'un noir intense. Un éclatant rouge vermillon soulignait la courbe généreuse et sensuelle de ses lèvres. Sa mise bigarrée évoquait de prime abord des oripeaux de bohémienne mais dénotait, à l'examen, un souci de coordination et un bon goût sans fausse note malgré son parti pris d'excentricité. De longues écharpes multicolores lui flottaient du cou jusqu'à la taille.

Je reconnaissais trop bien le portrait tracé par Diana et Andrew pour avoir besoin d'être présentée à la nouvelle venue : celle qui se tenait devant moi n'était autre que Gwendolyn Reece-Jones.

La maîtresse de mon père.

16

Interloquées, figées sur place, nous nous sommes dévisagées un instant sans mot dire. A l'expression de son regard, je comprenais qu'elle m'avait elle aussi reconnue, qu'elle savait que j'étais la fille d'Edward Jordan ; mais je sentais qu'elle ne prendrait pas l'initiative d'admettre qu'elle connaissait mon père, encore moins de faire allusion à leurs véritables rapports.

Ce fut elle qui prit la parole la première :

— Je voudrais voir Mme Keswick. Très incorrect. Venir sans s'annoncer. J'ai essayé. Votre téléphone occupé. Sans arrêt. Diana est là ?

Le charme était rompu. Je lui ai souri :

— Non, elle est sortie faire des courses mais elle ne devrait pas tarder. Voulez-vous entrer l'attendre ?

Elle hésita, visiblement mal à l'aise.

— Pas vous déranger...

— Diana serait très contrariée de vous avoir manquée, j'en suis sûre.

— Eh bien... Oui, merci. Quelques minutes.

Elle gravit le perron d'un pas vif. Arrivée à ma hauteur, elle se présenta, la main tendue :

— Gwendolyn Reece-Jones.

— Mallory Keswick, ai-je répondu en lui ouvrant la porte. Puis-je vous débarrasser de votre manteau ?

— Juste les écharpes, merci.

Une fois celles-ci dénouées et pendues, je la fis entrer au petit salon, pièce chaleureuse et confortable où nous aimions prendre le thé l'après-midi, les cocktails avant le dîner, regarder la télévision. Parky avait déjà allumé les lampes et un feu flambait dans la cheminée.

— Mettez-vous à votre aise. Si vous voulez m'excuser, je vais enlever mes bottes et dire à Andrew que vous êtes ici. Il nous rejoindra bientôt — s'il se décide enfin à raccrocher le téléphone.

— Bien sûr. Prenez votre temps.

Je me suis dépouillée de mes vêtements de promenade avant d'aller prévenir Andrew. Il était toujours au téléphone mais, cette fois, il s'aperçut de ma présence et sourit en me faisant signe d'entrer.

— Nous avons de la visite, ai-je annoncé.

— Qui cela ? Une minute, Jack, ajouta-t-il en couvrant le combiné d'une main.

— Tu ne devineras jamais : Gwendolyn Reece-Jones ! Elle a essayé de nous appeler mais le téléphone était occupé sans arrêt — inutile de demander pourquoi !

— Gwenny ? ? Ça, alors ! Si maman n'est pas rentrée, offre-lui le thé. Je termine avec Jack et je vous rejoins dans cinq minutes.

Priant le Ciel qu'il se hâte de mettre fin à son interminable conversation, je courus à la cuisine où Parky s'affairait à préparer le plateau.

— Ajoutez une tasse, Parky. Mme Reece-Jones vient d'arriver, elle prendra le thé avec nous.

— Mais... Madame ne m'avait pas prévenue que nous attendions une visite ! protesta Parky.

— Bien sûr, elle est venue à l'improviste.

— Pff ! Ça ne se fait pas, d'arriver comme cela chez les gens. Elle aurait pu au moins téléphoner.

J'avais oublié la passion de Parky pour l'étiquette.

— La ligne est occupée depuis plus d'une heure, ai-je cru bon d'expliquer. Au fait, savez-vous à quelle heure Madame compte rentrer ?

— Elle ne revient jamais plus tard que cinq heures moins le quart.

— Pourrez-vous servir dès qu'elle sera là ?

— J'y compte bien ! Ce pauvre M. Andrew aura grand besoin de manger quelque chose pour se remonter, après avoir trimé toute la journée. Et un samedi, encore !

— C'est bien vrai. Merci, Parky.

Sur quoi je me suis esquivée pour couper court à ses commentaires trop prévisibles sur les méfaits du surmenage.

De retour au petit salon, j'ai trouvé Gwendolyn assise au coin du feu, qui feuilletait un magazine.

— Andrew ne tardera pas à nous rejoindre et Diana devrait rentrer d'une minute à l'autre, lui dis-je. Vous restez prendre le thé avec nous, j'espère ?

— Merci. Volontiers.

Puis, jugeant sans doute que la bienséance exigeait une explication à son arrivée inattendue, elle poursuivit :

— Je travaille à Leeds en ce moment. *Songe d'une nuit d'été* au Royal. Décors. Je crée les décors, précisat-elle.

— Diana m'a dit, en effet, que vous étiez décoratrice.

— Ah ? fit-elle, étonnée.

Il y eut un bref silence.

— Je revenais de Kilburn, reprit-elle. Commander une table. Aux ateliers de Robert Thompson. Vous connaissez ?

— Bien sûr. Un très grand ébéniste.

— Oui. Mort, maintenant. Ses petits-fils ont pris la relève. Sur le chemin du retour, j'ai pensé que ce serait une bonne idée de m'arrêter dire bonjour à Diana.

Je n'en crus pas mes oreilles : c'était la phrase la plus longue et la plus élaborée qu'elle eût prononcée depuis son arrivée.

— Vous avez très bien fait, ai-je approuvé. Diana me parlait justement de vous l'autre jour.

— Vraiment ?

La voyant décontenancée, je pris mon courage à deux mains :

— Oui. Elle me disait que vous connaissiez mon père, Edward Jordan. Que vous étiez même, euh... très bons amis.

Bouche bée, elle me dévisagea avec stupeur et détourna aussitôt les yeux en rougissant.

— Bons amis, oui...

Je me sentis honteuse de ma maladresse. Loin de vouloir l'embarrasser, je ne cherchais au contraire qu'à lui signifier que j'étais au courant et qu'il valait mieux, pour elle comme pour moi, aborder le sujet avec franchise.

— Je suis ravie que mon père et vous soyez, euh... si bons amis. Je me souciais de lui, voyez-vous, je craignais qu'il ne souffre trop de la solitude. C'est pour moi un vrai réconfort de savoir qu'il a de la... euh..., de la compagnie quand il vient à Londres, mademois... euh, madame...

Je bafouillais lamentablement, je rougissais.

— Appelez-moi Gwenny, voyons ! me dit-elle avec un large sourire.

Lisant sur son visage un soulagement égal au mien, je lui rendais son sourire quand Andrew fit irruption dans la pièce et lui serra chaleureusement la main.

— Gwendolyn Reece-Jones ! s'exclama-t-il. Quelle joie de vous revoir ! Quand je pense que vous me faisiez sauter sur vos genoux quand j'étais petit !

— Pas oublié, répondit-elle avec un sourire affectueux. Vrai petit diable, ajouta-t-elle à mon intention.

Avant que j'aie pu réagir, la porte s'ouvrit et Diana entra à son tour.

— Ma chère Gwenny ! J'ai reconnu votre voiture dehors. Quelle bonne surprise !

Les deux femmes s'embrassèrent avec effusion.

— Incorrect de ma part. Arriver comme cela. Sans prévenir. Voulais juste dire bonjour. En passant.

— Ne vous excusez surtout pas, nous sommes tous ravis de vous voir. Je demande à Parky de servir tout de suite le thé ; je reviens dans un instant.

— Je vais vous aider ! me suis-je écriée en me précipitant vers la porte.

Diana me lança un regard étonné mais ne souffla mot et nous avons quitté le petit salon ensemble.

Après que Gwendolyn fut repartie pour Leeds, nous avons bu l'apéritif en échangeant nos impressions — réaction, somme toute, bien naturelle.

— Quelle étrange élocution ! ai-je observé en riant. Elle s'exprime... comment dire ?... en staccato.

— C'est vrai, répondit Diana, elle parle par rafales et affectionne les phrases sans sujet ni verbe. Mais elle a un cœur d'or et je ne l'ai jamais entendue dire la moindre méchanceté sur quiconque.

— Elle me plaît beaucoup.

— Je sais que c'est réciproque. Elle était d'ailleurs soulagée que vous soyez au courant, pour elle et votre père.

— J'espère ne pas l'avoir embarrassée par mon allusion trop directe. Je voulais juste lui faire comprendre que je les approuvais. Que vous a-t-elle dit, quand vous l'avez raccompagnée à sa voiture ?

— Simplement que vous l'aviez désarçonnée en parlant d'Edward de but en blanc et qu'elle vous trouve en tout point charmante. Elle admire beaucoup votre chevelure.

— Je la trouve moi aussi pleine de charme et je les vois très bien ensemble, papa et elle. Plus j'y pense, plus elle me plaît. C'est une femme remarquable.

— Et la reine des excentriques ! intervint Andrew en riant. Avec ses interminables écharpes multicolores, elle aurait éclipsé Isadora Duncan. Encore un peu de vin, Mère ?

— Merci, mon chéri, j'en ai encore.

— J'en reprendrais volontiers, dit-il en allant se servir à la console où Parky avait disposé les bouteilles et le seau à glace. Et toi, Mal ?

— Merci, Andrew, j'ai tout ce qu'il me faut. Mais écoutez, vous deux. Avant que nous passions à table, il faut que je vous montre mes trouvailles.

— Quelles trouvailles ? s'enquit Andrew.

Je décrivis brièvement ma découverte de la copie du journal de Lettice Keswick effectuée en 1893 par Clarissa.

— Voilà à quoi tu as passé ton après-midi ? A respirer la poussière des vieux livres ? s'écria Andrew en se penchant pour poser un baiser sur ma tête. Décidément, ma chérie, il n'y a que toi pour dénicher des oiseaux rares.

— Vous disiez trouvailles au pluriel, intervint Diana. Qu'avez-vous donc découvert d'autre ?

— Eh bien, apprenez que j'ai *aussi* remis la main sur l'original. C'est extraordinaire ! Attendez-moi une minute, je vais le chercher. Quand vous l'aurez vu, vous comprendrez pourquoi j'ai de bonnes raisons d'être enthousiaste.

Le reflet des flammes dansant au plafond et sur les murs emplissait notre chambre d'une douce lueur rose. Pelotonnée entre les bras d'Andrew, je me sentais abritée dans un chaud cocon d'amour et de sécurité. Le vent s'était levé peu avant que nous montions nous coucher. Il hurlait maintenant à travers la lande et j'entendais au loin gronder un orage dont les éclairs nous éblouissaient de temps à autre, les rideaux de la fenêtre étant restés ouverts.

En dépit de la chaleur, je ne pus retenir un frisson et je me serrai un peu plus contre mon mari.

— Je suis contente que nous soyons à l'abri. La tempête semble empirer depuis tout à l'heure.

— C'est vrai. Par un temps pareil, on ne peut pas être mieux qu'au lit. Sais-tu que, quand j'étais petit, les tempêtes me fascinaient au point que je voulais toujours sortir dans le vent, la pluie, la neige ? Ne me demande pas pourquoi, je n'en sais rien moi-même, mais plus les éléments se déchaînaient, plus j'étais heureux.

— Alors, les as-tu affrontés ?

— Je réussissais de temps en temps à me glisser dehors mais ma mère me rattrapait très vite. Elle avait un tempérament un peu trop protecteur pour mon goût.

— Comme toutes les mères. De toute façon, je ne le lui reprocherais pas. L'orage peut être très dangereux...

— C'est ce qui m'est arrivé quand je t'ai vue pour la première fois, m'interrompit-il en m'embrassant sur les lèvres. On appelle cela un coup de foudre.

— Je sais, mon amour, et j'en suis toujours une victime. Heureuse et consentante.

Le silence retomba. Nous étions si bien ensemble, blottis l'un contre l'autre, que toute parole était inutile.

— Je suis si heureuse d'être venue ce week-end, mon chéri, ai-je dit en soupirant d'aise quelques instants plus tard. Et toi ?

— Moi aussi, mais le week-end n'est pas fini. Nous avons encore toute la journée de demain. Que dirais-tu de monter à cheval le matin ? Après, j'ai la ferme intention de lézarder jusqu'au soir.

— Tu ne travailleras pas ?

— Pas question ! De toute façon, je ne peux pas en faire plus pour le moment. J'ai mis Jack au courant de ce qui se passe, je n'ai plus qu'à attendre son arrivée la semaine prochaine.

— Que se passe-t-il, au juste ? Aurais-tu mis au jour quelque chose de grave au sujet de Malcolm Stanley ?

Il eut un long soupir de lassitude.

— N'en parlons plus. D'ailleurs, j'ai bien d'autres choses en tête en ce moment. Des choses autrement plus importantes. Je dirais même plus... captivantes.

— Lesquelles, par exemple ? l'ai-je taquiné.

— Tu le sais aussi bien que moi, mon amour. C'est toi que j'ai en tête, toi seule. Tu es toute ma raison de vivre.

Nos lèvres se joignirent, notre désir mutuel n'avait nul besoin d'être davantage attisé. Et nous l'avons assouvi lentement, voluptueusement, jusqu'à ce que notre amour atteigne un nouveau sommet dans l'extase.

Il ne subsistait plus que des braises dans la cheminée et la chambre était plongée dans l'ombre. Dehors, le vent hurlait de plus belle, la pluie crépitait contre les vitres. En cette nuit de novembre, au cœur de la lande, les éléments semblaient vouloir faire assaut de fureur.

— Veux-tu que j'aille remettre une bûche dans le feu ? demanda Andrew en bâillant.

— Inutile. A moins que tu n'aies froid.

— Non, je suis trop bien près de toi. Et puis, il vaut mieux laisser le feu s'éteindre.

Je me suis quand même levée pour aller fermer les rideaux.

— C'est gentil de la part de ta mère d'avoir invité Gwenny pour Noël, ai-je dit en remontant dans le lit.

— Oui, elle a eu tout à fait raison.

Les couvertures tirées jusqu'au menton, je me suis de nouveau blottie contre lui.

— Pourvu qu'elle amène papa avec elle. Nous aurions enfin une vraie réunion de famille.

— Je serais étonné que ton père refuse de suivre sa chère Gwenny, dit-il en riant. Et avec tant de monde autour d'eux, les jumeaux seront aux anges. Tu verras, mon amour, ce sera le plus beau Noël que nous aurons jamais vécu.

TROISIÈME PARTIE

New York

17

New York, décembre 1988

— Bon courage, ma chérie, déclara Andrew d'un air ironique. A demain.

Nous étions dans le vestibule. Il tenait la laisse de Trixy d'une main et son sac de voyage de l'autre.

— Ton absence nous désolera mais je comprends que tu aies eu envie de fuir.

— Seize femmes dans l'appartement, c'est un peu beaucoup, même pour moi ! dit-il en riant. Venez, les enfants ! Si nous ne partons pas tout de suite pour Indian Meadows, nous serons encore sur la route à l'heure du goûter.

Voyant Jamie boutonner de travers sa parka fourrée, je me suis accroupie pour l'aider.

— C'est à *notre* bébé que toutes ces dames viennent apporter des cadeaux, maman ? demanda-t-il.

— Non, mon chéri, à celui d'Alicia Munroe.

— Ah ? fit-il avec une moue déçue. Alors, vous ne l'avez toujours pas commandé ?

J'échangeai avec Andrew un clin d'œil amusé.

— Non, pas encore.

— N'oublie pas de donner à manger à mon poisson rouge, maman ! intervint Lissa.

Je me suis penchée pour l'embrasser.

— Je n'oublierai pas, ma chérie, je te le promets.

— As-tu demandé au Père Noël de m'apporter une grande poupée ? voulut-elle savoir.

— Papa lui-même s'en est chargé.

— Est-ce qu'il saura trouver la maison de Mamie Diana dans le Yorkshire ? s'inquiéta-t-elle.

— Mais oui, ma chérie. Papa lui a donné l'adresse.

La voyant rassurée, j'ai boutonné son manteau et lui ai enfoncé sur la tête son bonnet de laine bleue, de la même couleur que ses yeux.

— Voilà ! Comme cela, tu es la plus belle petite fille de la terre. Mets tes gants, maintenant. Toi aussi, Jamie. Et ne sortez pas jouer dehors sans vos manteaux, il fait trop froid. Ne donnez pas non plus à manger à Trixy quand vous êtes à table. Compris ?

— Oui, maman, répondirent-ils à l'unisson.

— Tu as compris toi aussi, Trixy ?

Notre adorable bichon frisé leva vers moi ses yeux intelligents et remua la queue en signe d'assentiment. Je le pris dans mes bras pour poser un baiser sur sa tête bouclée.

Andrew m'embrassa encore une fois pendant que nous attendions l'ascenseur sur le palier.

— As-tu mis dans le sac de voyage la liste de ce que je dois rapporter demain ? me demanda-t-il.

— Oui. Peu de choses, rassure-toi. Quelques affaires d'hiver pour les jumeaux et nos gros manteaux, c'est tout.

— Bon, pas de problème. A demain, ma chérie, dit-il en poussant les enfants et le chien dans l'ascenseur.

— Il va neiger. Sois prudent sur la route ! ai-je crié au moment où les portes de la cabine se refermaient.

— Ne t'inquiète pas. Je t'appellerai dès que nous serons arrivés.

Le calme revenu, je me suis assise à mon bureau afin d'écrire la carte accompagnant mon cadeau pour Alicia. Bonne amie de Sarah et de moi à Radcliffe, mariée depuis deux ans, elle s'était installée à Boston avec son mari. Elle revenait à Manhattan passer le week-end avec ses parents et assister à la petite fête que Sarah et moi organisions en l'honneur de la naissance de son premier enfant.

« Très peu pour moi ! s'était exclamé Andrew quand

144

il avait appris nos projets quinze jours auparavant. Je filerai à la campagne ce jour-là. De toute façon, je voulais vérifier que tout était en ordre à Indian Meadows avant notre départ pour l'Angleterre. Je te débarrasserai des enfants et de Trixy, Sarah et toi passerez un bon week-end entre femmes. »

Quant à mon inquiétude sur sa capacité à se débrouiller sans l'aide de Jenny, notre jeune Anglaise au pair retournée vivre à Londres, il n'avait eu qu'à mentionner Nora pour me rassurer. Elle les dorloterait aussi bien que moi.

Nous étions le samedi 10 décembre. Dans onze jours, nous devions nous envoler pour Londres, d'où nous prendrions le lendemain matin le train pour le Yorkshire. Diana avait invité Sarah à passer les fêtes avec nous à Kilgram Chase. Gwenny Reece-Jones et mon père y seraient aussi. Mon père m'avait même téléphoné pour me dire combien il se réjouissait de ces vacances avec ses petits-enfants et de la sympathie que m'inspirait Gwendolyn.

Les préparatifs de notre voyage étaient loin d'être achevés. Sarah et moi comptions acheter demain les derniers cadeaux. En vérifiant la liste, je ne pus m'empêcher de pouffer de rire en arrivant au nom de Gwenny. Hier soir, mi-figue, mi-raisin, Andrew avait suggéré de lui offrir une écharpe. A la réflexion, l'idée n'était pas si mauvaise. Je trouverais sans doute chez Bloomingdale quelque chose qui sorte de l'ordinaire.

Mais il était temps de m'atteler à la préparation de notre fête. De retour au salon, je trouvai Josie, notre dévouée servante chilienne, qui finissait de tout ranger.

— J'ai fait le ménage dans la salle à manger, Madame. Maintenant, je vais m'occuper de la cuisine.

— Commencez plutôt par les chambres, Josie. Mlle Thomas va bientôt arriver, nous allons préparer le buffet. Il vaut mieux nettoyer la cuisine en dernier.

— Vous avez raison. Comme cela, je pourrai même vous aider à faire les sandwiches.

— Merci, Josie. Moi, je vais mettre la table.

Quand Sarah arriva, une demi-heure plus tard, tout était fini.

— Tu ne m'as rien laissé à faire ! protesta-t-elle.

— Erreur, il reste le plus gros du travail. Retrousse tes manches et suis-moi à la cuisine.

Nous avons toutefois pris le temps de bavarder un peu en buvant une tasse de café avant de nous mettre aux choses sérieuses. Nos invitées ne devant arriver qu'à trois heures, il nous restait de la marge.

— Heureusement, ce sera fini de bonne heure, observa Sarah. Tout le monde sera parti au plus tard vers six heures et demie. Nous pourrions aller au cinéma et souper quelque part, qu'en penses-tu ?

— Riche idée. En attendant, que dirais-tu d'un petit acompte ? Il est une heure et demie passée. Je meurs de faim.

— Pas moi, je suis au régime — en prévision de Noël.

— Au régime ! Pour quoi faire ? Tu es superbe !

— Non, j'ai encore quelques livres de trop. Mais après tout... Juste une lichette de saumon fumé, alors.

J'allais la servir quand le téléphone sonna.

— Mal, c'est moi, fit la voix d'Andrew. Nous venons d'arriver. Il neige depuis deux jours, tout est blanc, le soleil brille. Un vrai conte de fées ! J'ai promis aux enfants une bataille de boules de neige tout à l'heure.

— Tu veilleras à ce qu'ils soient bien emmitouflés, n'est-ce pas ?

— Bien sûr, ne t'inquiète pas.

— Nora est là ?

— Naturellement. Eric a allumé des feux dans toutes les cheminées, Nora nous a préparé un bouillon de légumes et du pain frais, nous allons déjeuner dans cinq minutes. Ne te fais surtout pas de souci pour nous, nous serons comme des coqs en pâte.

— Autrement dit, vous vous passez très bien de moi, ai-je commenté d'un ton faussement ulcéré.

— Pas du tout, ma chérie ! a-t-il protesté. Je ne pourrai *jamais* me passer de toi.

— Ni moi de toi. Je t'aime trop.

— Moi aussi, je t'aime trop. Je t'embrasse bien fort. Embrasse Sarah de ma part. Je vous reverrai toutes les deux demain soir au dîner. Dis-lui aussi que je compte me régaler avec ses spaghettis primavera !

— Je lui fais la commission. Et amuse-toi bien avec les enfants.

18

Il neigeait encore ce soir-là, mais moins que la veille. Les flocons plus légers fondaient en touchant la chaussée. Le temps n'était donc pas assez mauvais pour expliquer le retard d'Andrew.

Reposant mon verre de vin, je suis allée à la cuisine. Sarah tourna la tête en m'entendant entrer.

— J'ai arrêté l'eau des spaghettis, inutile de les faire cuire maintenant. Je préparerai tout à la dernière minute, quand ils seront arrivés.

L'horloge marquait vingt heures dix.

— Ils devraient être là depuis longtemps. Je ne comprends pas. Qu'est-ce qui peut retarder Andrew à ce point ?

— N'importe quoi, voyons ! Surtout un dimanche soir : la circulation, la neige...

— Sûrement pas la neige ! Je viens de regarder par la fenêtre, elle fond dès qu'elle touche terre.

— Ici peut-être, mais pas en pleine campagne. Andrew est sans doute coincé dans des embouteillages.

— Oui, c'est possible...

Je maîtrisais mal mon inquiétude. Andrew n'était pour ainsi dire jamais en retard. Sarah connaissait comme moi sa ponctualité mais nous évitions l'une et l'autre d'en parler.

— Je vais encore essayer d'appeler Anna, dis-je tout à coup. Elle est peut-être enfin rentrée chez elle.

A l'autre bout, la sonnerie retentit interminablement, comme elle l'avait fait toute la soirée. J'allais abandonner quand on décrocha enfin.

— Anna ? Ici Mal. Où étiez-vous ? J'essaie de vous joindre depuis des heures !

— Je rentre à l'instant de chez ma sœur à Sharon.

— Avez-vous vu Andrew avant son départ ?

— Oui. Pourquoi ?

— Quelle heure était-il ?

— Environ deux heures.

— Deux heures ? me suis-je écriée. Mais alors, il est parti depuis plus de six heures !

Sarah se rapprocha, les sourcils froncés.

— Vous voulez dire qu'il n'est pas encore arrivé ? demanda Anna.

— Non. Je commence même à m'inquiéter sérieusement. Andrew est un excellent conducteur et il n'a jamais mis plus de trois heures pour revenir d'Indian Meadows.

— Inutile de vous affoler, Mal. Ici, il neige encore et les routes sont mal dégagées. Ah ! Autre chose : en partant, il m'a dit qu'il voulait s'arrêter faire quelques achats. C'est sans doute ce qui l'a retardé.

— Vous avez raison, les magasins restent ouverts tard à cette époque de l'année. Merci, Anna, vous me rassurez.

— Ne vous inquiétez pas, Mal, ils arriveront d'une minute à l'autre, vous verrez. Et n'oubliez pas de m'appeler la semaine prochaine avant de partir en Angleterre.

— D'accord. Bonsoir, Anna.

J'ai raccroché et me suis tournée vers Sarah :

— Andrew a dit à Anna qu'il voulait faire des achats. C'est sans doute la cause de son retard.

— Probable, répondit-elle avec un sourire rassurant. Les boutiques d'antiquités pullulent dans la région, tu sais qu'il adore fouiner. Et puis, si la route était mauvaise et qu'il ait dû rouler lentement, les enfants ont peut-être voulu s'arrêter parce qu'ils avaient faim. Après tout, cela nous arrive aussi.

— Mais alors, pourquoi ne m'a-t-il pas téléphoné pour me prévenir ? Ce n'est pas...

La sonnette de la porte d'entrée m'interrompit. Avec un soupir de soulagement, Sarah et moi avons échangé un sourire entendu.

— Nous faire une peur pareille ! lui ai-je dit à mi-voix. Et en plus, il a oublié sa clef.

Nous nous sommes précipitées vers le vestibule. J'ai ouvert la porte à la volée.

— Où diable étiez-vous tous ?... ai-je commencé.

Ma phrase me resta dans la gorge : ce n'étaient pas mon mari et mes enfants qui se tenaient sur le seuil mais deux inconnus en pardessus trempés.

— Que voulez-vous ? ai-je bafouillé, la gorge nouée.

Avant même qu'ils se soient présentés, j'avais compris qu'il s'agissait de policiers en civil. N'importe quel New-Yorkais les reconnaît au premier coup d'œil.

— Madame Andrew Keswick ? demanda le plus âgé.

— C'est moi. Qu'y a-t-il ?

— Je suis l'agent Johnson, commissariat du 25e district. Mon collègue, l'agent DeMarco. Nous voudrions vous parler, madame.

Ils exhibèrent tous deux leurs papiers d'identité.

— Un... un problème ? ai-je réussi à proférer.

Mes yeux allaient de l'un à l'autre avec angoisse, mon cœur battait de plus en plus vite.

— Pouvons-nous entrer ? insista Johnson.

Sans mot dire, je me suis effacée. DeMarco ferma la porte derrière lui.

— Je suis Sarah Thomas, une vieille amie de Mme Keswick, intervint Sarah en avançant d'un pas.

Les deux hommes la saluèrent d'un signe de tête.

— Que se passe-t-il ? ai-je demandé en les faisant entrer au salon. Mon mari est très en retard, Sarah et moi nous inquiétions. Aurait-il eu un accident ?

— Asseyons-nous d'abord, madame Keswick, dit DeMarco.

— Non. Dites-moi ce qui se passe !

DeMarco se racla la gorge.

— Une mauvaise nouvelle, madame. Nous ferions mieux de nous asseoir d'abord.

— Parlez ! Dites-moi...

Soudain saisie d'un violent tremblement, je dus me rattraper au dossier d'un fauteuil pour ne pas tomber.

— Nous avons retrouvé la Mercedes de votre mari sur Park Avenue, à hauteur de la 119ᵉ Rue...

— Oh, mon Dieu ! Est-il gravement blessé ? Et mes enfants ? Sont-ils indemnes ? Où sont-ils ? Où est mon mari ?

Luttant contre la panique, les jambes flageolantes, j'ai agrippé DeMarco par le bras.

— Pourquoi n'avez-vous pas ramené mes enfants ? Dans quel hôpital est mon mari ? Les jumeaux doivent être terrifiés. Emmenez-moi vite près d'eux, je vous en prie ! Viens, Sarah ! Il faut tout de suite rejoindre Andrew et les enfants. Viens vite, ils ont besoin de nous !

Je voyais à peine, les larmes me brouillaient la vue.

— Mesdames ! Mesdames ! intervint DeMarco. Un instant, s'il vous plaît.

Quelque chose dans sa voix m'arrêta net. L'estomac tordu par la nausée, je compris d'instinct qu'il allait prononcer des mots que je ne voulais pas entendre.

— Je suis au regret, madame, de devoir vous apprendre que votre mari a essuyé des coups de feu. Il est...

— Des coups de feu ? Qui a tiré sur lui ? Pourquoi ?

Mes jambes se dérobaient sous moi. Il me restait assez de lucidité pour voir que Sarah était livide.

— Je croyais qu'il avait été victime d'un accident de voiture ! s'écria-t-elle.

— Non, mademoiselle, répondit DeMarco.

— Ses blessures sont-elles graves ? demanda-t-elle en parvenant à se dominer.

— Où sont mes enfants ? ai-je crié avant que les policiers n'aient pu répondre. Je veux aller près de mes enfants et de mon mari.

— Ils sont à l'hôpital Bellevue. Votre chien aussi. Je suis au regret de devoir vous dire que...

— Mes enfants sont indemnes, au moins ? Dites-moi qu'ils sont indemnes !

Johnson secouait la tête d'un air accablé.

— Non, madame, répondit DeMarco. Votre mari et vos enfants ont été tués par balles cet après-midi. Le chien aussi. Nous sommes sincèrement désolés.

— Non ! Non ! Pas Andrew ! Pas Jamie et Lissa ! C'est impossible, ce n'est pas vrai !

Agitée d'un tremblement incontrôlable, je refusais de croire ce que je venais d'entendre. Un instant plus tard, je me suis vaguement vue traverser la pièce et sortir dans le vestibule. Je titubais, je secouais la tête comme une femme ivre. Les bras tendus, je cherchais quelque chose à quoi me raccrocher mais je ne rencontrais que du vide. Il fallait pourtant que je sorte d'ici. Je devais, je voulais aller à cet hôpital.

Lequel ? Bellevue, avait dit le policier.

Oui, c'est là qu'ils étaient.

Andrew, mon mari.

Jamie et Lissa, mes enfants.

Mes enfants avaient besoin de moi.

Mon mari avait besoin de moi.

Ma petite Trixy avait besoin de moi.

Ils m'avaient dit qu'ils étaient morts.

Morts. Tous les quatre.

Morts.

Non ! NON !

Une lumière éblouissante m'aveugla tout à coup. Je sentis le sol onduler sous mes pieds.

C'est alors que j'entendis le bruit.

Un cri, plutôt. Un hurlement inhumain. Un hurlement à glacer le sang, comme le cri d'une bête qu'on torture. Un cri qui me déchirait, me transperçait, enflait de plus en plus, m'assourdissait jusqu'à me faire perdre conscience.

Lorsque le plancher se souleva pour venir me heurter le visage avec violence, je compris que ce hurlement sortait de moi.

19

Quand je repris conscience, j'étais étendue sur un canapé du salon. Assise à côté de moi, les yeux pleins de larmes, Sarah me tenait la main en murmurant mon nom.

— Dis-moi que ce n'est pas vrai, Sarah, l'ai-je implorée d'une voix tremblante. Dis-moi qu'ils sont sains et saufs, que ce n'est qu'une terrible erreur.

Hors d'état de répondre, elle se détourna pour me dissimuler ses pleurs qui redoublaient.

C'est alors que je vis l'agent DeMarco, debout devant la fenêtre, qui me regardait d'un air apitoyé. Il eut beau se ressaisir aussitôt, je compris en le voyant que je ne m'éveillais pas d'un cauchemar. Je ne pouvais plus nourrir aucun espoir, me bercer d'aucune illusion. Tout était vrai. Cet abominable drame était réellement survenu.

Une voix étouffée me fit tourner la tête. Devant le petit bureau près de l'autre fenêtre, Johnson parlait au téléphone. Son calme me mit hors de moi.

— Je veux voir mon mari et mes enfants ! me suis-je entendue crier d'une voix suraiguë. Je veux ma famille ! Je veux être avec eux !

Secouée de sanglots, je tentai de me lever. Sarah me maintint de son mieux.

— Je veux mes enfants ! Je veux ma famille ! ai-je insisté en me débattant. Je veux les voir ! Tout de suite !

— Oui, Mal, oui, nous irons dans quelques minutes, me répéta Sarah d'un ton apaisant. Ces messieurs vont nous emmener à Bellevue. J'ai donné à M. Johnson le numéro de téléphone de ta mère et de David. Il leur a parlé, ils seront ici d'une minute à l'autre.

Je me suis laissée aller dans ses bras et j'ai sangloté au creux de son épaule. Je ne comprenais pas, je ne pouvais pas comprendre. Qui avait tué ma famille ? Pourquoi, pourquoi ? me répétais-je. Pourquoi nous faire cela, à *nous* ? Pourquoi tuer un honnête homme comme Andrew, des enfants innocents ? Pourquoi ? POURQUOI ?

Il y eut du bruit à la porte d'entrée, des voix :

— Où est ma fille, Mme Keswick ? Je suis Mme Nelson, sa mère !

Je me suis arrachée des bras de Sarah. Ma mère accourait vers moi, livide.

— Maman ! me suis-je écriée. On a tué Andrew et les jumeaux ! Et Trixy. Pourquoi, maman, pourquoi ?

Elle se laissa tomber à côté de moi sur le canapé, me prit dans ses bras.

— C'est absurde. Cela n'a pas de sens, répéta-t-elle comme une litanie en me serrant sur sa poitrine.

Un long moment, accrochées l'une à l'autre, nous avons pleuré.

— Je ne sais comment te venir en aide, ma chérie, mais je suis là, me dit-elle entre ses sanglots. Qui peut te secourir, grand Dieu ? C'est trop, c'est trop... Je ne peux pas y croire. Lissa, Jamie, Andrew... Cela n'a pas de sens. Dans quel monde vivons-nous ? Dieu nous abandonne.

Après s'être entretenu à voix basse avec les hommes de la police, David vint s'agenouiller devant le canapé, nous serra toutes deux dans ses bras.

— Je suis bouleversé, Mal. Demandez-moi n'importe quoi, je le ferai. Pour vous. Pour votre mère aussi...

Sa voix douce me calma peu à peu et je parvins à me redresser.

— Prenez votre temps, Mal, me dit-il. Rien ne presse.

Il s'assit en face de moi sur une chaise. Je voulus lui parler mais mes sanglots redoublèrent. Les bras croisés, je ne pouvais que me balancer convulsivement et gémir. Je souffrais de partout, de l'âme et du corps, comme si j'avais été rouée de coups de massue. Au bout d'un long moment, je parvins à me ressaisir un peu, assez pour cesser de me balancer, pour rouvrir les yeux. A travers mes larmes, je lançai à David un regard implorant. Il me tendit son mouchoir.

— Je veux voir ma famille, ai-je murmuré.

— Les policiers vous emmèneront à Bellevue dès que vous vous sentirez prête, Mal. Nous irons tous ensemble, votre mère, Sarah et moi. Nous ne vous quitterons pas.

Je ne pus répondre que d'un signe de tête.

— Puis-je vous apporter quelque chose à boire ? Du cognac, peut-être ?

— Non merci. Juste de l'eau, s'il vous plaît.

— J'y vais, dit ma mère en se levant avec peine. J'en ai grand besoin moi aussi.

— Je vous suis, tante Jess, dit Sarah.

Avec un regard exprimant une profonde compassion, David me prit la main et s'efforça de me réconforter. J'avais appris à l'apprécier depuis son mariage avec ma mère et je lui étais reconnaissante pour sa présence rassurante. Je le savais intelligent et énergique ; son expérience d'avocat serait un atout précieux dans nos rapports avec la police.

— Il faut que je retourne parler aux agents, Mal, me dit-il. Je ne leur ai pas laissé le temps de m'apprendre grand-chose au téléphone tant nous avions hâte de venir.

Je le retins quand il se leva :

— Pouvez-vous les amener près de moi ? Je veux entendre ce qu'ils vous diront.

Il acquiesça d'un signe, alla échanger quelques mots avec les deux hommes, puis tous trois s'approchèrent.

— Nous ignorons les circonstances exactes du crime, madame Keswick, commença Johnson. Selon les premiers indices, il pourrait s'agir d'une tentative de vol mais nous ne saurons rien de précis avant d'avoir mené notre enquête.

— Vous m'avez dit que la voiture se trouvait sur Park Avenue, au coin de la 119e Rue, dit David.

— C'est exact.

— Les victimes étaient-elles dans le véhicule ?

— Oui. M. Keswick était à la place du conducteur, le corps affalé sur le siège du passager. Sa portière était ouverte, ses jambes dépassaient à l'extérieur comme s'il avait cherché à sortir. Une portière arrière était aussi ouverte. Les enfants et le chien étaient sur la banquette.

J'ai réussi je ne sais comment à me lever, à quitter la pièce en titubant, à gagner la salle de bains et à fermer la porte à clef. Alors, agenouillée devant les toilettes, j'ai vomi jusqu'à me vider de tout ce qui restait en moi et je suis retombée sur le flanc, roulée en boule, le corps secoué d'interminables sanglots. Je ne comprenais pas, je ne voulais pas comprendre. Ce qui m'arrivait était absurde, impossible. Ce matin encore, je parlais au téléphone avec Andrew, j'entendais sa voix, celles de mes enfants. Et maintenant...

Je crus entendre des coups frappés à la porte.

— Mal ! Mal ! fit la voix de Sarah. Es-tu malade ? Ouvre, s'il te plaît.

— Une minute.

Me relevant tant bien que mal, je me suis aspergé la figure d'eau froide avant de me regarder dans la glace. Le visage que j'avais devant moi n'était pas le mien. Je voyais une sorte de masque livide, au regard inexpressif. Non, me suis-je dit, ce n'est pas moi...

Mais qu'importait ? Je ne serais jamais plus moi-même.

Deux médecins légistes nous attendaient à l'hôpital Bellevue, où se trouve la morgue municipale de New York. Je les suivis à l'intérieur avec David et les policiers.

J'avais supplié DeMarco de me laisser entrer seule avec les médecins mais Johnson était intervenu pour expliquer que la loi exigeait que les officiers de police chargés de l'enquête assistent à l'identification des victimes. David avait lui aussi insisté pour m'accompagner et je n'avais pas eu la force de refuser. De toute façon, les médecins légistes semblaient estimer sa présence indispensable.

La vue du corps d'Andrew m'arracha un cri de douleur que je dus réprimer en pressant mes deux mains sur ma bouche. Je sentis mes jambes se dérober sous moi. David n'eut que le temps de me soutenir en me prenant par la taille.

Andrew, mon amour, mon amour...

J'étais aveuglée par les larmes quand on me guida jusqu'aux casiers voisins pour me montrer Lissa et Jamie. Mes enfants, mes enfants adorés... Je les voyais à peine à travers mes larmes. Ils étaient immobiles, si froids déjà. J'aurais voulu les serrer sur mon cœur, les réchauffer, leur rendre la vie. Mes bébés. Mes enfants chéris...

— Ont-ils souffert ? me suis-je entendue demander à l'un des médecins.

— Non, madame. Aucun d'entre eux n'a eu le temps de souffrir. La mort a été instantanée.

Johnson s'efforça de m'écarter.

— Non, je veux rester près d'eux. Laissez-moi, je vous en supplie.

— C'est impossible, madame. Vous pourrez les veiller demain à la maison mortuaire, après les formalités légales. Votre chien est ici aussi, ajouta-t-il plus bas. Normalement, il aurait dû être emmené dans un centre vétérinaire mais il constituait une pièce à conviction...

— *Elle !* l'ai-je interrompu. Trixy était une chienne.

— Vous avez sans doute un vétérinaire, reprit-il. Si vous nous indiquez son adresse, nous l'y ferons déposer.

Reprise par un nouvel accès de sanglots, je ne pus que hocher la tête pendant qu'un médecin m'emmenait près du corps de Trixy. Ma Trixy, si drôle, si pleine de vie...

Quand David m'entraîna vers la salle d'attente, je sanglotais au point de pouvoir à peine marcher. En voyant ma mère et Sarah se lever à notre entrée, je me suis effondrée dans leurs bras tendus.

— Oh, maman, maman ! C'est bien eux. Ils sont morts. Que vais-je devenir sans eux ? Que vais-je devenir ?

156

20

— Le haut de Park Avenue est un quartier notoire-
ment dangereux, madame Keswick. Drogue, prostitu-
tion, batailles de gangs, vous avez l'embarras du
choix. Avez-vous idée de ce que faisait votre mari
dimanche après-midi dans un endroit pareil ? voulut
savoir Johnson.

Les mains jointes sur les genoux pour maîtriser
mon tremblement, je l'ai regardé dans les yeux :

— Je le sais parfaitement. Il revenait de notre maison du Connecticut avec les enfants.

— Où cela, dans le Connecticut ? demanda
DeMarco.

— Près de Sharon.

— Et il avait l'habitude de passer en plein milieu de
Harlem ? s'étonna Johnson. Dans une voiture aussi
luxueuse ?

— Oui. Andrew prend... prenait toujours, me
suis-je corrigée en me mordant les lèvres, la route 684
et la Saw Mill Parkway qui débouche dans la Henry
Hudson Parkway. De Sharon à Manhattan, c'est le
parcours le plus direct.

— Où quittait-il la Henry Hudson Parkway ?

— A la sortie de la 125e Rue. Il ne changeait jamais
d'itinéraire : nous suivions la 125e Rue jusqu'à Park
Avenue que nous descendions vers la 72e Rue, où se
trouve notre appartement.

— Donc, intervint DeMarco, il longeait le métro
aérien entre la 124e et la 120e Rue ?

— Oui, puisqu'il descendait Park Avenue. Comme
je vous l'ai déjà dit, c'est le chemin le plus rapide.

DeMarco hocha la tête.

— Beaucoup de New-Yorkais l'empruntent en effet
pour gagner du temps. Mais le secteur autour de la
120e Rue s'est considérablement dégradé. Les dealers
de cocaïne et de crack grouillent, sous le métro aérien,
précisément à hauteur du feu rouge où nous avons
trouvé la voiture de votre mari.

— Mon mari ne se droguait pas ! me suis-je écriée, furieuse de ce que je prenais pour un sous-entendu. Il ne faisait rien de mal, les enfants étaient avec lui. Ils rentraient à la maison, voilà tout !

Je sentais de nouveau les larmes me monter aux yeux.

— Nous savons que votre mari ne faisait rien de répréhensible, madame Keswick, dit Johnson avec douceur.

Je l'ai regardé, étonnée. Jusqu'à présent, je prenais son collègue pour le plus bienveillant des deux.

— Alors, savez-vous pourquoi mon mari et mes enfants ont été assassinés ?

La question ne cessait de me torturer depuis deux jours. DeMarco se racla la gorge, hésita.

— Dans l'état actuel de l'enquête, nous envisageons plusieurs hypothèses. Ou bien la voiture de votre mari attendait au feu rouge, ou bien il a été forcé de s'arrêter par un ou plusieurs malfaiteurs. Il a peut-être essayé de descendre voir ce qui se passait, ou alors un agresseur a ouvert sa portière de l'extérieur. Selon les résultats de l'autopsie, les coups de feu auraient été tirés entre seize heures trente et dix-sept heures mais nous ignorons encore le mobile exact.

Incapable de parler, j'attendis la suite.

— Nous supposons qu'il a pu être victime d'un piratage de voiture qui aurait mal tourné, enchaîna Johnson. D'une tentative de piratage, plus précisément.

— Piratage ? ai-je répété, effarée. Qu'est-ce que cela signifie ?

— Il s'agit d'un délit de plus en plus fréquent ces derniers temps, expliqua Johnson. Les malfaiteurs opèrent généralement en groupe. Ils repèrent une voiture arrêtée à un feu rouge ou garée sur une aire de stationnement, font descendre les occupants sous la menace et partent dans le véhicule volé. Dans le cas de votre mari, les choses ont mal tourné. Peut-être ne s'est-il pas laissé faire et les agresseurs, pris de panique ou furieux de leur échec, ont tiré avant de s'enfuir.

Nous espérons que le crime a eu des témoins et que l'un d'eux finira par se manifester.

— Nous n'avons retrouvé sur votre mari ni son portefeuille ni la montre Rolex en or dont Me Nelson nous avait informés qu'il ne se séparait jamais. Y avait-il autre chose dans la voiture, des bagages par exemple ?

— Nos manteaux d'hiver et des vêtements d'enfants qu'Andrew rapportait de la campagne dans une valise. A ma connaissance, aucun objet de valeur.

— Le coffre et l'intérieur de la voiture étaient vides, cette valise a donc été dérobée elle aussi, dit DeMarco. Nous avons relevé les empreintes, elles sont déjà communiquées au FBI. La voiture vous sera rendue demain.

Je m'abstins de répondre. Je ne voulais plus revoir cette voiture. Plus jamais.

Johnson se leva, ouvrit la porte. Le vacarme du commissariat brisa un instant le silence du bureau.

— Je reviens dans une minute, annonça-t-il.

Une fois seul avec moi, DeMarco s'éclaircit la voix :

— J'aurais encore quelques questions à vous poser, madame Keswick.

— Je vous écoute.

— La tentative de vol ou de piratage mise à part, connaîtriez-vous une raison pour laquelle quelqu'un aurait voulu tuer votre mari ?

Je ne pus m'empêcher de sursauter.

— Aucune !

— Il n'avait pas d'ennemis ?

— Bien sûr que non !

— Dans ses activités professionnelles, aurait-il pu susciter des rancunes allant jusqu'au désir de vengeance ?

— Non, certainement pas.

DeMarco hésita, gêné.

— Pas de maîtresse non plus, madame Keswick ?

— Quoi ?

— Je veux dire... votre mari aurait-il entretenu des relations avec une autre femme ? Vous n'en sauriez sans doute rien, je sais, mais c'est une hypothèse que nous ne pouvons pas écarter, pour le moment du moins.

— Cette hypothèse est sans aucun fondement, monsieur DeMarco ! ai-je répliqué avec toute la froideur dont j'étais capable. Andrew n'avait pas de maîtresse. Nous formions un couple heureux et très uni.

J'étais sur le point de fondre à nouveau en larmes. David avait eu beau me dire qu'il ne s'agissait que d'une procédure normale, j'en voulais à ces policiers de m'avoir forcée à venir ici, au commissariat, pour être interrogée comme une suspecte, plutôt que de recueillir ma déposition chez moi.

Après quelques questions de routine, DeMarco m'escorta dans le corridor où Sarah m'attendait, assise sur un banc.

En prenant congé, DeMarco m'assura qu'il me tiendrait au courant du déroulement de l'enquête et des faits nouveaux qu'elle pourrait révéler. Sarah m'entraîna aussitôt dehors, me fit monter en taxi et donna au chauffeur l'adresse de ma mère, dans la 74e Rue. Ne voulant pas me laisser seule dans notre appartement, chargé de souvenirs trop douloureux, ma mère m'hébergeait en effet chez elle depuis le dimanche soir. J'avais vécu là jusqu'à mon mariage avec Andrew et j'y retrouvais le décor de ma jeunesse.

Prostrée sur la banquette, je me sentais épuisée, vidée de toute mon énergie. Depuis le drame, je luttais de mon mieux contre le désespoir, mais cela ne suffisait pas. Je ne pouvais pourtant pas me permettre de m'effondrer, au moins jusqu'aux obsèques.

Nous roulions en silence le long de Park Avenue. Sarah me tenait la main et me lançait des regards soucieux.

— La police suppose qu'il s'agissait d'une tentative de piratage, lui ai-je enfin dit.

— Piratage ? Qu'est-ce que cela signifie ? demanda-t-elle, aussi ignorante que je l'étais avant de questionner DeMarco.

— Un nouveau délit qui fait fureur depuis quelque temps, paraît-il, ai-je répondu avec un ricanement amer. Les voyous attaquent les gens l'arme au poing pour leur voler leur voiture.

— Grand Dieu ! s'exclama-t-elle, effarée.

— Johnson et DeMarco pensent qu'Andrew a été victime de ce genre d'attaque mais que celle-ci a mal tourné, que ses agresseurs ont pris peur et massacré aveuglément tout le monde avant de s'enfuir.

Sur quoi je lui ai répété tout ce que m'avaient dit les policiers. Sarah m'écoutait sans mot dire.

— Personne n'est plus en sécurité nulle part, dit-elle à mi-voix quand j'eus terminé.

Et je la sentis frémir d'horreur et de frayeur.

21

Mon père fut la première personne que je vis en arrivant chez ma mère avec Sarah. Il avait dû entendre ma clef dans la serrure car il venait à ma rencontre dans le vestibule, les traits marqués par l'anxiété et le chagrin.

Sarah le salua et s'éclipsa dans la cuisine pour nous laisser seuls.

— Ma chérie...

— Oh, papa ! me suis-je écriée en tombant dans ses bras tendus. Comment vais-je vivre sans eux, sans Andrew, sans les jumeaux ? J'aurais dû être avec eux, mourir avec eux. Au moins, nous serions ensemble...

Je sanglotais sur sa poitrine. Il me caressait les cheveux, tentait en vain de me consoler.

— Quand Diana a réussi à me joindre, dit-il enfin, je n'ai pas voulu y croire. Qu'une chose pareille ait pu se produire... Qu'Andrew et les jumeaux...

Sa voix se brisa et nous avons pleuré ensemble, enlacés au milieu du vestibule. Il nous fallut un long moment pour nous ressaisir.

Mon père me sécha les yeux, essuya les siens, m'aida

à enlever mon manteau et m'entraîna vers le salon en me soutenant par la taille.

— Où est Diana ? lui ai-je demandé. Je croyais que vous étiez venus de Londres ensemble ?

— Elle se rafraîchit dans la chambre de ta mère. A notre arrivée, elles ont toutes les deux fondu en larmes...

La gorge nouée, il ne put en dire plus. Nous nous sommes assis côte à côte sur le canapé.

— Je voulais te réconforter, ma chérie, mais j'ai bien peur de ne pas faire du bon travail, dit-il en grimaçant un sourire.

— Ne dites pas cela, ai-je protesté. Nous sommes tous si malheureux. Je me demande si nous nous consolerons jamais.

Pendant le silence qui suivit, je fis de mon mieux pour ravaler mes larmes.

— Tu es allée faire ta déposition au commissariat, nous a dit David en nous ramenant de l'aéroport. Les policiers t'ont-ils appris quelque chose ?

— Non, ils ne savent encore rien de précis.

Je lui ai répété le peu que je savais. Il m'écoutait sans mot dire, partagé entre l'horreur et la colère.

— C'est abominable ! Comment imaginer que des choses pareilles puissent arriver à notre époque ? dit-il enfin en laissant échapper un soupir.

— Tout cela pour un portefeuille, une montre et une voiture qu'ils n'ont même pas pu voler ! ai-je répondu avec amertume. Et on n'arrêtera sans doute jamais ces assassins.

— Je ferai tout ce que je peux pour toi, ma chérie...

— Personne ne peut rien faire pour moi, papa. Je ne veux plus vivre sans eux. Je n'ai plus de raison de vivre. Je préfère mourir, le plus vite possible...

— Chut ! Ne dis pas des choses pareilles, je t'en supplie. Surtout devant Diana et ta mère, elles s'effondreraient pour de bon. Promets-moi de chasser de ta tête des idées aussi morbides.

Je ne répondis pas. Comment promettre quelque chose que je me savais incapable de tenir ?

— Mal ! Oh, ma chérie...

Du pas de la porte, l'appel de Diana sonnait comme un cri de douleur. Voyant son visage ravagé, ses yeux rougis par des larmes qui ne cessaient de couler, je me suis levée d'un bond et jetée dans ses bras en m'efforçant d'être forte pour deux.

— Je n'ai plus que vous maintenant, Mal, me dit-elle d'une voix tremblante.

Accrochées l'une à l'autre, nous avons pleuré ensemble comme je l'avais fait dans les bras de mon père. Un moment plus tard, il vint nous prendre toutes deux par le bras et nous fit asseoir côte à côte sur le canapé.

— Puis-je aller vous chercher à boire, Diana ? Et toi, Mal ? Du thé bien chaud, peut-être ?

— Je ne sais pas, Edward, répondit Diana. Je n'ai envie de rien. Peu importe.

— Je veux bien du thé, papa, ai-je dit à voix basse.

— Bon, j'y vais. Ta mère prépare des sandwiches à la cuisine, ajouta-t-il du pas de la porte. Je ne crois pas que nous ayons très faim, mais...

— Merci, je ne pourrais rien avaler.

Diana ne répondit pas. Une fois mon père sorti, elle s'essuya les yeux et se moucha à plusieurs reprises.

— Je n'arrive pas à y croire, Mal, dit-elle. Je ne peux pas me faire à l'idée qu'ils... qu'ils ne sont plus là. Andrew, Lissa, Jamie. Mon fils, mes petits-enfants... tués comme cela, sauvagement, sans raison...

— Ils n'ont pas souffert, ai-je réussi à articuler. J'ai demandé au médecin légiste, il m'a assuré que la mort avait été instantanée.

En levant les yeux vers elle, je me suis tout à coup rendu compte à quel point Andrew lui ressemblait et j'ai dû en hâte appliquer mes deux mains sur ma bouche pour retenir un cri de douleur sur le point de m'échapper.

— Je ne sais pas comment je pourrai survivre sans lui, ai-je dit d'une voix étranglée. Je l'aimais tant... Il était ma raison de vivre. Les enfants...

Diana me prit la main, la serra de toutes ses forces.

— Je sais, je sais... Il faut que je les voie, Mal. Pouvons-nous aller les voir ?

— Oui. Ils sont à la maison mortuaire, près d'ici.

— Votre mère m'a dit que le service serait célébré demain. A Saint Bartholomew, n'est-ce pas ?

— Oui.

En état de choc, comme nous l'étions tous, Diana me fixait sans me voir, d'un regard vide, absent. Au bout d'un long silence, je fis l'effort de me reprendre, assez du moins pour parler.

— Je dois vous demander un service, Diana.

— Tout ce que vous voudrez, Mal.

— Pouvez-vous m'accompagner à notre appartement ? Il faut que je choisisse des vêtements... ceux qu'ils porteront dans leurs cercueils...

De nouveau frappée par l'horreur qui me terrassait depuis quarante-huit heures, je ne pus en dire davantage.

— Bien sûr. J'irai, Mal...

Sa voix étranglée était celle d'une vieille femme. Elle se leva soudain et partit en courant. Je savais trop bien ce qu'elle éprouvait pour m'étonner de sa réaction. Je ne conservais moi-même un semblant de contenance qu'au prix d'efforts surhumains.

Seule sur le canapé, prostrée, les yeux clos, je me suis laissé submerger par l'évocation de ma vie ravagée, brisée sans remède. Et sans espoir.

QUATRIÈME PARTIE

Indian Meadows

22

Indian Meadows, janvier 1989

J'étais seule.

Mon mari était mort.

Mes enfants étaient morts.

Mon petit chien était mort.

Mais moi, je ne l'étais pas.

Je le serais si je les avais accompagnés à Indian Meadows ce week-end de décembre. Si je n'étais pas restée en ville pour fêter une amie. C'était à cause de cela que j'étais encore en vie.

Et pourtant, je ne voulais pas. Je n'avais plus de raison de vivre. Mon existence n'avait plus de sens.

Sans Andrew, ma vie était sans valeur.

Sans mes enfants, ma vie n'avait pas de but.

Sans eux, je n'avais plus rien à faire sur terre. Je ne savais plus comment faire face à la vie quotidienne. J'existais comme un automate qui répète sans les comprendre des gestes programmés une fois pour toutes. Parce que je l'avais toujours fait, je me levais le matin, je me lavais, je m'habillais, je buvais une tasse de thé ou de café, je faisais mon lit, j'aidais Nora dans les tâches domestiques. Je rendais parfois visite à Anna et aux chevaux à l'écurie, je parlais au téléphone à ma mère et à Sarah. Plusieurs fois par semaine, j'appelais Diana ou c'était elle qui m'appelait. Mon père gardait le contact plus étroitement qu'il ne l'avait jamais fait depuis ma naissance et me téléphonait presque tous les jours. Mais je passais le plus clair de mon temps à ne rien faire. J'étais devenue un légume. Inerte, apathique, incapable de prendre la moindre initiative.

De temps à autre, j'allais dans mon petit bureau au fond de la maison, j'essayais de répondre aux centaines de lettres de condoléances que j'avais reçues. Mais j'étais hors d'état d'en lire plus de quelques-unes à la fois, l'épreuve était trop pénible.

Le plus souvent, je restais dans mon boudoir du premier étage à pleurer Andrew, Jamie, Lissa. Et Trixy, mon pauvre petit bichon frisé, mon inséparable compagne qui trottinait sur mes talons et dont la présence, dès avant la naissance des enfants, m'était devenue irremplaçable.

Je m'efforçais en vain de comprendre pourquoi cet horrible drame nous avait frappés. Qu'avions-nous fait pour le mériter ? Pourquoi Dieu les avait-Il laissé massacrer ? L'avais-je offensé sans le savoir ? Nous étions-nous tous rendus coupables de quelque péché grave ?

Y avait-il même un Dieu, ou le Diable régnait-il sans partage sur ce monde ?

Le Mal a été inventé par l'homme, pas par Dieu. Le Mal sévit depuis la nuit des temps. Il existera jusqu'à ce que l'homme finisse par anéantir sa planète, car l'homme ne pense qu'à tuer et à détruire. Le Mal a marqué ma vie, nos vies, quand cette bête sauvage a pressé la détente pour tuer deux enfants innocents, un petit chien sans malice et un homme intègre qui n'avait jamais fait de tort à quiconque au cours de ses quarante et un ans de vie.

Andrew fauché dans la fleur de l'âge, mes enfants à l'aube de leur vie, cela n'avait pour moi aucun sens. Des amis me disaient que c'était la volonté de Dieu et que je devais m'incliner sans discuter, sans demander pourquoi ni remettre en cause Ses décisions, si insoutenables soient-elles. Mais comment accepter sans révolte la mort absurde, inutile, de mon mari et de mes enfants ?

Je m'interrogeais sans répit. Je voulais comprendre

pourquoi une telle monstruosité avait pu se produire. J'avais besoin de savoir *pourquoi* Dieu permettait à l'humanité de perpétrer les crimes qu'elle ne cessait d'accumuler. Dieu faisait-il à dessein souffrir Ses créatures ? Etait-ce la réponse ? Je n'en savais rien.

Peut-être n'y avait-il pas de réponse. Peut-être n'y avait-il pas de Dieu — ce que j'envisageais de plus en plus souvent depuis cinq semaines. Ma mère avait dit que nous vivions dans un monde sans Dieu. Aurait-elle eu raison ?

Nous savions, par le rapport de balistique, que l'arme utilisée par l'assassin était un pistolet automatique de calibre neuf millimètres dont le chargeur contenait dix-sept ou dix-huit balles. DeMarco avait même précisé à David qu'on pouvait se procurer sans difficulté dans les rues ce type d'arme — fort à la mode, avait-il ajouté.

Une arme à la mode ! Jusqu'où étions-nous descendus ? Jusqu'où l'humanité irait-elle dans l'horreur ? N'avait-elle rien appris au fil des siècles ni accompli aucun progrès ?

Selon DeMarco, ma famille avait été tuée par des balles identiques, de sorte que les enquêteurs étaient désormais à peu près sûrs qu'il s'agissait d'un seul tireur, ce qui n'excluait pas une agression commise en groupe. Aucun témoin ne s'étant encore manifesté, ils n'avaient malheureusement identifié aucun suspect.

A ma connaissance, il ne se passait donc rien, en dépit de l'intense couverture médiatique. Du fait de la personnalité d'Andrew, le massacre, le service funèbre et l'enquête policière avaient attiré et continuaient d'attirer des hordes de journalistes. Nous nous trouvions pris dans un véritable cirque, harcelés, pourchassés jour après jour par les reporters de la presse écrite et de la télévision. La presse britannique elle-même avait fondu sur ce crime à sensation comme un vol de charognards.

J'avais cessé de lire les journaux et de regarder la télévision ; je ne pouvais plus supporter leurs racontars fantaisistes ou morbides, leurs pseudo-révélations sur moi et les miens. De toute façon, je ne me souciais plus de ce qui se passait dans le monde. Un monde qui m'était devenu indifférent. Etranger. Hostile.

Alors j'avais fui vers mon seul refuge, Indian Meadows. Je voulais aussi échapper à notre appartement et à New York. La ville me remplissait de peur et de dégoût.

David m'incitait cependant à ne pas faire preuve de trop de dédain envers les médias.

— Ils maintiennent la pression, vous devriez leur en être reconnaissante, me répétait-il. La police est tributaire de l'opinion publique et redoute les critiques, elle redoublera d'efforts pour démasquer les coupables. En tout cas, je puis vous dire que Johnson et DeMarco mettent leur point d'honneur à aboutir au plus vite. DeMarco, surtout, en fait son affaire personnelle.

Je savais que David avait raison et que DeMarco déployait un zèle louable. Malgré tout, je doutais fort que le monstre qui avait assassiné de sang-froid mes êtres chers soit jamais retrouvé. Il s'était depuis long-temps perdu dans la foule. Il était libre.

Libre de poursuivre sa criminelle existence. Libre de tuer à nouveau quand la fantaisie le prendrait.

Et moi, je ne pouvais rien faire que pleurer.

Pleurer mon mari et mes enfants. Pleurer la vie qui leur avait été volée. Pleurer l'avenir dont ils étaient privés. Pleurer les promesses qu'ils portaient en eux et qui ne se réaliseraient jamais.

Le désir de vivre m'avait désertée. Je voulais mourir. Et j'allais mourir.

Bientôt. Très bientôt.

Jusqu'à présent, je n'avais pas réussi à mettre mon projet à exécution parce qu'on ne me laissait pas seule un instant. Il y avait toujours quelqu'un près de moi.

Soupçonnaient-ils tous mes intentions ?

Je n'avais cessé d'être entourée depuis le lendemain des obsèques, quand j'étais venue en voiture à Sharon avec Diana et mon père. Eux partis, Sarah avait pris le relais, suivie de David et de ma mère qui s'étaient incrustés des jours et des jours.

Ils m'avaient prodigué leur amour, ils avaient tous fait de leur mieux pour me consoler, comme je m'étais moi-même efforcée de les réconforter. En vain. Notre perte était trop cruelle, notre douleur trop insoutenable. Elle nous rongeait le cœur et l'âme, elle persistait au plus profond de nous-mêmes sans que rien ne parvienne à l'atténuer.

Ils avaient fini par s'en aller, temporairement du moins. Sarah devait réintégrer son bureau chez Bergman's, David son cabinet d'avocat, mais je les avais tous vus revenir quelques jours plus tard. En leur absence, Nora et Anna n'étaient jamais très loin. Même Eric, le mari de Nora, semblait ne pas vouloir me quitter d'une semelle en dehors de ses heures de travail.

Diana avait décidé de rentrer à Londres vers la fin décembre. Mon père et elle pensaient d'abord rester me tenir compagnie pendant la période des fêtes ; je leur avais dit que ma mère, David et Sarah viendraient passer Noël à Indian Meadows et qu'ils feraient mieux de partir, de reprendre de leur mieux le cours de leurs propres vies.

— Vous avez sans doute raison, m'avait répondu Diana. Si je restais, nous ne ferions que ressasser ensemble notre peine et cela n'arrangerait rien.

Elle ne me le disait que par bonté, j'en étais sûre, car je savais que cela lui brisait le cœur de me laisser seule. En fait, au moment de partir avec mon père pour l'aéroport, elle m'avait suppliée de faire ma valise et de les accompagner. Mon père s'était joint à elle pour tenter de me convaincre de passer Noël avec eux et Gwenny à Kilgram Chase. Si je ne m'en sentais pas capable, avait-il ajouté, il se ferait une joie de nous emmener toutes trois où il nous plairait, dans le midi de la France par exemple. Mais rien ne m'attirait à Londres ni dans le Yorkshire, encore moins sur la Côte d'Azur. Je ne me sentais plus nulle part à ma place sur la terre, je n'aspirais qu'à me rendre ailleurs, dans un autre monde infiniment plus lointain.

J'ai donc décliné leur offre et je les ai embrassés en leur souhaitant bon voyage. Je voulais rester seule ici avec mes souvenirs. Je désirais surtout préparer ma mort et mettre mes projets au point.

A vrai dire, j'attendais aussi la livraison d'un certain objet. Il ne m'était pas encore parvenu mais, dès que je l'aurais reçu, je rejoindrais dans l'Au-delà mon mari et mes enfants. Alors seulement, je ne souffrirais plus.

Un coup d'œil à mon agenda m'apprit qu'on était le mardi 17 janvier. Mon colis devait arriver le lendemain. Je n'avais désormais plus aucun doute : le 19 janvier, mon calvaire prendrait fin. Rien ni personne ne me retiendrait.

Un peu réconfortée par cette certitude, j'ai quitté mon bureau. Ce matin-là, Anna m'avait demandé de descendre aux écuries.

Je n'avais pas encore atteint le vestiaire où je rangeais les bottes et les imperméables quand j'ai croisé l'omniprésente Nora, chargée d'un plateau.

— Ah ! Vous voilà, Mal. Je vous apportais justement un bol de potage.

— Merci, Nora, mais je n'ai pas faim, je n'ai envie de rien. De toute façon, j'allais sortir.

— Oh, non ! répliqua-t-elle en me barrant le passage. Vous ne sortirez pas avant d'avoir avalé quelque chose. Vous n'avez rien mangé depuis je ne sais quand. On ne se nourrit pas d'une tasse de thé et d'un toast le matin, ce n'est pas sérieux ! Vous allez manger mon potage.

— Si cela peut vous faire plaisir...

Je n'avais pas le courage de discuter. D'ailleurs, je la croyais tout à fait capable de m'empêcher de sortir par la force si je ne cédais pas.

— Où voulez-vous que je vous le serve ? demanda-t-elle d'un ton un peu radouci.

— Dans la cuisine.

Elle tourna les talons sans rien ajouter. A sa démarche raide, je sentis que je l'avais vexée et j'en fus fâchée. Je ne voulais pas peiner Nora. Elle était foncièrement bonne et notre drame la plongeait, elle aussi, dans une affliction que je savais sincère. Elle avait adoré les jumeaux, éprouvé une profonde sympathie pour Andrew. Depuis leurs obsèques, auxquelles elle était venue assister à New York avec Anna et Eric, elle restait inconsolable.

— Pardonnez-moi, Nora, ai-je dit en m'asseyant. Je ne voulais pas vous parler aussi sèchement.

Elle posa une main sur mon épaule, ouvrit la bouche. Mais sa voix s'étrangla et elle sortit en courant avant que j'aie pu reprendre la parole.

Il ne faisait pas très froid pour la mi-janvier et la neige n'avait pas tenu. Il n'en restait qu'une mince couche dans les endroits exposés au nord. Au moment des plus fortes chutes, Eric avait dégagé et sablé les allées que je suivais pour me rendre au cottage d'Anna.

J'étais presque arrivée quand elle sortit de l'écurie, me vit approcher et me fit de la main un signe que je lui rendis en pressant un peu le pas.

— Je voulais vous voir au sujet des poneys, Mal, me dit-elle après m'avoir embrassée. Vous m'aviez dit d'en faire ce que je voulais. Eh bien, j'ai un client.

— Un client ?

— Oui, je connais quelqu'un qui voudrait les acheter, précisa-t-elle, étonnée par ma réaction.

— Mais il n'est pas question de les vendre !

— Ah bon... J'ai dû mal comprendre...

— Pas du tout, Anna, ce n'est pas vous qui avez mal compris, me suis-je empressée de la rassurer, c'est moi qui m'étais mal exprimée. Je voulais simplement vous dire de les *donner* à qui bon vous semblerait. Pour rien au monde je ne vendrais Pippa et Punchinella.

Le sourire lui revint.

— Dans ce cas... Une de mes amies les a vus et elle en a très envie pour ses enfants. Elle en prendra bien soin, soyez-en sûre. Je vous remercie pour elle, c'est un cadeau très généreux de votre part.

— C'est la moindre des choses, Anna, n'en parlons plus. Aviez-vous autre chose à me dire ?

— Non, rien pour le moment.

— Dans ce cas, je vais leur faire mes adieux.

Avec discrétion, Anna s'abstint de me suivre.

Seule dans l'écurie, je suis entrée dans leurs stalles, je leur ai donné à chacun une carotte, je les ai caressés, embrassés sur le bout du museau.

— Vous aurez donc une nouvelle famille, les petits, leur ai-je murmuré. Soyez heureux et donnez aux autres enfants autant de bonheur que vous en donniez aux miens.

Je suis remontée à pas lents vers la maison.

Arrivée en haut de la pente, je me suis assise sur le banc sous le vieux pommier. Il était dénudé par l'hiver mais je savais que ses branches se couvriraient de fleurs blanches au printemps et de beaux fruits rouges en été.

Ce banc avait toujours été un de mes endroits préférés à Indian Meadows. Andrew l'avait baptisé « le coin de Mal » parce que, dès que j'avais un instant de libre, j'y venais me détendre, réfléchir, lire, peindre ou simplement rêvasser. Andrew et les enfants l'avaient vite adopté, eux aussi. Si je disparaissais de la maison, ils étaient sûrs de me trouver là et venaient m'y rejoindre.

Sous cet arbre, j'avais raconté mes histoires et lu des contes de fées aux jumeaux. Nous y pique-niquions parfois parce qu'il y faisait toujours frais, même au cœur de l'été. C'est là aussi qu'Andrew et moi aimions venir par les belles nuits d'été où les étoiles scintillaient dans un ciel de velours noir. Seuls, blottis l'un contre l'autre, nous parlions de l'avenir ou nous ne disions rien, tant nous nous sentions en paix avec nous-mêmes et le monde entier.

Comme nous l'aimions, notre vieux pommier...

Les yeux clos pour effacer le ciel bleu pastel et le pâle soleil de janvier, je sentis mes larmes ruisseler.

23

— Mal ! Il y a un camion de livraison...

Réveillée en sursaut, je vis Nora, penchée sur moi, qui me touchait l'épaule.

— Je suis désolée de vous déranger alors que vous dormez si peu, reprit-elle, mais le livreur doit vous faire signer des papiers et demande où il faut mettre le coffre.

— Ici, Nora, ai-je répondu en me levant péniblement du canapé. Au fond de ma garde-robe.

— Que voulez-vous faire d'un coffre-fort ? demanda-t-elle avec curiosité.

— Mettre certaines choses précieuses à l'abri. Des papiers personnels, des bijoux, des documents officiels.

Mieux valait mentir que lui dire la vérité.

— Bon. En tout cas, il faudrait que vous descendiez parler au livreur, dit-elle en me tendant les papiers.

Je la suivis, soulagée. J'avais craint que le fournisseur ne respecte pas le délai de livraison spécifié quand j'avais passé ma commande et envoyé le chèque.

Le livreur attendait dans la cuisine.

— Je voudrais que vous installiez le coffre à l'étage, lui ai-je dit, mais vous aurez peut-être un problème pour le monter. L'escalier est assez étroit.

— Mon collègue est dans le camion, bougonna-t-il. Il faudrait d'abord voir l'endroit.

Il me suivit dans mon boudoir, où je lui montrai le profond placard qui me servait de garde-robe.

— Pouvez-vous l'installer ici, contre le mur du fond ?

— Hmm... Ouais, pas de problème.

Nous sommes redescendus. Pendant que l'homme allait au camion chercher son collègue et décharger le coffre, j'ai rapidement parcouru et signé les papiers.

— Sarah arrivera-t-elle demain ou vendredi ? me demanda Nora depuis la porte de l'office.

— Sarah ne viendra pas ce week-end.

— Ah, bon ? dit-elle, déconcertée. Vous attendez votre mère, alors ?

— Non plus.

— Mais... c'est la première fois que vous resterez seule ! s'exclama-t-elle, mi-indignée, mi-inquiète.

— Oui. Et alors ? Soyez tranquille, je me débrouillerai très bien. J'aurai de quoi m'occuper.

Nora me considéra un instant avec méfiance et s'éloigna en hochant la tête, visiblement perplexe.

Les livreurs revinrent à ce moment-là en poussant le coffre sur un diable. Ils commencèrent par en démonter la porte, hissèrent leur fardeau ainsi allégé jusqu'à l'étage, redescendirent chercher la porte blindée. Un quart d'heure plus tard, tout était installé comme je l'avais demandé.

Une fois seule, je me suis exercée aux manœuvres d'ouverture et de fermeture de la serrure selon les instructions de la notice. Puis, désormais familiarisée avec le processus, j'ai effacé le code de l'usine pour composer le mien à partir de la date de mon mariage.

J'avais l'impression, ce jour-là, que Nora ne s'en irait jamais. Il était déjà quatre heures, elle aurait dû finir depuis longtemps ! Je me suis alors souvenue qu'elle attendait peut-être Eric qui, depuis quelque temps, avait pris l'habitude de venir la chercher en quittant son travail. Dans ce cas, il ne tarderait pas à arriver.

Maintenant que le coffre était livré, je pouvais me mettre à l'ouvrage. Je me suis donc attelée à la tâche de vérifier les factures et signer les chèques correspondants. Cela fait, j'inscrivis le solde sur mon chéquier avant de le ranger dans le tiroir de mon bureau.

Mes fonds étaient au plus bas. Sans le salaire mensuel d'Andrew, je ne disposais d'aucune rentrée et je n'avais pas encore reçu des assurances le capital-décès. Il restait une petite somme sur notre compte d'épargne, mais peu de chose : Andrew et moi avions toujours vécu à la limite de nos moyens, souvent même au-delà. Mais après tout, quelle importance ? Je n'avais plus besoin d'argent puisque j'allais mourir. Ma mère vendrait l'appartement de New York et cette maison afin de rembourser les emprunts ; le solde servirait à régler les frais et les dernières dettes éventuelles. Tout serait donc en ordre comme je le souhaitais.

Quelques jours auparavant, j'avais fait mon testament chez un homme de loi des environs plutôt qu'à l'étude de Manhattan qui gérait les affaires de ma mère — elle se serait affolée en apprenant que je dictais mes dernières volontés. Je la désignais ainsi que Sarah comme exécutrices testamentaires. Ma mère recueillerait le reliquat de ma succession mais je léguais mes bijoux les plus précieux à Sarah, à l'exception de ma bague de fiançailles, bijou de famille des Keswick, qui devait revenir à Diana. Je faisais d'autres legs en faveur d'Anna, de Nora et d'Eric, certains de mes tableaux notamment, mais je laissais ma mère disposer du reste à sa guise.

Sarah était la sœur que je n'avais jamais eue et je l'aimais profondément. Je savais trop bien que ma mort la bouleverserait mais je ne supportais plus de survivre sans les êtres qui m'étaient plus chers que moi-même...

La porte de mon bureau s'ouvrit tout à coup et je vis Eric passer la tête par l'entrebâillement.

— Bonjour, Mal ! Comment va ?

— Très bien, ai-je répondu en me forçant à sourire. Et vous ?

— Couci-couça. Le patron a dû licencier deux ou trois compagnons mais je n'ai pas encore trop à me plaindre.

— Tant mieux pour vous, Eric. Nora est là-haut, je l'ai entendue marcher il y a quelques minutes.

— Je la verrai plus tard, je dois d'abord remonter des bûches de la cave. Après, j'irai voir la chaudière des écuries, il paraît qu'elle est encore en panne. Par ce temps-là, on ne peut pas laisser les chevaux prendre froid.

— Merci d'être toujours aussi serviable, Eric.

— Pensez donc, c'est la moindre des choses ! Pas d'autres réparations pour le moment ? La chaudière de la maison ne fait plus des siennes ?

— Non, elle a l'air de bien fonctionner.

— Bon. Avant de partir, je repasserai voir si vous n'avez besoin de rien, dit-il avec un large sourire.

Eric Matthews avait un cœur d'or. Depuis que j'étais venue m'installer en permanence à Indian Meadows, il se chargeait des travaux trop durs pour Nora et moi. Malgré sa peine, aussi profonde que celle de sa femme et d'Anna, il faisait toujours l'effort d'afficher devant moi une bonne humeur que je le savais loin de ressentir.

Quand Nora et Eric se décidèrent à partir, je ne pus retenir un soupir de soulagement, malgré la tendresse que j'éprouvais pour eux.

Enfin, j'étais seule.

Après avoir fermé à clef toutes les portes de la maison, je suis montée dans ma chambre et j'ai ouvert le dernier tiroir de ma commode au fond duquel j'avais caché les quatre boîtes en carton. Je les ai emportées dans mon boudoir, j'en ai sorti les urnes que j'ai posées sur la table et je me suis assise en face. Lorsque David me les avait rapportées, je les avais aussitôt étiquetées avec les noms et les dates.

C'était tout ce qui me restait de ma famille. Quatre urnes pleines de cendres.

Refoulant les larmes qui me montaient aux yeux, j'ai pris les urnes contenant les cendres de Lissa et de Jamie et je suis allée les déposer dans le coffre-fort. J'ai fait de même avec celles d'Andrew puis de Trixy. Après les avoir alignées en ordre, j'ai refermé la porte du coffre, brouillé la combinaison et glissé la clef dans ma poche.

— Vous voilà maintenant en sûreté, leur ai-je dit à haute voix — une habitude que j'avais prise ces derniers temps. Ici, vous ne risquez plus rien. Personne ne viendra vous faire du mal. Je serai bientôt avec vous, moi aussi. Nous ne nous quitterons plus. Jamais plus.

J'ai consacré la matinée du lendemain à passer des coups de téléphone. J'ai appelé Diana à Londres, ma mère et Sarah à New York et finalement mon père, qui participait à un colloque à l'Université de Californie.

Avec chacun, j'ai bavardé sur le ton de la bonne humeur en affirmant que je me sentais beaucoup mieux. J'étais sûre qu'ils me croyaient. Quand je veux, je sais jouer la comédie de manière très convaincante.

L'après-midi, j'écrivis une lettre d'adieux à chacun, plus une cinquième destinée à David Nelson pour le remercier de tout ce qu'il avait fait pour moi. Je lui demandais de consoler ma mère de ma mort et de veiller sur elle. Je lui donnais aussi mes instructions sur la manière de disposer de nos cendres. Cela fait, j'ai placé les enveloppes cachetées dans le tiroir de mon bureau, avec mon chéquier et certains autres documents.

Ce soir, je serai donc enfin libre de me tuer, me disais-je. On découvrira mon corps demain matin, les lettres peu après. Ainsi, tout sera rentré dans l'ordre.

Etendue sur le canapé du boudoir, je buvais un grand verre de vodka en écoutant Maria Callas chanter *Tosca*, l'un des opéras préférés d'Andrew. Le soleil d'hiver avait déserté le ciel, la lumière déclinait très vite.

Ma vie aussi touchait à sa fin.

Dépouillée de son enveloppe charnelle, mon âme serait bientôt libre de s'envoler, d'accéder au plan supérieur où ils m'attendaient. Ma douleur prendrait fin. Avec eux, près d'eux, je connaîtrais la paix éternelle.

Dans la pénombre qui envahissait la pièce, je distinguais encore le visage d'Andrew qui me regardait du haut de son cadre. Le cœur débordant d'amour, je lui souris avant de tourner mes yeux vers le portrait de Jamie et de Lissa. Qu'ils étaient beaux, mes jumeaux ! Gracieux comme des angelots de Botticelli. De vrais miracles. Mes miracles à moi...

Je tendis la main vers mon verre, posé près de moi sur le parquet, j'en avalai de longues gorgées en me laissant bercer par la musique.

A la fin du disque, je mettrais fin à mes jours.

— Mal ! Mal ! Où es-tu ?

J'ai sursauté, effarée, en lâchant le verre de vodka que je tenais encore. Avant que j'aie pu reprendre mes esprits, je vis Sarah faire irruption dans la pièce, pâle et le regard brillant d'angoisse.

— Pas étonnant que tu ne m'aies pas entendue tambouriner à la porte d'entrée, avec la Callas qui braille à tue-tête ! s'exclama-t-elle en baissant le volume de la stéréo. J'étais dehors depuis des heures, je cognais à me faire mal aux mains !

— Comment es-tu entrée ? ai-je réussi à articuler.

— Par la porte de la cuisine.

La stupeur me rendit un peu de lucidité.

— Mais... elle était fermée !

— Non, Mal.

— Mais si, j'en suis sûre ! me suis-je écriée. Je l'ai verrouillée moi-même !

Je repassai dans ma tête mes faits et gestes de l'après-midi pour tenter d'éclaircir ce mystère. Voyons, j'avais accompagné Nora jusqu'à la porte de la cuisine, nous nous étions dit au revoir sur le seuil et j'avais refermé à clef derrière elle. J'avais même tiré le loquet. La douleur me rendait peut-être folle, mais pas au point de me tromper aussi lourdement ! La porte était bel et bien fermée à clef et verrouillée. Qui donc l'avait rouverte ?

Sarah me dévisageait sans mot dire.

— Et d'abord, qu'est-ce que tu fais là ? lui ai-je demandé sèchement, furieuse de devoir ajourner mes projets à cause d'elle.

Elle jeta son manteau sur une chaise, s'assit à côté de moi sur le canapé, me prit les mains.

— Tu veux savoir pourquoi je suis venue, Mal ? Parce que j'étais inquiète à ton sujet. Très inquiète.

24

Nous sommes descendues à la cuisine. En y arrivant, je vis la valise de Sarah près de la porte. Elle avait donc l'intention de passer le week-end ici alors qu'elle était censée rester en ville. Pourquoi ?

Dans l'immédiat, toutefois, le mystère de la serrure me tracassait davantage. J'ai manœuvré le bouton qui tourna sans résistance.

— Tu n'as pas refermé avant de monter ? ai-je demandé.

— Non. La porte n'était pas verrouillée, je l'ai laissée comme je l'avais trouvée.

— Tant pis. Mais je n'y comprends rien. Je suis sûre de l'avoir bouclée moi-même. C'est invraisemblable.

Sans faire de commentaire, Sarah prit un verre dans le placard et se versa de la vodka.

— En veux-tu aussi, Mal ?

— Pourquoi pas...

Puisque je ne pouvais pas me tuer ce soir, autant m'enivrer. Cela calmerait un peu ma peine, au moins pendant quelques heures. Je sortis du freezer un bac à glaçons que je tendis à Sarah avant de regarder dans le réfrigérateur.

— Il y a du ragoût, Nora l'a préparé de ce matin. Si tu préfères, je peux te faire une omelette.

Elle mit des glaçons dans les verres, ajouta des rondelles de citron vert.

— Pas d'œufs, merci. Le ragoût de Nora sera moins nocif pour mon régime. Et toi ?

— La même chose. Mais il faut compter une demi-heure pour le réchauffer à feu doux.

— Rien ne presse. Il est encore tôt.

Après avoir transvasé le ragoût dans une cocotte, je le mis sur le fourneau. Je n'avais pas plus faim que les autres jours mais il était plus sage de faire semblant.

Nous sommes allées attendre dans le jardin d'hiver. Le chauffage central y maintenait une température agréable malgré les baies vitrées et les portes-fenêtres. En entrant, avant d'allumer la lumière, je vis dehors qu'il neigeait. La pelouse était déjà toute blanche et les arbres avaient l'air d'être couverts de fleurs.

Je me suis assise le dos aux fenêtres, Sarah en face de moi dans un grand fauteuil. Elle posa les pieds sur la table basse et leva son verre en silence. Je lui rendis son salut. Nous sommes ainsi restées sans mot dire, chacune plongée dans ses propres pensées.

Au bout d'un moment, elle leva les yeux vers moi.

— Ma cousine Vera revient à New York, Mal.

— Ah, oui ? Elle ne se plaît plus sur la côte ouest ?

— Si, mais son mari l'a plaquée pour une autre et demande le divorce. Elle a donc décidé de boucler ses valises et de rentrer.

— Dommage pour elle, ai-je murmuré par politesse.

— Elle viendra à New York dans une quinzaine de jours chercher un appartement, poursuivit Sarah. En venant ici, je me suis dit que le tien lui conviendrait très bien. Elle a une fille de quinze, seize ans — Linda, tu t'en souviens peut-être ? — et une fidèle servante qui ne l'a pas quittée depuis des années. Ton appartement a juste la surface qu'il lui faudrait.

J'avalai une gorgée de vodka.

— Eh bien, qu'en penses-tu ? insista Sarah.

J'eus un haussement d'épaules indifférent.

— Tu veux toujours le vendre, n'est-ce pas ?

— Oui, bien sûr...

— Hésites-tu encore ? Ecoute, tu me disais le mois dernier que tu ne voulais plus mettre les pieds à New York. A quoi bon garder un appartement dans une ville que tu détestes ?

— Tu as raison. Après tout, si Vera veut l'acheter, pourquoi pas ? Fais-le-lui visiter quand tu voudras. Ou si tu n'as pas le temps, demande à ma mère, elle a les clefs.

— Merci, Mal ! dit-elle en souriant. Je serai ravie de pouvoir vous rendre service à toutes les deux.

— Comment cela, à toutes les deux ?

— Vera veut un logement agréable. Et toi, je suis sûre que l'argent ne te sera pas inutile.

— L'assurance-vie d'Andrew ne représente pas une fortune, c'est vrai.

— Tu as une hypothèque à rembourser sur l'appartement, n'est-ce pas ?

— Oui, et une sur la maison.

— Alors, comment penses-tu t'en sortir, Mal ? demanda-t-elle d'un air soucieux. Où vas-tu trouver l'argent ?

Une fois morte, je n'en aurai plus besoin, me suis-je retenue de lui répondre.

— L'agence me verse une petite pension. Peu de chose, à vrai dire. Je sais par Jack Underwood qu'ils ont de graves problèmes en ce moment. Ils ont perdu de gros clients et le bureau de Londres subit des pertes sévères. Mais tu es déjà au courant, Andrew t'en avait parlé en novembre.

— Quand as-tu vu Jack ?

— Il est venu me voir ici il y a deux, trois jours, à son retour de Londres. Il était très abattu, plus encore au sujet d'Andrew — tu sais combien ils étaient proches — que de l'agence. Harvey et lui démissionnent pour monter leur propre affaire. C'est Andrew qui avait tout organisé...

Je dus m'interrompre pour m'éclaircir la voix.

— Mais ils continuent. Même sans lui.

Sarah garda le silence. Elle regardait la neige tomber en buvant sa vodka à petites gorgées. Je me suis levée pour aller baisser les lumières, trop vives pour moi ce soir.

— Tu m'inquiètes, Mal, me dit-elle tout à coup.

— A cause de mes finances ?

— Non, il ne s'agit pas de cela. Tante Jess et oncle David t'aideront et moi aussi. Tout ce que j'ai est à toi, tu le sais bien. Ton père et Diana ne te laisseront pas tomber eux non plus jusqu'à ce que tu sois remise sur pied.

— Oui, peut-être...

Je savais qu'ils n'auraient pas à se donner tout ce mal puisque je ne serais plus là.

— C'est ta santé qui m'inquiète, reprit Sarah. Ta santé mentale, surtout. Je connais tes souffrances ; ce que tu subis est insoutenable, je voudrais t'aider mais ignore comment.

— Personne ne peut rien pour moi, Sarah. C'est pourquoi il vaut mieux me laisser seule. Je n'ai besoin de rien.

— Je ne suis pas d'accord du tout ! Tu as *besoin*, au contraire, de quelqu'un près de toi pour te soutenir d'une manière ou d'une autre. Il te faut quelqu'un à qui parler, sur qui t'appuyer. Tu ne dois surtout pas rester seule.

Je ne répondis pas.

— Je sais que j'ai raison ! insista-t-elle. Et je sais que ce quelqu'un, c'est moi. Je suis mieux placée que n'importe qui pour t'aider, Mal. Nous nous connaissons depuis toujours, depuis l'époque où nous n'étions que des bébés. C'est moi qui dois être près de toi quand tu en as besoin.

— Inutile de me rappeler que tu es ma meilleure amie, je le sais. Tu es même la seule à pouvoir me supporter.

— Alors promets-moi de me laisser venir tous les week-ends sans essayer de m'en dissuader, comme tu le fais depuis quelque temps.

— Je te le promets.

— Je t'aime, tu sais.

184

— Moi aussi, Sash.

Le silence retomba.

— Le pire, c'est... le néant, ai-je laissé échapper.

— Le néant ?

— Oui, le néant que je dois affronter chaque jour. Devant moi, il n'y a plus rien. Rien qu'un grand vide. Depuis dix ans, ma vie était centrée sur Andrew, sur sa carrière, sur notre ménage. Ensuite, il y a eu les jumeaux. Maintenant qu'ils ne sont plus là, il ne me reste rien. Le vide. Le néant. Je n'ai plus de raison de vivre. Plus rien.

Les yeux pleins de larmes, Sarah ne répondit pas. Je la savais incapable de prononcer les mots creux, les banalités dont j'avais été trop abreuvée ces derniers temps.

— N'en parlons plus, ai-je dit en me levant. Viens, le ragoût doit être à point.

Nous avons dîné dans la cuisine. En fait, Sarah fut la seule à avaler quelque chose, mon appétit m'ayant depuis longtemps désertée. J'avais quand même débouché une bonne bouteille de vin, le meilleur bordeaux d'Andrew, dont je buvais largement ma part.

— Tu devrais te remettre à travailler, me dit-elle à un moment. Pas tout de suite, évidemment, mais plus tard, dans six mois. Cela te ferait du bien.

Je l'aimais trop pour lui faire de la peine en lui disant que dans six mois je serais loin...

— Tu pourrais travailler ici même, Mal, reprit-elle. Faire quelque chose qui te plaise.

Je me suis contentée d'un regard interrogateur.

— La peinture, par exemple. Tu as assez de talent pour illustrer des livres d'enfants. J'ai des amis dans l'édition, ils ne demanderaient pas mieux que de t'aider. Tu pourrais aussi vendre des toiles, des aquarelles.

— Ne dis pas de bêtises, voyons ! Mes tableaux ne sont pas assez bons pour intéresser des acheteurs.

— Tu te trompes, ils le sont.

— Tu manques totalement d'objectivité !

— Peut-être, mais je sais quand même distinguer si quelqu'un a du talent ou pas — surtout dans le domaine artistique. Tu peux me croire, c'est mon métier. Et toi, tu en as, Mallory. Beaucoup.

— Puisque tu le dis...

Et je me suis versé le fond de la bouteille.

25

Il neigea de nouveau le dimanche matin.

Tout en descendant vers l'étang avec Sarah, je ne pouvais m'empêcher d'admirer l'extraordinaire beauté du paysage, dont l'uniforme blancheur scintillait sous le soleil revenu dans un ciel bleu, pur comme le cristal. Le cœur serré, j'imaginais la joie de Jamie et de Lissa s'ils avaient pu jouer dans cette neige avec Andrew, bâtir un bonhomme de neige, glisser en luge sur la pente. Leur perte m'était plus cruelle que jamais.

Je me suis toutefois forcée à refouler ma peine au plus profond de mon cœur et à feindre la sérénité. Je ne voulais pas ajouter aux soucis de Sarah, elle s'inquiétait déjà trop à mon sujet. Aujourd'hui surtout, je devais redoubler d'efforts pour la tranquilliser. Elle se rendait le lendemain à Paris avec son équipe d'acheteuses pour assister aux défilés des collections et je tenais à ce qu'elle soit pleinement rassurée sur mon compte avant de me quitter.

— Je n'ai jamais vu autant de canards à la fois ! s'écria-t-elle en arrivant près de l'étang.

— C'est vrai, ils ont élu domicile à Indian Meadows depuis le début de l'hiver. Mais ce n'est pas désintéressé, nous leur donnons à manger tous les jours.

Je m'avançai vers la rive en sortant des sachets de graines du panier que je portais au bras. Notre arrivée dispersa aussitôt les canards ; les uns s'envolèrent, d'autres s'éloignèrent en se dandinant sur la partie gelée.

Dès notre premier hiver à Indian Meadows, Andrew avait installé une pompe qui maintenait l'eau en mouvement et empêchait la glace de prendre sur une partie de la surface. Pendant que je répandais des graines près de l'eau libre, Sarah en jetait quelques poignées sur la glace à l'intention des canards qui attendaient notre départ, regroupés à distance respectueuse.

— Pourquoi ne viennent-ils pas manger ? s'étonna-t-elle.

— Nous leur faisons peur. Ils viendront dès que nous serons parties.

— En tout cas, c'est une bonne idée d'avoir installé cette pompe pour que les oiseaux puissent venir se poser en hiver. Comment y avez-vous pensé ?

— C'est Eric qui en a donné l'idée à Andrew. Dans la région, les fermiers s'en servent pour faire boire leurs vaches pendant les fortes gelées.

— Bonjour, Mal ! Bonjour, Sarah !

Nous nous sommes retournées. Anna venait vers nous, emmitouflée dans des vêtements bariolés qui me rappelèrent irrésistiblement Gwendolyn Reece-Jones. Comme elle, Anna affectionnait les couleurs vives et les longues écharpes. Elle en portait trois ce jour-là, bleu turquoise, rouge et jaune, assorties à un manteau qui semblait taillé dans une couverture indienne. Un bonnet de ski bleu roi à pompons jaunes, une paire de bottes noires et des gants de laine vert pomme complétaient son accoutrement. Serait-elle daltonienne ? me suis-je demandé, amusée.

— J'adore votre manteau, Anna ! s'exclama Sarah. Il sort vraiment de l'ordinaire. Est-ce un vêtement indien ?

— Non. Sauf le tissu, je crois.

— Où l'avez-vous trouvé ? En Arizona ?

— Pas du tout. Je l'ai acheté aux « Poney Traders ».

— Une nouvelle boutique ?

— Non, une petite fabrique artisanale près du lac Wononpakook. Je connais une des deux propriétaires,

Sandy Farnsworth. Elles confectionnent des vestes, des capes, des jupes, des gilets, même des bottes et des mocassins. Toute leur production est de style indien, c'est vrai. J'ai eu le coup de foudre pour ce manteau.

— Vous avez raison, il est superbe ! approuva Sarah. Je pars en Europe demain mais, à mon retour, vous pourriez m'y emmener. J'essaierai de leur passer une commande par le magasin.

— Ce serait formidable ! Mais je venais vous proposer un chocolat chaud ou un café. Je vois que vous avez des carottes pour les chevaux, ajouta-t-elle en baissant les yeux vers mon panier. Venez quand même d'abord chez moi.

Nous nous sommes dirigées toutes trois vers la petite grange rénovée où Anna s'était installée.

N'y étant pas entrée depuis longtemps, je fus frappée par son confort douillet et son charme rustique. Un grand feu flambait dans la cheminée. Blackie, le labrador, se leva pour nous saluer en remuant joyeusement la queue. Mais pendant que je le caressais, il continuait à regarder vers la porte comme s'il attendait encore quelqu'un et je compris avec un pincement au cœur qu'il comptait sans doute voir Trixy qui me suivait partout.

Anna s'en rendit compte elle aussi car elle me lança un regard soucieux et s'empressa de faire diversion :

— Donnez-moi vite vos manteaux, je vais réchauffer le café ! Voulez-vous manger quelque chose avec ?

— Je voudrais bien si je pouvais, grommela Sarah.

— Merci, Anna, juste le café, ai-je dit en m'asseyant sur le canapé devant la cheminée.

Pendant que Sarah visitait les lieux, j'ai fermé les yeux en pensant à Jamie et à Lissa qui aimaient tant venir ici. Anna les gâtait et les chérissait comme ses propres enfants.

— Anna a merveilleusement aménagé son cottage, dit Sarah tandis que nous remontions vers la maison. C'est à peine plus grand qu'une maison de poupée, c'est bourré de choses, et pourtant tout est impeccable et on s'y sent bien.

— Oui, c'est vrai, ai-je murmuré.

Le froid me parut soudain plus pénétrant et je ne pus retenir un frisson.

— Elle est très jolie, en fin de compte, avec ses cheveux blonds et ses yeux de biche, poursuivit Sarah. Il suffirait d'un léger maquillage pour la rendre sensationnelle.

— Tu as raison mais je ne crois pas qu'elle se soucie beaucoup de son allure.

— Manque de motivation ?

— Non. Je pense plutôt qu'Anna se sent bien dans sa peau telle qu'elle est. Elle déborde de vitalité, de joie de vivre. Avant de venir ici, elle avait été réellement malheureuse avec ce type qui la maltraitait, la traînait plus bas que terre. Depuis, je crois qu'elle a fait une croix sur les hommes et elle ne s'en porte pas plus mal, au contraire.

— Tu m'en avais parlé à l'époque, je m'en souviens. C'est vrai, au fond. Pour une femme, il vaut souvent mieux vivre seule que... Oh ! Je te demande pardon, Mal ! dit-elle en me prenant le bras. Je suis impardonnable.

— Tu ne peux pas passer ton temps à surveiller tout ce que tu dis, ai-je répondu en la serrant contre moi. La vie continue, j'en suis tout à fait consciente.

— Je donnerais n'importe quoi pour te remonter un peu, Mal. N'importe quoi, tu le sais bien.

Les larmes aux yeux, elle tourna vers moi un regard si plein d'amour, d'amitié, d'affection profonde que j'en fus bouleversée.

— Je sais, ma chérie, je sais, lui ai-je répondu de mon ton le plus rassurant. Et ne te fais pas de souci pour moi, je me sens toujours mieux quand tu es là.

Le silence et la paix étaient presque palpables.

Debout au milieu de la galerie, je baignais dans cette sérénité. Si elle n'effaçait pas la tristesse enracinée au plus profond de mon cœur, je la sentais m'apaiser, me réconforter, d'une manière étrange mais bien réelle.

D'où émanait-elle ? De la maison, bien sûr.

Elle nous avait accueillies, ma famille et moi, avec bienveillance et générosité. Dès mon premier regard, j'avais vu en elle une entité vivante plutôt qu'un édifice inanimé. J'avais toujours cru que nous ne l'aurions pas découverte sans son aide, sans qu'elle nous ait attirés vers elle parce qu'elle souhaitait que nous l'aimions et lui rendions la vie. Et nous avions comblé ses vœux — pour un temps...

Mes enfants avaient joué dans ses couloirs et rempli ses pièces de leurs rires. Andrew et moi nous y étions aimés, comme nous avions aimé nos enfants, nos proches, nos amis. Trop brièvement, la maison avait retrouvé la vie et la gaieté. Elle nous avait rendu au centuple le bonheur que nous lui apportions.

Une dernière fois, je l'ai parcourue tout entière, j'ai regardé chaque recoin avant de fermer à clef les portes extérieures et d'éteindre les lumières. Puis je suis montée dans mon boudoir, ma retraite. Depuis le départ de Sarah, le crépuscule était tombé, l'ombre avait envahi la pièce mais le feu flambait encore dans la cheminée en répandant une douce chaleur et des lueurs rosées.

Après avoir allumé une lampe et m'être déshabillée, j'ai enfilé une chemise de nuit, une robe de chambre, je me suis versé un verre de vodka et me suis assise devant mon portrait des jumeaux que j'ai longuement contemplé. Plus je l'examinais, plus je me félicitais de mon travail. J'avais vraiment réussi à les rendre ressemblants, pleins de vie. Mon portrait d'Andrew, au-dessus de la cheminée, n'était pas tout à fait aussi bon, à l'exception du bleu de ses yeux dont j'avais rendu la nuance exacte.

Mon verre fini, je m'en suis versé un autre que j'ai vidé d'un trait et je suis allée dans la salle de bains ouvrir les robinets de la baignoire. Pendant qu'elle se remplissait, j'ai enlevé ma robe de chambre et me suis approchée du lavabo, sur le bord duquel j'avais déjà déposé mon cutter, plus tranchant qu'un rasoir. Après avoir vérifié le fil de la lame, j'ai posé l'outil sur le bord de la baignoire. J'avais lu, je ne sais plus où, que s'ouvrir les veines dans l'eau et se vider de son sang jusqu'à ce que la conscience vous déserte était la manière la plus douce de se donner la mort — Si tant est que la mort soit douce...

Je soulevais ma chemise quand un léger bruit interrompit mon geste. Un rire. *On riait dans la pièce voisine.* Figée de stupeur, j'ai laissé retomber ma chemise, l'oreille tendue. Un instant plus tard je suis allée voir.

Lissa était là, au milieu de la pièce. Elle riait. Le même rire cristallin que je venais d'entendre.

— Maman ! Maman !

— Lissa !...

Je fis un pas vers elle. Toujours riant, elle partit en courant dans le couloir.

Je me précipitai derrière elle en lui criant de revenir mais elle ne ralentit pas. Je la suivis dans l'escalier, le long de la galerie, dans la cuisine. J'y entrai au moment où elle ouvrit la porte et sortit dehors dans la neige, sans cesser de rire et de m'appeler.

Il faisait noir, je ne la voyais plus. Alors je me suis lancée à sa poursuite en trébuchant dans la neige, en l'appelant, en répétant son nom. Et tout à coup je l'ai vue à côté de moi qui me tirait par ma chemise.

— Viens, maman ! Jouons à cache-cache ! me dit-elle avant de s'engouffrer dans la maison.

Hors d'haleine, le cœur battant, je la poursuivis dans l'escalier. Je la vis franchir la porte du boudoir mais quand j'y entrai, la pièce était vide. Personne non plus dans les pièces adjacentes, la salle de bains et la chambre à coucher.

J'étais sortie nu-pieds dans la neige et le bas de ma chemise de nuit était trempé. En claquant des dents, j'ai remis ma robe de chambre, je me suis essuyé les pieds avec une serviette et j'ai pris des pantoufles dans mon placard.

Où se cachait Lissa ?

J'ai exploré toutes les chambres à l'étage, toutes les pièces du rez-de-chaussée. Je suis même descendue à la cave. La maison était vide. J'étais seule.

J'ignore combien de temps je l'ai ainsi cherchée avant d'abandonner. De retour dans mon boudoir, j'ai remis des bûches sur le feu, je me suis versé un grand verre de vodka et assise sur le canapé pour réfléchir à ce qui venait de se produire.

Avais-je rêvé ? Non, je ne dormais pas. J'étais parfaitement éveillée en entrant dans la salle de bains.

Avais-je été le jouet d'une hallucination ? Possible mais peu probable.

Alors, avais-je vu l'esprit de Lissa ? Son fantôme ? Fallait-il croire aux revenants ? Andrew disait parfois que la maison était peuplée de gentils fantômes... Il plaisantait, sûrement ?

J'ignorais presque tout de la parapsychologie, des esprits, de l'occultisme. Je savais seulement que j'avais *vu* ma fille — ou cru la voir. Mais l'image avait été assez convaincante pour que je la croie réelle.

Déroutée, j'ai vidé mon verre et me suis étendue sur le canapé, les yeux clos. Je me sentais soudain épuisée, vidée du peu d'énergie qui me restait.

— Maman ! Maman !

Je ne fis pas attention. Cette voix, je l'imaginais parce que je désirais l'entendre.

— Un baiser, maman.

Je sentis si nettement ses lèvres sur ma joue et son haleine me caresser le visage que je rouvris les yeux.

Lissa était là, devant moi.

— Oliver a froid, maman.

Elle me tendit son ours en peluche, grimpa sur le canapé et se blottit avec lui dans mes bras.

Réveillée par le soleil, je me suis étirée et j'ai failli tomber par terre. Me rattrapant de justesse, je me suis assise et j'ai regardé autour de moi, désorientée.

A l'évidence, je m'étais endormie sur le canapé. J'étais courbatue, j'avais un torticolis, la bouche sèche et la langue râpeuse. La vue de la bouteille de vodka aux trois quarts vide me causa un frisson.

C'est alors que tout me revint.

Lissa était ici la nuit dernière. Je l'avais vue là, devant moi, en chemise de nuit, son ours en peluche dans les bras. Je l'avais entendue me dire qu'il avait froid avant de venir se blottir contre moi. Je l'avais serrée sur ma poitrine toute la nuit, j'en étais sûre.

Non, ce n'était qu'un rêve. Une hallucination. Mon imagination qui me jouait des tours. La vodka...

J'entendis la voix de Nora dans l'escalier :

— Mal ! Vous êtes là-haut ?

Un coup d'œil à la pendule me fit sursauter : neuf heures et demie ! Je n'avais jamais dormi aussi tard depuis la mort d'Andrew. En fait, je n'avais pour ainsi dire pas dormi jusqu'à cette nuit.

Nora ouvrit la porte, me regarda avec curiosité.

— On gèle dehors, déclara-t-elle. Cela ne vous ressemble pas de traînailler le matin. Vous n'avez même pas préparé le café.

— Non, je viens tout juste de me réveiller. J'ai dû m'endormir sur le canapé, j'y ai passé la nuit.

— Pas étonnant ! commenta-t-elle avec un regard à la bouteille de vodka. En tout cas, vous aviez grand besoin d'une bonne nuit de sommeil.

— Je descends dans cinq minutes.

— Rien ne presse.

Nora partie, je suis allée dans la salle de bains. En me penchant sur la baignoire pour actionner la vidange, j'ai constaté avec stupeur qu'elle était vide.

C'était invraisemblable ! Je l'avais moi-même remplie la veille au soir. A ras bord. J'étais prête à m'ouvrir les poignets dans l'eau...

Le cutter avait disparu.

Cela devient ridicule, me dis-je en regardant autour de moi. Il était sur le bord de la baignoire, près des robinets.

Or, il n'y était plus.

J'ai passé vingt bonnes minutes à le chercher partout, sous les meubles, dans les coins. En vain : le cutter s'était bel et bien volatilisé.

La porte de la cuisine, la baignoire vide, le cutter envolé... J'avais de quoi me sentir troublée et me poser des questions. J'étais peut-être accablée de douleur, mais pas au point d'avoir perdu la raison.

26

— Si vous avez besoin de moi, je serai dans mon atelier, ai-je dit à Nora un peu plus tard ce matin-là.

— Enfin une bonne nouvelle !

— Je n'ai pas l'intention de peindre. Je compte simplement mettre de l'ordre et nettoyer mes pinceaux.

Déçue, elle reprit la préparation d'un de ses sempiternels potages de légumes. Décidée à me nourrir envers et contre tout malgré mon appétit défaillant, elle ne pouvait me faire avaler que des soupes ou du porridge.

Le vent glacé me cingla le visage tandis que je me hâtais de traverser la terrasse. Je frissonnai en cherchant mes clefs pour ouvrir la porte de l'atelier. Nora ne s'était pas trompée, il gelait. Par comparaison, l'air me parut presque chaud à l'intérieur, bien que le thermostat fût réglé assez bas. Mon premier soin fut de le monter à une température plus confortable.

Je vis que Nora avait fait le ménage depuis que j'y étais entrée pour la dernière fois en novembre, mais sans oser toucher à mon attirail de peinture. Il y avait un peu partout des palettes et des pinceaux desséchés, des toiles vierges empilées en désordre, des tableaux à demi finis appuyés contre une chaise. Je ne me suis cependant pas attaquée au fouillis que j'étais censée ranger. Je n'étais venue que pour chercher un autre cutter que j'étais certaine d'avoir rangé dans un tiroir du classeur où je stockais mes fournitures neuves.

Ma mémoire m'avait-elle trahie ? J'eus beau fouiller, je ne trouvai que des pinceaux, des pastels, des tubes de peinture, une boîte d'aquarelle, des crayons de couleur, des blocs de papier Canson. Aucune trace de cutter nulle part.

Perplexe, je me mordis les lèvres. Contrairement à ce que je croyais, je ne possédais donc qu'un seul cutter, celui qui avait mystérieusement disparu. Comment allais-je m'ouvrir les veines sans une lame très affûtée ? Bien sûr, je pouvais toujours m'asphyxier. Mon regard glissa vers la chaudière à gaz sur le mur...

Le vibreur de l'intercom m'arracha à mes réflexions.

— Attendiez-vous votre mère, Mal ? demanda Nora.

— Non. Pourquoi ?

— Je vois sa voiture qui remonte l'allée.

— Bon, j'arrive.

Après avoir refermé à clef derrière moi, j'ai regagné la maison en courant. L'arrivée inopinée de ma mère me surprenait à plus d'un titre. D'abord, elle ne venait jamais sans prévenir et, surtout, je m'étonnais qu'elle se soit hasardée jusqu'ici par ce froid sur des routes vraisemblablement enneigées.

Elle franchissait la porte d'entrée au moment où je pénétrais dans la galerie.

— Maman, quelle surprise ! ai-je dit en l'embrassant. Qu'est-ce qui vous amène par un temps pareil ?

— Je voulais te voir, Mallory, et je craignais que tu ne m'empêches de venir si je t'avais téléphoné avant.

— Vous êtes toujours la bienvenue, voyons !

Sans répondre, elle me décocha un regard sceptique que je feignis d'ignorer.

— Voulez-vous un café chaud ? lui ai-je demandé après avoir pendu son manteau.

— Je préférerais du thé, merci.

— Je vous tiendrai compagnie, cela me réchauffera.

Elle me suivit dans la cuisine où Nora la salua.

— Bonjour, madame Nelson ! Les routes ne sont pas trop mauvaises ?

— Non, elles sont dégagées. Votre potage sent délicieusement bon, dit-elle en se penchant sur la marmite.

— Je n'avais prévu que cela pour le déjeuner mais je peux vous préparer un bon sandwich ou une omelette. Vous devez avoir faim, par ce froid.

— Ce que vous voudrez, Nora, j'adore votre cuisine.

— David va bien ? demandai-je pendant que Nora disposait les tasses et la théière sur un plateau.

— Très bien. Il est débordé de travail.

— A-t-il des nouvelles de DeMarco ?

— Non, rien. Et toi ?

— Rien non plus.

Nous nous sommes regardées un instant sans mot dire. Je vis ma mère cligner des yeux pour refouler ses larmes.

— Te sens-tu mieux, ma chérie ? demanda-t-elle enfin.

Encore une fois, il me fallut mentir.

— Oui, beaucoup mieux.

La bouilloire se mit à chanter. Je me suis levée pour verser l'eau bouillante dans la théière.

— Allons dans le jardin d'hiver, ai-je dit en prenant le plateau. Avec ce soleil, il y fait très bon.

— Où tu voudras, ma chérie.

Installées face à face de chaque côté de la table basse, nous avons bu notre thé en silence. Quand elle eut vidé sa tasse, ma mère la reposa et leva les yeux vers moi.

— Dis-moi la vérité, Mal. Te sens-tu vraiment mieux ?

— Mais oui, maman.

— Je m'inquiète à ton sujet, vois-tu. Te savoir seule ici, tout le temps...

— Je ne suis pas seule. Nora passe la journée ici, Eric vient tous les jours et Anna habite près des écuries.

— Tu es quand même seule la nuit.

196

— C'est vrai mais je ne risque rien ! Ne vous tracassez donc pas tant, je vous en prie.

— Je n'y peux rien, ma chérie. Je t'aime. Et puis, il y a les week-ends. Pourquoi ne veux-tu plus que David et moi venions te voir ?

— Je ne vous ai jamais empêchés de venir ! Pourquoi me dites-vous cela ?

— Depuis quelque temps, j'ai l'impression que tu nous repousses.

— Ce n'est pas vrai ! Vous savez très bien que je suis toujours contente de vous voir, David et vous.

— Je suis inquiète de te savoir si souvent seule, répéta-t-elle.

— Mais non, je ne le suis pas ! Sarah vient tout le temps. Elle était encore ici ce dernier week-end.

— Elle m'a appelée hier soir en revenant. Elle voulait me parler de sa cousine Vera qui s'intéresse à ton appartement. Tu as donc décidé de le vendre ?

— Bien sûr. Je n'ai plus aucune envie d'y vivre.

— Je te comprends.

— Vera doit arriver à New York dans une quinzaine de jours. Voudriez-vous lui faire visiter l'appartement, si Sarah a trop de travail ou doit s'absenter ?

— Avec plaisir, ma chérie.

— Sarah vous a sans doute dit qu'elle partait pour Paris ce matin ?

— Oui... Tu sais, ajouta-t-elle, vous avez de la chance, Sarah et toi.

Je l'ai regardée, bouche bée. Moi, de la chance ?

— Je veux dire, reprit-elle, la chance d'être intimes depuis si longtemps, de vous aimer tant, de pouvoir compter l'une sur l'autre. Une amitié comme la vôtre est très rare et très précieuse.

— C'est vrai. Sarah est unique. On a cassé le moule.

— Unique, je suis d'accord avec toi. Mais je ne puis m'empêcher de me demander si... si elle te suffit.

— Que voulez-vous dire, au juste ? ai-je demandé en la fixant des yeux, les sourcils froncés.

— Je ne parle pas de la qualité de votre amitié, ma chérie. Je pense à ton chagrin, à ce que tu endures.

Peut-être te faudrait-il un soutien plus efficace que ce que Sarah est en mesure de t'apporter. Ce serait peut-être une bonne idée de te tourner vers un professionnel...

— Un *psychiatre ?* me suis-je exclamée. Vous pensez sérieusement que j'ai besoin de voir un psychiatre ?

— Pourquoi pas, ma chérie ? Certains sont spécialisés dans les traumatismes psychologiques des victimes de crimes ou de catastrophes. Ils permettent de surmonter...

— Je ne veux pas voir de psy ! l'ai-je interrompue. Consultez-en un si vous voulez.

— Nous pourrions y aller ensemble...

— Non !

— Il y a des thérapies de groupe. Pour les parents qui ont perdu leurs enfants, par exemple...

Je la dévisageai sans mot dire.

— On m'a parlé, poursuivit-elle, d'une jeune femme qui avait perdu son enfant dans un accident de voiture dont elle était sortie indemne alors que c'était elle qui conduisait. Elle a formé ensuite un de ces groupes. Les gens ayant subi des épreuves du même ordre en parlent, se réconfortent les uns les autres. Mon amie Audrey me pousse à m'engager dans cette voie. Tu ne veux vraiment pas venir avec moi ? Cela te ferait peut-être du bien.

— Je ne crois pas, ai-je répondu à voix basse. Non, Mère, cela ne me ferait aucun bien, j'en suis sûre, ai-je poursuivi en haussant peu à peu le ton. Vous croyez bien faire, je sais, mais je serais incapable de parler de Lissa et de Jamie à des étrangers, à des gens qui ne les ont pas connus. Franchement, ce serait au-dessus de mes forces.

— Je comprends, ma chérie. Mais ne rejette pas cette solution sans au moins y avoir réfléchi.

— Non ! Si je dois en parler, je préfère que ce soit avec vous, avec Sarah, avec Diana, avec papa quand il me téléphone. Avec ceux qui *savent* ce que j'ai perdu.

— Oui, ma chérie, bien sûr. Il n'empêche que je suis inquiète pour toi. Et si tu achetais un autre chien ? ajouta-t-elle après s'être éclairci la voix.

Je me suis levée d'un bond.

— Quoi ? Un autre chien ? Je me fous d'un autre chien ! ai-je hurlé. C'est *mon* chien que je veux, *ma* Trixy ! Je veux *mes* enfants ! Je veux *mon* mari ! C'est *ma* vie, ma vie gâchée, que je veux retrouver ! Vous ne comprenez donc rien ?

Je me suis précipitée vers une porte-fenêtre et je suis sortie en courant, tremblante de rage, secouée par les sanglots. Je ne me contrôlais plus, quelque chose s'était brisé en moi. Debout dans la neige, le visage dans les mains, je sanglotais sans même me rendre compte des gifles du vent glacé et de la neige qui recommençait à tomber.

Un moment plus tard, j'ai senti les bras de ma mère autour de mes épaules.

— Viens, ma chérie. Rentre, il fait froid.

Docilement, je me suis laissé entraîner. Elle me fit étendre sur le canapé, s'assit près de moi, m'écarta les mains du visage et me regarda dans les yeux.

— Pardonne-moi, Mal. Je ne voulais pas te dire ces choses de cette façon, j'ai péché par maladresse. Je m'en veux de t'avoir blessée.

Son repentir sincère, son évident chagrin dissipèrent ma colère aussi vite qu'elle m'avait saisie.

— Je sais, maman, je ne vous en veux pas. Je sais que vous n'avez jamais voulu me blesser.

— Jamais, ma chérie. Je t'aime trop, vois-tu.

— Moi aussi, je vous aime.

— Tu as toujours préféré ton père, mais...

Elle s'interrompit brusquement.

— Je le préférais peut-être parce qu'il n'était pas souvent là et que ses absences l'auréolaient à mes yeux de petite fille, me suis-je hâtée d'enchaîner. Mais je vous ai toujours sincèrement aimée, maman. Je savais que vous étiez là quand j'avais besoin de vous.

— Et je le suis toujours, ma chérie. Ne l'oublie pas.

Quelques jours après cette visite de ma mère, j'ai sombré dans une profonde dépression.

Accablée en permanence d'une sombre mélancolie dont rien ne parvenait à me distraire, j'étais apathique au point que le moindre geste exigeait un effort. Mes membres étaient douloureux comme ceux d'une vieille femme percluse de rhumatismes. Cette débilité physique à laquelle rien ne m'avait préparée me rendait presque invalide.

Je n'aspirais qu'à rester couchée, à dormir. Mais le sommeil me fuyait. Je ne réussissais à m'assoupir que pour me réveiller quelques instants plus tard en retournant sans répit dans ma tête les pensées les plus douloureuses, les plus insoutenables. Si mon désir de mettre fin à mes jours était aussi puissant que jamais, je n'avais plus l'envie ni la force de m'extraire de mon lit, encore moins de me donner le mal de me tuer. Mon apathie, ajoutée à ma terreur de la solitude, me rendait inutile à moi-même.

A certains moments, je me noyais dans un désespoir sans fond qui déclenchait des ruisseaux de larmes. J'étais seule au monde, sans but, sans raison de vivre, sans avenir. A d'autres, terrassée par un sentiment de culpabilité, je ressassais mes remords de n'être pas morte avec eux, de vivre quand ils avaient perdu la vie. A d'autres encore, secouée par la haine et la fureur, j'en voulais au monde entier, à la société qui laissait se développer la violence dans les rues, aux voyous qui assassinaient impunément, à moi-même pour mon impuissance à venger mes chères victimes. Parfois, saisie d'une folie meurtrière, j'étais prête à tuer de mes mains et même à torturer celui ou ceux qui avaient massacré mes enfants et mon mari.

Dans ces moments-là, j'appelais DeMarco, je lui demandais si l'enquête progressait. Avec regret, avec tristesse même, il répondait invariablement par la négative mais jurait qu'il finirait par aboutir et m'engageait à garder confiance. Je ne mettais en doute ni sa sincérité ni sa bonne volonté mais je n'en croyais pas un mot.

Je ne puisais quelque réconfort que dans mes souvenirs. Je m'y replongeais avec soulagement, sinon avec bonheur, car ils me permettaient d'évoquer à mon gré Jamie, Lissa, Andrew et Trixy comme s'ils étaient encore près de moi. Je revivais un à un les jours de notre vie et je retrouvais ma gaieté — pour un temps.

Mais un jour, un jour de désespoir noir comme je n'en avais jamais connu, mes souvenirs n'obéirent plus à mon appel. La terreur me submergea : étais-je désormais incapable de compter sur ma mémoire ? Pourquoi les visages de mes enfants chéris devenaient-ils soudain flous, méconnaissables ? Pourquoi avais-je tant de mal à évoquer celui d'Andrew, mon mari si tendrement, si passionnément aimé ? Je n'avais pas de réponse à ces questions, pas de dérivatif à cette angoisse.

Alors, constatant au bout d'une semaine que ces troubles de ma mémoire persistaient, je compris ce qu'il me restait à faire. Je devais aller à Kilgram Chase. Dans la maison natale d'Andrew, dans ces lieux où s'étaient écoulées son enfance et sa jeunesse, peut-être me sentirais-je à nouveau proche de lui et le verrais-je revenir vers moi.

CINQUIÈME PARTIE

Kilgram Chase

27

Yorkshire, mars 1989

Le printemps fut beaucoup plus précoce qu'on ne s'y attendait.

En débarquant du Connecticut vers la fin janvier, j'avais trouvé Kilgram Chase sous la neige. La première quinzaine de février avait été marquée par des pluies glaciales, du verglas et des tempêtes de neige. Le temps avait ensuite changé presque sans transition et, depuis, le redoux s'était installé, à la satisfaction générale.

En ce premier vendredi de mars, les arbres étaient couverts de bourgeons et des feuilles faisaient leur apparition. Les pelouses reverdissaient, égayées par les perce-neige, les crocus violets, jaunes et blancs. Près de l'étang et sous les arbres, les jonquilles posaient des touches d'or qui semblaient rendre hommage au soleil. De la fenêtre de la bibliothèque, je regardais vers la lande en me disant que je devrais enfin sortir prendre l'air.

Depuis mon arrivée, près de cinq semaines auparavant, je n'avais guère pu mettre le nez dehors. J'étais presque aussitôt tombée malade, victime d'une mauvaise grippe, et j'avais dû passer plus de dix jours au lit. Diana, Parky et Hilary m'avaient soignée et dorlotée de leur mieux mais j'avais été une malade impossible. Dans l'espoir inavoué d'attraper une pneumonie et d'en mourir, je refusais de prendre mes médicaments et ne faisais rien pour hâter ma guérison. J'en avais réchappé, bien sûr, mais sans vraiment récupérer, et ma convalescence traînait en longueur. Sur mon organisme épuisé et sous-alimenté, le virus de la grippe avait librement exercé ses ravages. Cet affaiblissement physique, ajouté à mon apathie mentale, me rendait encore plus amorphe que je ne l'étais à Indian Meadows.

J'avais beau me trouver, comme je l'avais souhaité, dans la maison natale d'Andrew, je n'échappais toujours pas à la lugubre monotonie des journées sans but et des nuits sans sommeil. Plus que jamais, le sentiment du néant m'engloutissait. Diana elle-même ne parvenait pas à me remonter le moral quand elle venait passer le week-end ici après avoir travaillé toute la semaine à Londres. Ma mère n'avait eu que trop raison de me dire qu'il ne suffit pas de changer d'horizon pour laisser ses soucis derrière soi.

Malgré tout je me sentais plus proche d'Andrew depuis que j'étais à Kilgram Chase, ainsi que je l'avais espéré. Mes souvenirs de lui et de nos enfants remontaient docilement à la surface de ma mémoire à chaque fois que je les appelais, leurs visages mêmes reparaissaient avec netteté devant mes yeux. Je pouvais à nouveau plonger en moi-même de manière à vivre avec eux, avec leur présence tout au fond de moi.

Mes journées, cependant, se déroulaient dans une morne uniformité. Je vivais au ralenti. Je lisais un peu, je regardais la télévision, j'écoutais parfois de la musique mais je passais le plus clair de mon temps assise devant la cheminée de la bibliothèque, perdue dans mon propre univers, indifférente à tout ce qui m'entourait. Lorsqu'elle venait, Diana m'imposait sa présence et s'efforçait de me secouer de ma léthargie ; mais j'avais beau tenter de réagir, mes propres efforts restaient sans succès. N'ayant plus de raison de vivre ni d'agir, je me contentais d'exister ou, plutôt, de végéter. J'avais même perdu la volonté de me tuer.

Avec un soupir, je me suis détournée de la fenêtre pour aller remettre des bûches sur le feu. Puis, par un réflexe machinal, j'ai remporté le plateau du café à la cuisine.

— Vous n'aviez pas besoin de vous ennuyer avec cela, Madame Mallory ! s'exclama Parky en me voyant entrer. J'aurais envoyé Joe ou Hilary le chercher plus tard.

— Inutile de les déranger pour si peu. Votre café était délicieux, juste ce qu'il me fallait.

— Vous avez à peine touché au déjeuner, me dit-elle d'un ton de reproche. Ce n'est pas en ne mangeant rien que vous guérirez et que vous reprendrez des forces.

— Je sais, Parky, je n'ai pas d'appétit. Mais vous faites de si bonnes choses qu'il me reviendra bientôt.

Avec une moue mi-sceptique, mi-attristée, elle se remit à rouler de la pâte sur une plaque de marbre.

— Il fait beau cet après-midi, Madame Mallory. Trop beau pour rester enfermée dans la bibliothèque, sauf votre respect. Vous devriez aller prendre un bon bol d'air sur la lande, cela vous ferait le plus grand bien.

— Justement, j'y pensais.

— Eh bien, allez-y vite ! me dit-elle avec un sourire encourageant. Madame arrivera un peu plus tôt que d'habitude, vers les quatre heures et demie. Vous avez encore le temps.

— Vous avez raison. Mais dites-moi, Parky, puis-je vous poser une question ?

— Bien sûr, Madame Mallory.

— Pourquoi m'appelez-vous tous de cette façon, vous, Joe, Hilary, les jardiniers ? J'étais Mme Andrew pendant dix ans et maintenant vous dites Mme Mallory. Pourquoi ?

Elle me regarda en rougissant, la mine déconfite.

— Eh bien... c'est que, voyez-vous, nous ne voulions pas vous faire davantage de peine en vous répétant à tout bout de champ le nom de M. Andrew...

— Vous ne m'auriez pas fait de peine, Parky, au contraire. Je suis Mme Andrew et je le reste. Je préfère sincèrement que vous recommenciez à m'appeler par son nom.

— Excusez-nous, alors. Nous cherchions seulement à vous éviter du chagrin inutile. Vous étiez si mal en point en arrivant que nous faisions attention à ce que nous disions. Comme si nous devions marcher sur des œufs, comprenez-vous ?

— Je comprends, Parky. Ne m'en veuillez pas.

— Ce n'est pas à vous de vous excuser, Madame Mal... Madame Andrew. Nous aimions tant M. Andrew et les petits, voyez-vous... Un drame pareil, c'est dur à...

Elle s'interrompit, les yeux pleins de larmes, et je feignis de me racler la gorge. Je savais trop bien que mes émotions se déchaîneraient au moindre prétexte si je ne faisais pas l'effort constant de les maîtriser.

— Où est donc passé ce maudit moule à tarte ? grommela Parky en partant vers l'office sans se retourner.

Elle claqua la porte derrière elle et je l'entendis renifler bruyamment.

— Je vais me promener, ai-je lancé à la cantonade.

Je me suis empressée de sortir pour la laisser seule. Si nous étions restées une minute de plus ensemble, nous aurions sangloté dans les bras l'une de l'autre.

Il faisait une belle journée limpide, fraîche sans être froide. Une brise légère agitait les jeunes feuilles des arbres. Bottée, engoncée dans un chaud manteau et un foulard noué sur la tête, je suis partie vers l'étang et le petit bois où les jardiniers, quelques années auparavant, avaient tracé un sentier qui menait à la lande.

Le parc me parut désert. D'habitude, j'y trouvais Ben, le mari d'Hilary, qui travaillait ici ou là avec son frère Wilf à bêcher, à planter, à élaguer des arbres. C'est en arrivant près de l'étang que je vis Wilf pousser une brouette sur le sentier du verger. En arrivant à ma hauteur, il s'arrêta et porta la main à sa casquette.

— Vous n'allez pas sur la lande au moins, Madame Mallory ? me demanda-t-il après les salutations d'usage.

— Si, je pensais justement m'y promener un peu.

La main en visière, il scruta l'horizon.

— Il vaut mieux pas, ce serait imprudent. Le temps est capricieux, sur la lande, à cette époque de l'année. Il fait du beau soleil comme maintenant et puis, d'un coup, les nuages arrivent et il pleut à torrents. Quand le vent souffle de la mer du Nord, on ne sait jamais comment ça va tourner.

— Merci du bon conseil, Wilf.

Je me suis éloignée sans attendre la suite de ses prévisions. Vieux fou ! me disais-je. Andrew le considérait comme un peu retardé — notre innocent du village, disait-il en riant. Il faisait un temps superbe, on ne voyait pas un nuage dans le ciel bleu. D'où viendrait la pluie ?

Ses paroles avaient quand même dû m'impressionner à mon insu car, au lieu de poursuivre en direction de la lande, je me suis contentée de marcher à travers bois. Une demi-heure plus tard, épuisée par ma courte promenade, je repris le chemin de la maison en constatant avec dépit que je n'aurais pas eu la force de gravir la pente abrupte qui menait à la lande. Ou bien j'avais perdu la forme, ou bien j'étais encore plus affaiblie que je ne le croyais.

J'approchais de la maison quand je vis Hilary accourir vers moi en faisant des grands signes.

— Téléphone, Madame Andrew ! me cria-t-elle. C'est M. Nelson qui vous appelle de New York.

— Merci, Hilary. Dites-lui que j'arrive.

Quelques instants plus tard, après avoir ôté mes bottes et ma tenue de promenade, j'ai décroché l'appareil dans la bibliothèque sans prendre le temps de m'asseoir.

— Comment allez-vous, Mal ? fit la voix de David.

— Mieux, merci. Ma grippe est enfin guérie. Que se passe-t-il ? Rien de grave, j'espère ? Maman va bien ?

— Oui, très bien. Elle s'inquiète pour vous, bien sûr, et elle répète que nous devrions aller vous voir en Angleterre si vous comptez y rester encore un peu.

— Excellente idée, venez. Mais ce n'est pas seulement pour me dire cela que vous m'appelez, n'est-ce pas ?

— Non, Mal. J'ai du nouveau, dit-il d'un ton changé.

Mon cœur battit plus fort, ma main se crispa sur le combiné.

— DeMarco ?

— Oui. L'enquête est sur le point d'aboutir. Il m'a appelé il y a quart d'heure.

— Ont-ils arrêté l'assassin ?

— Pas encore mais c'est sans doute imminent. Il y a vingt-quatre heures, Johnson et DeMarco ont appréhendé un petit dealer de crack qui opère sous le métro aérien, dans le secteur de la 120e Rue. En échange de leur indulgence, l'individu leur a dit connaître les assassins d'Andrew et des enfants, quatre jeunes du quartier dont l'un se serait vanté du crime. Le dealer a donné leurs noms et leurs adresses, de sorte que DeMarco et Johnson espèrent les arrêter et les interroger aujourd'hui même. DeMarco donnerait sa tête à couper que les empreintes relevées sur la Mercedes d'Andrew correspondront à celles des suspects.

Les jambes soudain flageolantes, je me suis laissée tomber sur la chaise la plus proche.

— Et si ce sont bien leurs empreintes, que se passera-t-il ? ai-je réussi à articuler.

— Ils seront tous les quatre inculpés de meurtre et incarcérés sans caution jusqu'à leur procès.

— Je croyais qu'un seul avait tiré les coups de feu ?

— DeMarco le pense, en effet, mais si la police parvient à démontrer la complicité des autres, ils encourront la même peine, à peu de chose près.

— Quand le procès aura-t-il lieu ?

— Difficile à dire, mais cela peut demander plusieurs mois. Les tribunaux sont surchargés, le procureur voudra un dossier en béton et l'enquête sera longue. Je sais, en tout cas, que DeMarco et Johnson vont se démener pour réunir des preuves irréfutables. L'opinion a tellement reproché à la police son impuissance et critiqué la justice pour son laxisme qu'ils chercheront tous à ce que le procès débouche sur une condamnation exemplaire et pas sur un non-lieu faute de preuves.

— Quelle condamnation ?

— La peine de mort ayant été abolie dans l'Etat de New York, l'assassin est passible de la réclusion criminelle à perpétuité, ses complices d'au moins vingt-cinq ou trente ans. Sans possibilité de remise de peine.

— Je vois... Pourraient-ils quand même s'en sortir par un... comment avez-vous dit ?... un non-lieu ?

— Sûrement pas ! DeMarco et Johnson sont certains de la bonne foi de leur indicateur ; mentir lui coûterait trop cher. Ils remueront ciel et terre pour boucler leur enquête de manière à obtenir une condamnation sévère.

— Je l'espère, mais...

— Ils réussiront, Mal. Ils en font l'un et l'autre une affaire personnelle, surtout DeMarco. Et puis, je connais assez intimement notre système judiciaire pour prédire que la Cour prononcera une sentence maximale. Ces misérables ne reverront jamais le jour, croyez-moi.

— Je l'espère, ai-je répété. Devrais-je appeler DeMarco ? Qu'en pensez-vous, David ?

— Si vous voulez, mais ce n'est pas indispensable puisque c'est lui qui m'a demandé de vous transmettre la nouvelle. Je doute d'ailleurs que vous puissiez le joindre en ce moment, il est trop absorbé par l'enquête. Maintenant qu'il tient leur piste, il veut à tout prix boucler ces bêtes nuisibles derrière les barreaux. Aujourd'hui même.

— Je comprends. Merci, David. Merci pour tout.

— Vous pourrez toujours compter sur moi, Mal. Donnez mon meilleur souvenir à Diana.

— Je n'y manquerai pas. Au fait, maman est-elle au courant, elle aussi ?

— Oui, je le lui ai dit juste avant de vous appeler. Elle m'a chargé de vous embrasser.

— Embrassez-la aussi pour moi.

— Bien sûr. En tout cas, je vous rappellerai dès que je saurai quelque chose de nouveau.

— Quand vous parlerez à DeMarco, voulez-vous le remercier de ma part ?

— Cela va sans dire. A bientôt, Mal.

— Au revoir, David.

Après avoir raccroché, j'ai réfléchi à ce que je venais d'apprendre. Je n'éprouvais rien, rien qu'un grand vide intérieur. Que les assassins soient sur le point d'être arrêtés ne m'apportait aucun réel soulagement. Leur capture ne me rendrait pas mes êtres chers.

Plongée dans mes pensées, je regardais distraitement par la fenêtre. A un moment, le jour soudain assombri me fit lever les yeux : le soleil brillait encore sur le parc tandis que de lourds nuages noirs envahissaient le ciel bleu et crevaient au-dessus de la lande. Déjà, la pluie se rapprochait — comme Wilf l'avait prédit une heure auparavant.

Saisie d'un frisson, je suis allée m'asseoir devant le feu pour me réchauffer en attendant Diana.

J'avais dû m'assoupir car le son de sa voix me réveilla en sursaut et je la vis entrer, suivie d'Hilary qui portait le plateau du thé.

— Ma chérie ! s'exclama-t-elle en venant vers moi. Vous sentez-vous mieux, aujourd'hui ?

— Oui, beaucoup.

Jamais je ne pourrais me sentir mieux. Mentir était plus facile.

Après m'avoir embrassée, elle alla se poster le dos à la cheminée — j'avais si souvent vu Andrew prendre la même attitude ! — et m'observa en silence quelques instants.

— Qu'y a-t-il, Mal ? me demanda-t-elle après qu'Hilary se fut retirée. Vous me donnez l'impression d'avoir quelque chose à me dire.

— En effet. David m'a appelée tout à l'heure. Il y a du nouveau, l'enquête est près d'aboutir.

— Dieu soit loué ! s'écria-t-elle en venant s'asseoir près de moi. Racontez.

Elle ne me quitta pas des yeux pendant que je lui rapportais ma conversation avec David. Quand j'eus terminé, sa première réaction fut la même que la mienne :

— C'est bien, mais cela ne rendra pas la vie à mon fils et à mes petits-enfants...

Elle se troubla et dut s'interrompre un instant.

— Au moins, reprit-elle, nous savons que justice sera faite et que les coupables seront châtiés.

— Maigre consolation, ai-je dit à mi-voix. Mais cela vaut quand même mieux que de les savoir en liberté.

— Libres de tuer encore des innocents, ajouta-t-elle, si bas que je devinai ses mots plus que je ne les entendis.

28

— Je dois aller à Paris mercredi, me dit Diana le dimanche matin. Pourquoi ne viendriez-vous pas à Londres avec moi demain, Mal ? Nous partirions pour Paris ensemble. Un changement d'air vous ferait le plus grand bien.

Nous lisions les journaux dans la bibliothèque ou, plutôt, Diana lisait et je faisais semblant.

— Merci, Diana, mais je ne me sens guère en état de voyager. Je suis encore mal remise de ma grippe.

— Je n'en crois pas un mot, Mal, répondit-elle après m'avoir observée. Vous allez mieux depuis une semaine. Ce qui vous abat, c'est votre apathie.

Je ne pus retenir une grimace.

— Vous avez peut-être raison, mais...

Diana replia son journal, se pencha vers moi et me regarda dans les yeux.

— Pas de *mais* ! Je sais que j'ai raison. Ecoutez, Mal, vous ne pouvez pas continuer ainsi.

Je m'abstins de répondre.

— Que comptez-vous faire ? Passer votre vie assise sur ce canapé ? N'avez-vous pas de projets ?

— Aucun.

— Vous n'avez peut-être pas de *projets* mais vous avez le *choix* ! Vous en avez même trois. Ou bien gâcher votre vie en restant sans rien faire, comme maintenant. Ou bien vous tuer, comme vous l'avez envisagé plus d'une fois — ne me dites pas non, je l'ai très bien compris d'après quelques phrases qui vous ont échappé. Ou encore vous secouer, recoller les morceaux et repartir du bon pied.

— Pour aller où ? Je ne sais pas... Je ne sais plus...

Plus désorientée que jamais, je sentais sur moi le regard soucieux de Diana qui me scrutait avec l'amour profond qu'elle ne m'avait jamais ménagé.

— Je connais trop bien le prix de votre perte, ma chérie — ceux que vous aimiez du fond du cœur, qui vous étaient plus précieux que tout au monde. Pourtant, aussi dur, aussi pénible que cela paraisse, vous n'avez pas le droit de vous complaire dans votre douleur. Vous devez recommencer à vivre, Mal. C'est l'unique solution. Dieu sait que vous n'avez rien à perdre, vous avez déjà tout perdu. Vous avez au contraire tout à gagner, croyez-moi, ma chérie.

— Tout ? Et quoi donc ?

— Quoi ? Mais votre vie, une nouvelle vie ! Il faut faire l'effort de vous en sortir, Mal. Pas seulement pour vous mais aussi pour moi.

Avec un soupir, je me suis détournée, les yeux tout à coup pleins de larmes que j'étais impuissante à refouler.

— Je ne peux pas, Diana, ai-je bredouillé. Mon fardeau m'écrase. Je souffre trop, c'est insoutenable.

— Je sais, je souffre moi aussi...

Sa voix s'étrangla. Elle vint s'asseoir près de moi sur le canapé et me prit les mains avant de poursuivre :

— Andrew ne voudrait pas vous voir dans un tel état, Mal. Il me disait souvent que vous étiez la femme la plus forte, la plus solide qu'il ait jamais connue — à part moi.

— Je ne peux pas vivre sans lui, comprenez-vous ? Je ne veux plus vivre sans lui, sans nos enfants.

— Il le faut pourtant, répondit Diana avec fermeté. Cessez de vous apitoyer sur vous-même ! Vous croyez-vous la seule femme au monde à avoir subi l'épreuve de perdre ceux qu'elle aime ? Et moi, alors ? J'ai perdu mon fils unique et mes petits-enfants après avoir perdu, presque aussi jeune que vous, un mari que j'aimais profondément. Et votre mère ? N'a-t-elle pas autant de chagrin que nous ?...

Elle reprit haleine afin de continuer :

— Et que dire des millions de personnes dans le monde qui ont vu mourir leurs familles entières ? Il suffit de penser aux survivants de l'Holocauste, à tous ceux dont les maris, les femmes, les enfants, les pères et mères ont péri sous leurs yeux dans les camps de la mort, pour se rendre compte que nous ne sommes pas seules dans nos épreuves. Perdre des êtres chers fait partie de la vie. C'est atroce, c'est dur, pour ne pas dire impossible à accepter, mais...

Les larmes l'interrompirent.

— Il ne se passe pas un jour que je ne pense à mon Andrew, à mes petits Lissa et Jamie, reprit-elle d'une voix mal assurée. Mais je sais que je ne puis, que je ne *dois* pas me laisser aller. Alors, je fais de mon mieux pour me dominer. Ecoutez-moi, Mal : vous n'avez pas le droit de gâcher votre vie. Vous devez essayer de vous en sortir, comme moi je m'y efforce.

Elle ponctua la fin de sa phrase d'un regard implorant. Je me suis jetée dans ses bras et nous avons pleuré ensemble. Ses mots m'allaient droit au cœur et atteignaient leur cible en me faisant comprendre à quel point je m'étais mal conduite en ne pensant qu'à moi-même.

— J'ai été une égoïste, Diana, dis-je enfin. Vous avez raison, je ne pensais qu'à *mes* sentiments, à *ma* douleur, à *ma* perte et j'oubliais les vôtres, ceux de ma mère...

Elle se dégagea de mon étreinte et se redressa en essuyant ses joues ruisselantes de larmes.

— Je ne voulais pas vous faire de reproches, ma chérie. J'essayais seulement de vous ouvrir les yeux, de vous faire voir les choses un peu plus clairement.

Le silence retomba.

— Que vouliez-vous dire, Diana, en me disant que j'avais tout à gagner ?

— Je vous l'ai dit : d'abord votre vie. Mais aussi votre santé physique et morale. Vous n'avez que trente-trois ans, Mal, vous êtes jeune, et je refuse de vous voir devenir un légume amorphe, ne sachant rien faire que pleurer et vous apitoyer sur vous-même. Que vous ayez du chagrin, que vous souffriez, c'est normal, je dirais même essentiel. Nous devons extérioriser notre peine afin de pouvoir la dominer. Mais ce que je refuse de vous permettre, c'est de gâcher délibérément votre avenir.

— Mon avenir ! En ai-je vraiment un devant moi, Diana ?

— Mais oui ! Cela devrait vous crever les yeux ! Voilà encore quelque chose que vous gagnerez, votre avenir. Mais pour cela, il faut faire l'effort de vous remettre debout, de prendre la vie à bras-le-corps et d'accepter de repartir de zéro. Ce sera sans doute le plus dur de ce que vous aurez à faire, le plus pénible aussi, mais la récompense vaudra largement la peine, je vous le garantis.

— Je vous crois mais... que faire ? Par où, par quoi commencer ? Le savez-vous ?

Pour la première fois depuis la mort d'Andrew, des pensées positives se glissaient dans mon esprit.

— D'abord, vous rétablir physiquement. Vous êtes beaucoup trop maigre, trop faible. Il faut vous nourrir sainement, marcher, faire de l'exercice, reprendre des forces et recouvrer ce tonus, cette vitalité que j'admirais tant chez vous. Ensuite, réfléchir au genre de travail que vous aimeriez faire, pas seulement parce qu'il vous faut gagner de l'argent mais aussi, je dirais même surtout, pour vous occuper et vous donner un but.

— Un travail ? ai-je dit en me mordant les lèvres. Je

ne saurais pas par quel bout le prendre. Je suis consciente de devoir gagner ma vie le plus tôt possible, je
ne peux pas me laisser entretenir plus longtemps par
ma mère et David, mais je n'ai aucune idée de ce que je
pourrais faire, ni même de ce dont je serais capable.

— Vous avez travaillé dans la publicité, n'est-ce
pas ?

— Il y a bien longtemps et, honnêtement, je ne crois
pas y avoir fait des étincelles, malgré les compliments
d'Andrew. En plus, je n'ai jamais aimé rester assise
dans un bureau et je ne serais pas ravie de retourner
vivre à New York.

— Et si vous vous installiez à Londres ? Vous me
combleriez de joie. Vous êtes la seule famille qui me
reste, Mal. Je n'ai plus que vous au monde.

— Je sais, Diana. Vous aussi, vous occupez dans ma
vie une place irremplaçable. Londres ne me déplairait
pas, c'est vrai. Je pourrais toujours vendre Indian
Meadows...

— Au fait, où en sont les projets de la cousine de
Sarah pour votre appartement ? Vous ne m'en avez
rien dit depuis quelque temps.

— Vera a très envie de l'acheter et elle est d'accord
sur le prix que ma mère lui a indiqué. Il lui reste à être
acceptée par la copropriété. Elle doit se présenter au
syndic, la semaine prochaine, je crois, mais je ne
m'inquiète pas, ce ne sera qu'une simple formalité.

— Revenons à votre job. Si vous décidiez de rester
à Londres, vous pourriez travailler avec moi. Vous
avez du goût pour les antiquités et vous vous y
connaissez, je le sais. Je profiterais volontiers de votre
compétence, sans parler de vos talents de décoratrice.
Et puis...

Elle marqua une pause et me prit la main :

— J'aimerais que vous deveniez mon associée, Mal.

— Merci, Diana, votre générosité me touche, mais
je ne suis pas encore sûre de moi. Puis-je y réfléchir ?

— Bien sûr, prenez votre temps. Vous êtes comme
ma fille, Mal, dit-elle en me caressant la joue. Non,
vous êtes ma *vraie* fille. Je vous aime de tout mon cœur.

— Je vous aime aussi, Diana. Du fond du cœur.

— Je vous parlais de vos talents de décoratrice car j'ai de plus en plus de clients qui ne se contentent plus de m'acheter des antiquités. Ils me demandent de leur arranger une pièce entière, souvent même une maison ou un appartement. Je crois avoir bon goût mais la décoration d'intérieur n'est pas ma spécialité, je l'avoue. Vous êtes plus douée que moi.

— J'aime la décoration mais je ne sais pas trop si je pourrais en faire pour les autres.

— Pourquoi ne pas tenter un essai ?

— Comment cela ?

— Rien ne vous empêche de passer quelques mois à Londres. Vous travaillerez avec moi au magasin, vous m'accompagnerez quand je ferai mes achats en France, ou même vous irez seule. Nous viendrons passer les week-ends ici, Kilgram Chase est merveilleux à la belle saison, vous savez. Et puis, à la fin de l'été, vous pourrez repartir dans le Connecticut si vous décidez que, tout compte fait, c'est ce qui vous convient le mieux.

— Je ne connais personne d'aussi bon et généreux que vous, Diana.

La tête appuyée au dossier, je fermai les yeux. Un soupir m'échappa.

— Je n'insiste pas davantage, Mal, mais pensez-y sérieusement, dit Diana. Et n'oubliez pas que vous me feriez un immense plaisir en devenant mon associée.

Tard cette nuit-là, après m'être couchée, je suis restée longtemps éveillée à regarder danser au plafond le reflet des flammes dans la cheminée. Ici, dans cette chambre qui avait été sa chambre d'enfant, j'avais toujours senti Andrew proche de moi. Sa présence en ce moment me paraissait plus réelle que jamais — comme s'il se tenait au pied du lit pour veiller sur moi.

Je lui parlai, je lui demandai ce que je devais faire et j'eus la nette impression qu'il me conseillait de rester avec sa mère à Kilgram Chase. Eh bien, me suis-je dit, je le ferai puisqu'il le souhaite. Ici, dans le Yorkshire, j'étais loin de New York, loin de l'abominable violence qui avait anéanti ma famille. A Londres aussi je me sentais en sûreté. La sagesse, en effet, serait peut-être de rester en Angleterre et d'y refaire ma vie...

J'ai tourné et retourné cette pensée dans ma tête jusqu'à ce que le sommeil vienne enfin m'apporter l'oubli.

29

Le départ de Diana pour Paris me laissa seule une fois de plus à Kilgram Chase.

Le lundi matin, installée à la bibliothèque dont je faisais mon sanctuaire depuis quelques semaines, je parcourus distraitement les journaux en buvant du café et, surtout, en repensant à ce que Diana m'avait dit au cours du week-end. Elle avait eu cent fois raison de m'assener ces vérités salutaires.

Je l'avais volontiers reconnu devant elle comme je l'admettais en moi-même, car l'aveuglement ne fait pas partie de mes défauts. Je savais malgré tout qu'il me serait difficile de maîtriser ma douleur et qu'il me faudrait longtemps pour parvenir à la surmonter tout à fait. Je souffrais sans répit et le sentiment de ma solitude ne cessait de m'accabler.

Le souvenir du crime qui m'avait arraché ma famille et avait bouleversé ma vie à jamais resterait gravé dans mon cœur et ma mémoire. C'était une donnée avec laquelle je serais dorénavant forcée de compter. Mais je devais aussi, d'une manière ou d'une autre, faire l'effort de prendre un nouvel élan. Je m'y étais engagée envers Diana. Je le lui devais à elle, je me le devais à moi-même. Cela constituait au moins un point de départ.

Je ne savais toujours pas ce que je ferais de ma vie, où elle se déroulerait ni comment je la gagnerais, mais il fallait avant tout m'extraire, de gré ou de force, du gouffre de mon désespoir.

J'avais beau me le répéter, j'imaginais mal le moyen d'y réussir. En y réfléchissant ce matin-là, j'étais cependant parvenue à la conclusion que je devrais trouver un sujet susceptible de retenir mon attention, ne serait-ce que le temps de détourner mon esprit de ses obsessions morbides. Me remettre à peindre, ainsi que Sarah me l'avait suggéré avant mon départ d'Indian Meadows, ne me passionnait plus assez, du moins dans les circonstances présentes, pour m'apporter une solution. Quelque chose m'avait néanmoins captivée lors de mon dernier séjour à Kilgram Chase au mois de novembre : le vieux journal découvert ici même, dans cette bibliothèque. Plus j'y pensais, plus la vie de cette Lettice Keswick, au XVIIe siècle, m'intriguait. Je ne pouvais pas non plus m'empêcher de me demander, comme je l'avais fait l'an dernier, s'il subsistait quelque part un ou plusieurs autres volumes de ses écrits.

Pour autant que je le sache, ce journal n'avait en lui-même aucune valeur marchande ni, à l'évidence, le moindre rapport avec un éventuel gagne-pain. En revanche, la recherche des autres volumes, s'ils existaient, me fournirait une occupation assez prenante pour m'occuper l'esprit. Cela représenterait déjà un pas dans la bonne direction.

Eh bien, ai-je décidé, je le ferai ! S'il le faut, je fouillerai la maison de fond en comble. Ce ne serait qu'un dérivatif, mais qui aurait le mérite de m'absorber jusqu'à ce qu'un plan se dessine dans mon esprit pour m'indiquer la voie dans laquelle engager mon avenir, aussi bouché qu'il m'apparaisse dans l'immédiat.

Inutile de tergiverser, me suis-je dit en approchant l'escabeau de la cheminée. J'allais commencer par explorer à fond les rayons où j'avais découvert l'original du journal de Lettice avec la copie de Clarissa.

Je gravissais les premiers échelons quand on frappa à la porte. Hilary venait reprendre le plateau du café.

— Vous souvenez-vous de ces volumes que votre père et moi avions découverts l'année dernière ? lui ai-je demandé du haut de mon perchoir.

— Oh oui, Madame Andrew ! De bien beaux livres ! Madame les a montrés au pasteur, il était très impressionné.

— Je pensais à ce moment-là qu'il pouvait y en avoir d'autres. Je n'avais pas eu le temps de les chercher avant mon départ et j'ai décidé de m'y remettre.

— Mon père et moi l'avons déjà fait, Madame Andrew. Madame pensait comme vous et, de toute façon, elle voulait faire épousseter les livres. Nous avons donc passé en revue toute la bibliothèque, rayon par rayon.

— Et vous n'avez rien trouvé ? ai-je demandé, déçue.

— Non, rien. Jusqu'à présent, du moins, parce qu'il nous reste deux murs à faire. Celui de la cheminée où vous êtes maintenant et les rayons au-dessus de la porte.

— Dans ce cas, Hilary, je vais continuer.

— Je vous aiderai si vous voulez, Madame Andrew. Attendez-moi, je remporte le plateau à la cuisine et je reviens dans une minute.

— Volontiers, Hilary. Merci.

Je finis de gravir l'escabeau en examinant les titres des volumes alignés sur les étagères et j'en retirai quelques-uns au fur et à mesure pour tâter le fond du rayon, dans l'espoir de tomber sur un nouveau trésor.

Quelques instants plus tard, Hilary revint en compagnie de Joe, porteur de la grande échelle à nettoyer les lustres qu'il dressa aussitôt contre le mur du fond pour accéder aux rayons au-dessus de la porte.

— Madame serait sûrement contente que nous retrouvions la suite du journal, Madame Andrew, me dit-il.

— Moi aussi, Joe. Au fait, je déplace les livres sans les épousseter. Voulez-vous que je le fasse ?

— Ah, mais il n'en est pas question ! Hilary leur donnera plus tard un coup de plumeau. Toi, dit-il en se tournant vers sa fille, cours chercher l'escabeau de la cuisine. Tu passeras derrière Mme Andrew pour épousseter les livres quand elle les aura regardés.

Connaissant son entêtement, je m'abstins de protester et je repris mon examen des rayons pendant que Joe et Hilary en faisaient autant dans les sections encore inexplorées.

Je fus stupéfaite de voir bientôt apparaître Parky, venue annoncer que le déjeuner était servi. Un coup d'œil à ma montre me confirma qu'il était déjà une heure. Je n'en crus pas mes yeux : jamais une matinée ne s'était écoulée à une vitesse aussi vertigineuse.

Nous étions toujours bredouilles à la fin de l'après-midi et je voyais s'allonger les visages de Joe et d'Hilary. Leur déception était si sincère que j'avais l'impression qu'ils comptaient réellement sur une découverte, même si ce n'était pas la suite du journal de Lettice.

— Tant pis, leur ai-je dit. Nous aurons peut-être plus de chance demain. Car je compte bien m'y remettre à la première heure.

— Nous vous aiderons, Madame Andrew, déclara Hilary. Il faut relever le défi.

— C'est bien vrai ! approuva Joe en chargeant la grande échelle sur son épaule. Comptez sur nous.

Ce soir-là, quand Diana m'appela de Londres comme à l'accoutumée, je lui relatai mes activités du jour.

— J'étais tellement absorbée dans mes recherches que je n'ai pas vu le temps passer. Et en plus, je me suis enfin rendue digne des faveurs de Parky.

— Auriez-vous mangé ? dit Diana en pouffant de rire. Rien d'autre n'aurait pu lui faire plus de plaisir.

— Eh bien, oui. J'ai réussi à avaler une portion de sa fameuse tourte à la viande. Parky en est restée bouche bée. Moi aussi, pour ne rien vous cacher.

— Je suis ravie que vous retrouviez l'appétit, même si ce n'est qu'un début. Il faut reprendre des forces,

Mal. Je me réjouis que vous m'ayez écoutée. Franche-ment, j'étais inquiète en rentrant à Londres ce matin. Je craignais d'avoir exagéré en vous parlant comme je l'ai fait, mais il fallait que je vous ouvre les yeux et les oreilles.

— Qui aime bien châtie bien, Diana.

— Je serai plus méchante encore s'il le faut. Parce que je vous aime, Mal.

— Je sais, Diana. Nous devons nous soutenir, nous aider l'une l'autre à surmonter... tout cela.

— Nous réussirons, ma chérie.

Après avoir bavardé de choses et d'autres, Diana me dit qu'elle descendrait au Crillon à Paris et me donna le numéro de sa chambre. Nous avions raccroché quand Diana me rappela presque aussitôt.

— Je viens de penser à un autre endroit où vous pourriez chercher sinon l'original du journal, du moins la suite de la copie qu'en a faite Clarissa. Elle conservait tout précieusement pour les générations futures.

— Vous voulez dire ailleurs qu'à la bibliothèque ?

— Oui, dans le grenier de l'aile ouest. Il y a là plu-sieurs malles anciennes qui portent encore des éti-quettes de compagnies de navigation, vous savez, Cunard, P&O. Elles contiennent un tas de vieilleries que ma belle-mère m'avait montrées il y a des années, peu après mon mariage avec Michael. Selon elle, tou-tes ces affaires auraient été rangées là par une ancêtre vers la fin du siècle dernier, peut-être Clarissa elle-même. Personne n'y aurait touché depuis.

— On pourrait donc y retrouver aussi les volumes du journal, s'ils existent encore ?

— C'est possible. En tout cas, cela mérite d'y jeter un coup d'œil.

— Je n'y manquerai sûrement pas ! Merci de m'avoir rappelée, Diana.

— En attendant, reposez-vous bien, ma chérie. Vous avez besoin de sommeil.

— Regardez ces broderies, Madame Andrew ! N'est-ce pas qu'elles sont superbes ?

Agenouillée sur le plancher du grenier devant une des vieilles malles, Hilary me tendait un coussin de velours bordeaux rebrodé de perles, un travail visiblement d'époque victorienne. J'étais étonnée que le velours fût en aussi bon état et les couleurs des perles aussi fraîches. Le motif, représentant un bouquet de roses, était entouré de fougères finement détaillées. Une devise réalisée en perles blanches s'étalait au milieu du coussin.

— *Amor omnia vincit*, ai-je lu à haute voix. Un adage latin bien connu. Il signifie que l'amour est toujours vainqueur de tout, n'est-ce pas ?

— Ne comptez pas sur moi pour vous le dire, Madame Andrew, je n'ai jamais appris le latin ! Demandez plutôt à Madame, elle a étudié à l'université d'Oxford.

Hilary sortit de la malle un autre coussin, un peu plus grand, en velours vert olive. Sur un fond de perles dorées et argentées, on voyait des lis en perles blanches aux tiges de perles vertes. Dans le bas du coussin, une autre devise latine était réalisée en perles blanches.

— *Nunc scio quid sit Amor...* Je ne connais pas cette phrase mais elle parle encore d'amour.

— On devait s'aimer beaucoup dans ce temps-là, commenta Hilary.

Elle replongea les mains dans la malle, d'où elle sortit deux autres coussins de la même époque, ornés eux aussi de broderies de fleurs et de devises latines.

— Descendons-les, Hilary. Madame sera contente de les voir de près quand elle reviendra de Paris.

— Je ne peux pas croire qu'elle ait oublié d'aussi belles choses ! s'étonna Hilary. C'était il y a longtemps, comme vous disiez, mais elle aurait pu vouloir les mettre sur les canapés, les fauteuils.

— Peut-être les avait-elle vraiment oubliées, Hilary. Elle ne les a pas revues depuis près de quarante ans.

— Oh ! Regardez ça, madame Andrew !

Hilary me tendit avec précaution un splendide carré de dentelle noire, bordé et incrusté de perles de jais, que j'ai levé devant la lampe pour le regarder par transparence.

— Qu'est-ce que c'est, Madame Andrew ? Une mantille, vous croyez, comme en portent les femmes en Espagne ?

— Je ne sais pas, ce n'est pas tout à fait assez grand pour une mantille. En tout cas, c'est superbe. Qu'y a-t-il d'autre dans cette malle ?

— Du linge. Après, la malle sera vide.

Elle me tendit une pile d'étoffes aux plis jaunis par le temps. En les dépliant, nous avons découvert des chemises de nuit, des taies d'oreillers et des draps brodés.

— Madame pourrait se servir des draps et des taies pour les chambres d'amis, déclara Hilary. Mais les chemises sont un peu passées de mode. Et puis, ajouta-t-elle avec une grimace, elles empestent la naphtaline.

Jusqu'à la fin de la semaine, Hilary et moi avons passé le plus clair de notre temps à fouiller dans les greniers. Kilgram Chase en comportait quatre, un au-dessus de chaque aile, que nous avons tous visités. Je n'y étais encore jamais montée et leur exploration me fascinait.

Outre les malles de paquebots dans le grenier de l'aile ouest, nous avons ainsi découvert un assortiment de coffres et des boîtes en carton, ainsi que de nombreuses caisses de bois encore parfumées du thé qu'elles avaient jadis contenu. A l'intérieur, nous trouvâmes un bric-à-brac de charmantes vieilles choses : coussins brodés, ouvrages au petit point, linge de corps et de maison, verres, vaisselle, sans oublier des bibelots d'une étonnante diversité, allant de bonbonnières d'écaille ou de nacre à des plateaux de bois décoré et à des services à thé. Mais dans tout cela, pas un livre. Pas plus de journal de Lettice que de copie de la main de Clarissa Keswick.

Le vendredi après-midi, j'explorais avec Hilary le grenier de l'aile nord-est, au-dessus de la bibliothèque, quand j'ai buté contre une vieille malle de cuir. Moins volumineuse que la plupart des autres, elle était décorée de clous de cuivre vert-de-grisé et paraissait fort ancienne.

— Tiens ! Cela pourrait être intéressant... Mais elle est verrouillée. Voilà bien notre chance !

— J'ai un couteau sur moi, je vais essayer de forcer la serrure, dit Hilary.

Nous nous sommes agenouillées devant la malle. Hilary s'évertua mais la serrure ne voulut pas céder.

— Pourquoi pas une épingle à cheveux ? lui ai-je suggéré. Il paraît que les cambrioleurs s'en servent.

— Je n'en ai pas, madame Andrew. Et vous ? demanda-t-elle en regardant ma chevelure ramenée au-dessus de ma tête.

— Moi non plus, je tiens mes cheveux avec des peignes mais j'en ai dans ma chambre. Je descends tout de suite.

— Attendez. Je vais d'abord essayer avec ces vieilles clefs que nous avons trouvées l'autre jour.

Elle sortit de l'inépuisable poche de son tablier une poignée de clefs de toutes les formes et de toutes les tailles, ramassées quelques jours plus tôt dans le coin d'un autre grenier. Après plusieurs essais infructueux, elle en trouva une qui s'inséra sans difficulté dans la serrure. Elle tourna, tira, poussa, agita la clef dans tous les sens. Quelques secondes plus tard, on entendit un déclic.

— Ça y est ! s'écria-t-elle d'un ton triomphant.

Ensemble, nous avons soulevé le couvercle et regardé à l'intérieur.

Ce fut à mon tour de pousser un cri de triomphe :

— Des livres !

— Je préfère ne pas y toucher, Madame Andrew, dit Hilary en reculant avec respect. Ils ont l'air très vieux, je ne voudrais pas risquer de les abîmer.

— Hilary, je crois que nous sommes tombées sur une mine d'or !

Et c'était vrai.

Le premier livre que je sortis de la malle se révéla un véritable trésor, malgré son aspect peu engageant. Sous sa reliure de cuir noir éraillée et déchirée au dos, la page de garde s'ornait d'un frontispice dont je reconnus aussitôt l'écriture élégante et les fioritures typiques de son siècle :

Lettice Keswick
Son Livre de Jardinage

Un simple aperçu de ce qui suivait me tira un cri de surprise et d'enchantement.

Lettice avait rédigé un véritable traité d'horticulture sur les jardins de Kilgram Chase — ses jardins. Elle décrivait la manière dont elle les avait conçus, quelles plantations elle avait choisies et pourquoi. Mieux encore : le livre entier était illustré de ravissants dessins à la plume et à l'aquarelle, de la même facture que ceux qui figuraient dans le volume du journal découvert en novembre dernier, mais infiniment plus nombreux.

Hilary s'exclama sur leur beauté et alla jusqu'à dire que ce livre était plus précieux que le journal. Je ne partageais pourtant pas son avis. Les fleurs, les arbres, les arbustes de Lettice étaient superbes, certes, de même que les plans des jardins. Mais le texte ne présentait pas le même intérêt.

La malle contenait quatre autres livres. Poussée par l'espoir que l'un d'eux serait la suite du journal, je les ai donc extraits de leur cachette.

Le premier, relié de cuir pourpre et en meilleur état que les autres, était un recueil de recettes de cuisine de l'époque victorienne, transcrites par Clarissa de cette belle écriture régulière que j'avais tant admirée. Sans doute fallait-il voir dans sa sélection un reflet de ses propres goûts en matière culinaire. Le deuxième était lui aussi un livre de cuisine, mais de la main de Lettice. Outre des recettes de l'époque, elle y consignait quantité de conseils sur les soins du ménage et la manière d'utiliser les herbes médicinales.

Ce furent les deux derniers qui apportèrent le couronnement tant attendu à mes recherches. L'un n'était rien de moins que le journal de Lettice pour l'année 1663, l'autre la copie qu'en avait faite Clarissa.

Brûlant d'impatience de les lire, je me suis relevée, non sans mal tant j'étais ankylosée.

— Nous sommes bien récompensées de nos peines, Hilary. Ces deux livres sont de vrais trésors.

— Que va en faire Madame, à votre avis ?

— Je ne sais pas, Hilary. On ne peut pas en faire grand-chose, à vrai dire. En tout cas, je suis contente de les avoir retrouvés.

— Elle pourrait les exposer dans une vitrine, remarqua Hilary, pensive. Il viendra du monde cet été à la garden-party au bénéfice de la paroisse. Madame pourrait faire payer pour les montrer.

— Voilà une bonne idée, Hilary.

— Et puis, poursuivit-elle, enhardie par mon compliment, je suis sûre qu'il y a beaucoup de gens du pays qui aimeraient visiter la maison. Mais Madame ne voudra sans doute pas l'ouvrir au public, ajouta-t-elle avec regret.

Je m'abstins de répondre.

— N'est-ce pas, Madame Andrew ? insista-t-elle.

— Je ne sais vraiment pas, Hilary. Mais je lui en parlerai, je vous le promets.

Après le thé, que Parky servait rituellement à quatre heures et demie, je suis retournée m'asseoir sous la fenêtre de la bibliothèque. Il faisait une belle journée claire et ensoleillée, la pièce était inondée de lumière.

Je venais de commencer la lecture du journal de Lettice, qui reprenait en janvier 1663, quand la sonnerie stridente du téléphone me fit sursauter.

Machinalement, j'ai décroché en annonçant :

— Kilgram Chase.

— Est-ce vous, Mal ?

J'ai aussitôt reconnu la voix de David. Ma main se crispa involontairement sur le combiné.

— Oui. Avez-vous des nouvelles ?

— DeMarco a gagné son pari. Johnson et lui ont arrêté les quatre jeunes voyous pendant le week-end. Je ne vous ai pas appelée plus tôt parce que j'attendais les derniers...

— Sont-ils coupables ? l'ai-je interrompu.

— Oui. DeMarco et Johnson détiennent les preuves de leur culpabilité à tous. Deux jeux d'empreintes relevés sur la voiture correspondent à deux d'entre eux. Le pistolet automatique neuf millimètres a été retrouvé en possession du troisième et le rapport de balistique est formel, il s'agit bien de l'arme du crime.

— Ils seront donc inculpés ?

— Ils le sont déjà. Johnson et DeMarco n'ont pas perdu de temps. La chambre d'accusation les a inculpés hier de meurtre sans préméditation.

— Quand le procès doit-il avoir lieu ?

— DeMarco ne sait pas encore au juste. Comme je vous l'expliquais la semaine dernière, le ministère public doit préparer le dossier de l'accusation et cela peut prendre du temps. Ils sont en prison préventive, sans caution bien entendu. Ils n'en sortiront jamais, je vous le garantis.

— S'agissait-il, comme DeMarco le supposait...

Je dus m'interrompre pour me ressaisir.

— DeMarco, ai-je repris, pensait à un vol de voiture — que disait-il déjà ? Un piratage. Est-ce le cas ?

— Oui. Une agression de routine comme on en déplore presque tous les jours, selon la police. Un vulgaire vol de voiture qui a mal, très mal tourné.

Ma voix se brisa, devint à peine audible.

— DeMarco vous a-t-il dit pourquoi... pourquoi Andrew et les enfants ont été assassinés ?

— Au moins deux des agresseurs étaient bourrés de drogue : du crack — on en vend ouvertement sur le trottoir. Sans raison apparente, le possesseur de l'arme a perdu la tête et vidé la moitié du chargeur.

Cette fois, je ne pus retenir un sanglot.

— Mon Dieu...

— Je sais, ma pauvre petite. (Sa voix était pleine de compassion.) Allons, remettez-vous.

Je luttais contre mes sanglots, le regard dans le vague, la main crispée sur le téléphone.

— Mal ! Etes-vous toujours là ?

— Oui, David. Merci d'avoir appelé.

— Remettez-vous, Mal. Je vous rappellerai dimanche.

J'ai raccroché sans même lui dire au revoir, je me suis levée et j'ai quitté la pièce. Voûtée comme une vieille femme, les bras croisés sur la poitrine pour tenter de maîtriser mon tremblement, j'ai traversé le hall jusqu'à l'escalier sans que personne ne me voie. Agrippée à la rampe, les pieds plus lourds que du plomb, j'ai réussi à me hisser pas à pas jusqu'à ma chambre.

Là, écroulée sur mon lit, j'ai tout juste eu la force de tirer sur moi l'édredon. Je ne pouvais pas plus vaincre le froid qui me glaçait que calmer mes tremblements de plus en plus violents. Un moment plus tard, je m'enfouis le visage sous l'oreiller pour étouffer mes sanglots de douleur mêlés à des cris de rage impuissante.

Ainsi, mon mari et mes enfants avaient été sauvagement massacrés sans raison lors d'une banale agression, comme disait la police. Un vulgaire vol de voiture qui avait mal tourné. Ils étaient morts pour rien. Pour rien...

30

Yorkshire, mai 1989

Là-haut, sur la vaste lande déserte, il faisait un temps superbe. Le ciel déployait à l'infini sa voûte bleue parsemée de petits nuages blancs. Sur le sentier qui, après la traversée des bois de Kilgram Chase, me conduisait vers la lande, je marchais en respirant à pleins poumons l'air embaumé, attiédi par le soleil printanier.

De temps à autre, je levais les yeux pour admirer les falaises déchiquetées qui se dressaient au-dessus de moi. Ecrasant tout ce qu'elles dominaient, leur sauvage grandeur rendait encore plus aimable la vallée verdoyante étendue à leur pied. Je ne comptais cependant pas aller jusqu'aux falaises aujourd'hui. L'absence de repère donnait à ce désert des proportions trompeuses, les falaises étaient beaucoup plus éloignées qu'elles ne le paraissaient et je n'étais pas en état de me lancer dans une telle expédition.

Je n'avais d'ailleurs pas besoin de parcourir un aussi long chemin pour atteindre ma destination, un lieu secret qu'Andrew chérissait depuis son enfance et où il m'avait souvent emmenée par le passé. A l'ombre de l'imposante éminence de Ragland Fell, c'était un repli de terrain à l'aplomb du vallon de Kilgram Chase et non loin du Dern Ghyll, profond ravin où une chute d'eau cascadait et se brisait en irisations féeriques sur les parois abruptes.

Où que l'on se rende sur la lande, j'avais depuis longtemps découvert que l'eau courante n'est jamais très loin. Partout, dans les endroits les plus inattendus, on l'entend ruisseler de sources invisibles, murmurer dans d'humbles filets d'eau, gronder dans le lit de torrents rocailleux ou rejaillir au pied de hautes cascades.

En nage après ma marche rapide, je me suis assise sur ma veste étalée par terre en contemplant le panorama déployé devant moi. A perte de vue, la lande ondulait en pente douce jusqu'aux damiers des champs de la vallée. Nulle habitation, nulle trace de l'homme ne déparait la virginité d'une nature intouchée depuis la Création. J'étais seule à savoir que Kilgram Chase était là, presque sous mes pieds, dissimulé aux regards par les arbres au creux de son vallon.

Au bout de quelques instants, je me suis étendue sur ma veste, les yeux clos. La quiétude était si profonde que je me croyais transportée dans un autre monde. Le silence absolu n'était rompu que par les doux bruissements de la nature — le bourdonnement d'une abeille, la course d'un lapin détalant dans les bruyères, le chant d'un oiseau, au loin parfois le bêlement d'un mouton égaré, sans oublier le constant ruissellement de la cascade toute proche.

Nous étions le jeudi 4 mai.

Le jour de mon anniversaire.

Aujourd'hui, j'avais trente-quatre ans.

Je me sentais pourtant plus vieille que mon âge, infiniment plus usée, marquée de cicatrices indélébiles par la mort de mon mari et de mes enfants. Sans eux, ma vie ne reprendrait jamais son cours normal. La douleur, les regrets m'accompagneraient jusqu'à mon dernier jour.

Malgré tout, je n'éprouvais plus le besoin obsessionnel de me donner la mort et, depuis quelque temps, mes atroces accès de dépression m'accablaient moins fréquemment et perdaient de leur intensité. En revanche, je ne savais toujours pas comment j'allais gagner ma vie, ni trouver un travail qui me plairait. De ce point de vue, j'errais encore dans un brouillard qui refusait de se dissiper.

Avec un soupir, j'ai distraitement chassé une mouche de ma joue. Apaisée par la sérénité du lieu, par la chaleur du soleil sur mon visage et mes bras nus, je me suis peu à peu laissé gagner par la torpeur.

Réveillée en sursaut par de grosses gouttes de pluie tiède s'écrasant sur mon visage, je découvris avec stupeur que le ciel s'assombrissait de minute en minute. Des nuages menaçants s'amassaient derrière la crête de Ragland Fell. Avec la violence d'une salve d'artillerie, des coups de tonnerre éclataient au loin et semblaient se rapprocher. Un éclair aveuglant déchira soudain les nuages, qui crevèrent presque aussitôt. Une minute plus tard, j'étais trempée de la tête aux pieds par l'averse la plus torrentielle sous laquelle je me sois jamais trouvée surprise.

J'ai ramassé ma veste, je suis partie en courant sur le sentier contournant l'échancrure du Dern Ghyll avant de redescendre vers Kilgram Chase. Dans ma précipitation, je trébuchais, je glissais par endroits mais je réussis à garder l'équilibre. Tout en repoussant sans cesse les mèches de cheveux qui retombaient devant mes yeux, je me forçai à ne pas ralentir l'allure. Et je me maudissais d'avoir traité par le mépris les mises en garde de ce pauvre Wilf sur les caprices du temps.

Plus tard, lorsque Diana me demanda ce qui s'était passé, je fus incapable de lui répondre parce que je n'avais réellement aucune idée des circonstances de ma chute. Et pourtant, j'étais bel et bien tombée.

Tout à coup, je m'étais sentie perdre pied en haut d'une forte déclivité. Alors, sans pouvoir me retenir, je me vis rouler et glisser jusqu'en bas pour ne m'arrêter qu'au creux d'une rigole où je restai étendue je ne sais combien de temps, pantelante, endolorie de partout.

Quand je parvins enfin à me rasseoir, mon premier soin fut de rejeter mes cheveux détrempés derrière mes oreilles afin de dégager mon champ de vision. Mais quand je voulus me relever, une douleur fulgurante à la cheville me fit retomber. Je la tâtai avec précaution : Dieu merci, je ne souffrais pas d'une fracture mais d'une foulure, assez douloureuse toutefois pour m'interdire de m'appuyer sur ma jambe. Je rampai donc vers une formation rocheuse qui se dressait non loin de là et, m'accrochant à une saillie, tentai de me relever. Il me fallut aussitôt déchanter : j'étais incapable de me tenir debout et, à plus forte raison, de marcher.

Pendant ce temps, l'orage et la pluie redoublaient de violence. A l'évidence, la sagesse me dictait de rester où j'étais jusqu'à ce que la tourmente se calme. Ensuite, une fois ma cheville reposée, je m'efforcerais de regagner Kilgram Chase.

Les rochers formaient un surplomb qui m'offrait un

abri. A demi accroupie, je m'y suis glissée au sec. J'ai tordu de mon mieux mes mèches de cheveux et le bas de mon pantalon détrempé mais je ne pouvais rien pour le reste de mes vêtements, encore moins pour mes mocassins couverts de boue et transformés en papier buvard. Malgré tout, j'étais mieux là qu'exposée de plein fouet au vent et à la pluie.

J'espérais que l'orage ne tarderait pas à se calmer mais je fus bientôt déçue. La pluie tombait toujours en un rideau infranchissable, le tonnerre grondait en un roulement ininterrompu. Transie, claquant des dents, je me poussai le plus loin possible à l'intérieur de mon abri précaire en priant pour que la fureur des éléments s'épuise aussi soudainement qu'elle s'était déchaînée.

Ma prière n'eut aucun effet. Poussés par un vent de plus en plus violent, de nouveaux nuages noirs s'amassaient dans le ciel qui s'assombrissait de minute en minute. La tempête s'ajoutait maintenant à l'orage. En me penchant un peu, je pouvais voir dans la plaine les arbres courbés par les rafales.

Je suis restée ainsi plus de deux heures, pelotonnée sous les rochers, tremblante de froid, en essayant d'autant plus désespérément de garder mon calme que la Nature ne m'en donnait pas l'exemple. Le jour déclinait, j'avais tout lieu de craindre d'être bloquée toute la nuit dans cette périlleuse situation car, même si la pluie cessait, je me sentais trop mal en point pour espérer aller très loin par mes propres moyens. Les muscles engourdis, les membres ankylosés, je me tournais dans tous les sens, j'allongeais et je repliais les jambes, j'essayais tant bien que mal de m'étendre entre les parois de mon réduit exigu mais ces tentatives ne me procuraient au mieux qu'un soulagement éphémère.

De temps à autre, les caprices du vent déchiraient les nuages bas pour dévoiler au-dessus un morceau de ciel uniformément gris. Puis, d'un seul coup, tout changea. Une étrange lumière blanche apparue à l'horizon irradia le ciel plombé en faisant miroiter les nuages. Peu à peu, la lumière grandit, se fit plus vive. Ce spectacle irréel, presque angoissant, était d'une beauté à couper le souffle.

Je contemplais ces illuminations surnaturelles en redoublant d'efforts pour surmonter mon inquiétude quand j'entendis *sa* voix.

La voix d'Andrew qui prononçait mon nom.

— *Mallory.*

Elle était nette, claire, toute proche. Si proche que je suis à demi sortie de mon abri.

— *Mal, mon amour.*

— Je suis là.

— *N'aie pas peur, tu ne cours aucun risque. Ecoute-moi bien, maintenant. Tu dois rester forte et courageuse. Tant que tu vivras, mon souvenir vivra dans ton cœur. Je continuerai à vivre en toi, grâce à toi, comme Jamie et Lissa vivront en toi. Nous veillons sur toi, mon amour. Il est temps maintenant de poursuivre ta route. Rassemble tes forces, avance hardiment vers ton avenir. Tu dois reprendre le cours de ta vie, mon amour. Pour toi. Pour nous aussi.*

— Andrew ! Es-tu là, mon amour ? ai-je crié, éperdue. Ne t'en va pas, ne me quitte pas !

— *Je suis et je serai toujours avec toi, mon amour. A chaque instant. Ne l'oublie pas.*

Le tonnerre et les éclairs cessèrent tout à coup. Sortie de ma cachette, j'ai regardé partout.

J'étais seule.

Le pluie s'arrêta aussi soudainement que l'orage. La vive lumière blanche s'atténua et disparut tandis que les lourds nuages noirs s'enfuyaient, chassés par le vent. Un morceau de ciel bleu apparut au-dessus de moi, s'élargit.

Les yeux clos, j'ai tenté de raisonner. Andrew m'avait-il réellement parlé ? N'avais-je entendu sa voix que dans ma tête ? Avais-je encore été le jouet de mon imagination ?

Je dus vite renoncer à trouver une réponse.

— Mme Andrew ne voulait jamais m'écouter, grommela Wilf. Je lui ai souvent dit, pourtant, de ne pas aller sur la lande, que c'était trop dangereux.

— Arrête de jacasser, gronda Joe. Cherche-la, plutôt !

En entendant leurs voix à quelques pas de mon abri, je me suis traînée à l'extérieur.

— Au secours ! Joe ! Wilf ! Je suis là, sous les rochers !

— Tu as entendu ? s'écria Wilf. C'est Mme Andrew qui nous appelle ! Je parie qu'elle a dégringolé toute la pente jusqu'à cette fichue rigole. Viens vite, Joe !

Une seconde plus tard, je vis Joe et Wilf apparaître à mi-pente. Une expression d'intense soulagement éclairait leurs visages tannés.

— Vous nous avez fait une belle peur, Madame Andrew ! dit Joe en dévalant vers moi. Que vous est-il arrivé ?

— J'ai glissé dans la boue, j'ai roulé jusqu'ici et je me suis foulé la cheville. Je ne sais pas si je pourrai marcher jusqu'à la maison.

— Ne vous faites pas de souci, nous allons vous y ramener en deux temps trois mouvements. Mais vous êtes blanche comme un linge et vous tremblez comme une feuille ! Enfilez bien vite ce manteau pour vous tenir chaud, vous devez être gelée jusqu'aux os.

— Je vous avais pourtant prévenue, Madame Andrew, intervint Wilf. Vous ne vouliez jamais m'écouter.

— Je suis désolée, Wilf, j'avais tort. C'est vous qui aviez raison, les caprices du temps sont imprévisibles.

— Ah, c'est bien vrai ! Je connais des pauvres diables qui se sont perdus sur la lande et qu'on a retrouvés quand il était trop tard. Raides morts, qu'ils étaient, ajouta-t-il d'un ton lugubre.

— Suffit, Wilf ! le rabroua Joe. Et maintenant, Madame Andrew, accrochez-vous à mon cou, que je vous sorte de là.

31

J'ai regagné la maison moitié en claudiquant, moitié portée par Joe et Wilf. Nous progressions lentement ; ma cheville me faisait très mal, j'étais gelée
jusqu'aux os, comme disait Joe, et une affreuse
migraine me martelait la tête, mais il ne pleuvait plus
et le vent était tombé.

Parky, Hilary et son mari Ben nous attendaient à la
cuisine, visiblement très inquiets.

— Mon Dieu, Madame Andrew, que vous est-il
arrivé ? s'exclama Parky. Vous ne vous êtes pas blessée, au moins ?

— Une cheville foulée, l'informa Joe.

— Ce n'est rien, Parky, je vais très bien, ai-je menti
pour la rassurer.

— Nous l'avons retrouvée là-haut, près du ravin,
intervint Wilf. Elle avait dévalé la pente et je...

— Ça aurait pu être pire, l'interrompit Hilary avec
autorité. Mais ne restons pas plantés là ! Montons vite
dans votre chambre, Madame Andrew. Vous allez
vous débarrasser de ces vêtements trempés et prendre
un bon bain chaud.

Tout en parlant, elle m'entourait la taille et m'aidait
à traverser la cuisine appuyée sur elle.

— Faut-il appeler le Dr Gordon ? lui demanda Ben.

— Bien sûr. Et ne traîne pas ! répondit-elle.

— Mais je vais très bien ! ai-je protesté. J'ai froid,
voilà tout. Un bain chaud fera l'affaire.

— Par prudence, il vaut quand même mieux que le
docteur regarde votre cheville, déclara Joe au
moment où je franchissais la porte, soutenue par
Hilary.

Du couloir, j'entendis Parky annoncer :

— Je vais mettre la bouilloire sur le feu.

— Mais non ! répliqua Joe. Ce n'est pas du thé, c'est
un bon coup de whisky qu'il lui faut, à cette pauvre
petite.

Hilary et moi commencions à monter l'escalier.

— Vous y arriverez ? demanda-t-elle avec sollicitude.

— Oui, oui...

Pendant qu'elle faisait couler le bain, j'ai échangé mes vêtements boueux contre un peignoir, je l'ai rejointe en boitant et je me suis assise sur un tabouret.

— Votre bain est prêt, Madame Andrew. J'ai mis des sels d'Epsom dans l'eau, on dit qu'ils sont souverains contre les douleurs.

— Bonne idée.

— Maintenant, je descends chercher le plateau avec le thé et le whisky, je serai revenue dans cinq minutes. Pendant que j'y suis, j'ajouterai un tube d'aspirine.

— Merci pour tout, Hilary.

Je suis restée un long moment dans l'eau chaude en ayant l'impression de fondre comme un glaçon. Si les sels d'Epsom n'étaient pas la panacée annoncée par Hilary, ils soulagèrent malgré tout mes muscles endoloris. Quant à ma cheville, elle me faisait toujours mal mais au moins étais-je désormais certaine qu'elle n'était pas fracturée.

Je l'avais quand même échappé belle.

Lorsque j'étais sortie me promener cet après-midi sans dire à personne où j'allais, j'avais aperçu Wilf par hasard en passant près du verger et nous avions échangé de loin un salut de la main avant que je ne m'enfonce dans les bois. Ne me voyant pas rentrer après que l'orage avait éclaté, c'était donc lui qui avait donné l'alerte et dirigé les recherches. Je m'en voulais maintenant de la manière dont Andrew et moi l'avions toujours considéré comme un simple d'esprit.

Andrew...

Les yeux clos, je revis le visage de mon mari.

M'avait-il vraiment parlé tout à l'heure ? Transie comme je l'étais, l'esprit troublé par la douleur de ma cheville foulée et la peur de n'être pas retrouvée avant la nuit, avais-je été victime d'une hallucination ? Mon subconscient n'avait-il évoqué Andrew que pour répondre à mon désir de réconfort ?

Je n'avais pas de réponse à ces questions, tout comme ignorerais, à jamais peut-être, si Lissa s'était réellement endormie dans mes bras à Indian Meadows, ce soir-là.

La vie après la mort était-elle concevable ? Depuis des millénaires, les grandes religions l'affirment toujours. Rien ne s'opposerait alors à l'existence des fantômes, ni à ce que les esprits des défunts reviennent dans le monde matériel pour une raison ou pour une autre. Afin de consoler les êtres chers qu'ils ont laissés sur terre, par exemple. Ou pour jouer auprès d'eux le rôle d'anges gardiens...

Je me suis souvenue tout à coup d'un livre que j'avais feuilleté l'autre jour à la bibliothèque. Il y était justement question des anges et des esprits. Il fallait que je le retrouve et que je le lise avec plus d'attention.

— Vous avez eu de la chance, madame Keswick, déclara le Dr Gordon en rangeant son stéthoscope dans sa trousse. Je dirais même beaucoup de chance.

— J'en suis consciente, docteur. J'aurais pu me casser un bras ou une jambe au lieu de me tordre la cheville.

— En effet. Mais je voulais plutôt dire que vous avez eu de la chance d'échapper à une grave hypothermie. Rester plus de deux heures exposée à une tempête de cette violence aurait pu faire chuter votre température corporelle à un niveau critique et provoquer des troubles sérieux.

— Mais Mme Andrew n'a rien de grave, n'est-ce pas ? s'inquiéta Hilary.

— Non, elle se porte bien, la rassura le médecin. Votre température est normale, vous vous en tirez à bon compte. L'entorse elle-même est relativement bénigne, tout sera rentré dans l'ordre d'ici deux jours. Mais ne faites pas d'imprudences et gardez votre bandage bien serré.

— J'y veillerai, docteur.

— N'hésitez pas à me rappeler en cas de problème.

— Je n'hésiterai pas. Encore merci.

Tandis qu'il prenait congé, Hilary courut vers la porte :

— Je vous raccompagne, docteur ! Aurez-vous encore besoin de moi, Madame Andrew ? Voulez-vous que je vous aide à vous habiller ?

— Merci, Hilary. Vous êtes gentille mais je m'en sortirai sans difficulté.

Une fois seule, j'ai enfilé un pantalon de flanelle, un chemisier et une veste, je me suis chaussée d'escarpins de daim souples et légers. Puis, appuyée sur la canne que Parky avait montée à mon intention, j'ai quitté ma chambre en boitillant et j'ai descendu l'escalier pas à pas.

Depuis quatre mois, la bibliothèque était devenue ma pièce préférée à Kilgram Chase. Toujours aux petits soins pour moi, Joe y avait allumé une flambée dans la cheminée pendant la visite du médecin. On avait beau être en mai, les nuits fraîches maintenaient dans la maison une température à la limite du supportable, surtout dans une pièce aussi vaste et haute de plafond que la bibliothèque. Mais grâce aux prévenances de Joe, il y régnait une douce tiédeur quand j'y suis entrée et la lumière des lampes atténuait la grisaille de cette fin d'après-midi pluvieuse.

Après avoir retrouvé le livre sur les anges et les esprits, je me suis installée dans une bergère au coin du feu pour en commencer la lecture en attendant Diana. Elle avançait de vingt-quatre heures son retour de Londres afin de ne pas me laisser seule le jour de mon anniversaire et je me réjouissais de savoir qu'elle arriverait dans une heure.

Malgré moi, des images de mon dernier anniversaire me revinrent à l'esprit. Nous étions si heureux... Ma mère nous avait tous invités à dîner chez elle, Andrew, Lissa, Jamie. Sarah aussi était là. Nous avions sablé le champagne, j'avais soufflé les bougies du gâteau pendant que les jumeaux entonnaient *Joyeux anniversaire, maman !* — en chantant un peu faux. Andrew m'avait offert des boucles d'oreilles en perles assorties à mon collier, les jumeaux une carte de vœux qu'ils avaient eux-mêmes dessinée. Ils avaient même cassé leurs tirelires pour m'acheter un beau foulard de soie...

Sentant ma gorge se serrer et les larmes me monter aux yeux, j'ai refoulé ces souvenirs. Puis, m'étant ressaisie, j'ai ouvert le livre et recherché les passages qui m'intéressaient.

J'appris ainsi que les anges étaient considérés comme les messagers de la divinité, qu'ils n'apportaient que des bonnes nouvelles et accordaient leur aide à ceux qui en avaient besoin. Certaines personnes ayant eu le privilège de les voir de près témoignaient qu'ils irradiaient la bonté, qu'ils étaient environnés de lumière et arboraient souvent de brillantes couleurs. D'autres affirmaient que la rencontre avec un ou, parfois, plusieurs anges, suscitait en eux une sensation de joie et de bonheur si intense qu'ils cédaient à une irrésistible envie de rire.

Je lus ensuite que les fantômes étaient les esprits des morts et qu'ils reprenaient toujours leur forme terrestre quand ils se matérialisaient. L'existence des revenants était admise par la quasi-totalité des cultures, qui s'accordaient en général pour les décrire comme des entités brumeuses et translucides qui se déplaçaient en flottant dans l'air. Selon le livre, les fantômes reviennent dans ce monde dans le dessein de secourir les êtres qui leur furent chers et de leur délivrer des messages d'amour et d'espoir. Ils se matérialisent souvent à seule fin de nous réconforter par leur apparition. Leur regret de ceux que la mort les a forcés à abandonner expliquerait l'attachement particulier des fantômes à notre univers matériel.

Le livre parlait aussi des esprits mauvais qui cherchent à nuire aux vivants, parfois jusqu'à la possession démoniaque. Mais au bout de quelques pages sur la position de l'Eglise catholique envers les esprits sataniques et les rites d'exorcisme qu'elle pratiquait, j'ai préféré refermer l'ouvrage et ne pas en apprendre davantage sur ce sujet. Je connaissais déjà trop bien le Mal et ses incarnations...

Après avoir remis le livre en place, je suis allée m'asseoir devant la fenêtre. Le crépuscule tombait, la lande balayée par la pluie se teintait d'un bleu presque noir, inquiétant. L'idée que je pourrais y être encore, à la merci des éléments hostiles, me donna le frisson.

Et pourtant c'était là, au plus fort de la tourmente, que je m'étais sentie plus proche d'Andrew que je ne l'avais jamais été, au point d'éprouver physiquement sa présence. Etait-ce parce qu'il avait lui-même aimé les tempêtes quand il était enfant ? En pensant à lui, un sourire attendri me vint aux lèvres. Je l'aimais tant, Andrew. Je l'aimerais jusqu'à mon dernier souffle... Un extraordinaire sentiment de paix vint soudain combler tout mon être d'une sérénité dont j'avais oublié jusqu'à l'existence.

Le regard perdu dans le lointain, je repensais aux mots qu'Andrew m'avait dits tout à l'heure. Avait-il choisi le jour de mon anniversaire pour venir me parler ? Peut-être... Mais comment savoir avec certitude si c'était sa voix que j'avais réellement entendue cet après-midi sur la lande ou si seul mon amour pour lui l'avait fait retentir en moi ?

Diana leva son verre, le choqua contre le mien.

— A vous, ma chérie ! Je suis heureuse que vous soyez ici, que nous puissions célébrer ensemble votre anniversaire.

— Moi aussi, Diana. Très heureuse.

Elle reposa son verre sur la table basse et me tendit le petit paquet qu'elle tenait en entrant dans la bibliothèque quelques minutes plus tôt.

— Voilà pour vous, me dit-elle en souriant. Avec toute mon affection.

Le papier décoré emballait un écrin de cuir noir un peu éraillé que je me suis hâtée d'ouvrir. Un cri d'admiration m'échappa en découvrant, sur son lit de velours noir, un merveilleux camée ancien.

— Oh ! merci, Diana ! C'est une merveille !

Je me suis levée pour l'embrasser.

— Ma belle-mère me l'avait donné il y a des années

pour un de *mes* anniversaires, m'expliqua-t-elle pendant que j'épinglais le camée au revers de mon tailleur. J'ai pensé qu'il conviendrait tout à fait pour le vôtre. Ainsi, il ne quittera pas la famille.

— Vous me gâtez, Diana. Vous êtes si bonne.

— Je voulais aussi vous parler d'autre chose. Autant aborder la question tout de suite.

Sa mine soudain sérieuse éveilla ma curiosité.

— Quoi donc ?

— C'est au sujet de cette maison, Mal. Vous êtes désormais mon unique héritière, dit-elle en réprimant son émotion. Je voulais simplement vous dire que j'ai refait mon testament et que je vous lègue Kilgram Chase ainsi que tout ce que je possède.

J'en suis restée un instant muette de stupeur.

— Mais, Diana... Je ne sais quoi vous dire... Merci, bien entendu, mais... C'est trop...

En souriant, elle coupa court à mes bredouillements :

— Vous êtes jeune, Mal, vous avez trente-quatre ans aujourd'hui et toute la vie devant vous. Un jour, vous vous remarierez et vous aurez peut-être même d'autres enfants. J'aime à croire que vous viendrez ici avec eux.

— Non, Diana ! Jamais ! Jamais je ne me remarierai !

— Qui peut prévoir l'avenir, ma chérie ? Je sais trop bien ce que vous ressentez en ce moment, c'est pourquoi j'ai sans doute eu tort de soulever la question, ce soir surtout. J'en resterai donc là. Je tiens cependant à vous dire une chose, ma chérie, et une seule : vous devez reprendre le cours de votre vie. Comme nous tous. La vie continue, Mal. La vie est faite pour les vivants, pas pour les morts.

Je me découvrais de puissantes affinités avec Lettice Keswick, dont la personnalité m'attirait inexplicablement. Elle était l'ancêtre d'Andrew, je n'étais pas de son sang, et pourtant je me sentais curieusement proche de cette femme disparue depuis plus de trois cents ans.

J'avais appris à la connaître à travers ses écrits : ses deux journaux intimes, son livre de cuisine dont les recettes me mettaient l'eau à la bouche, sans oublier le livre de jardinage dont les ravissantes illustrations étaient un véritable enchantement.

Ce matin-là, assise dans la bibliothèque de Kilgram Chase où je feuilletais une fois de plus ces volumes, je ne pouvais m'empêcher d'établir un parallèle entre Lettice et moi. Par bien des côtés, elle me ressemblait. Comme moi, elle aimait cuisiner et tenir sa maison, elle était férue de jardinage et de peinture, elle avait du goût pour les beaux meubles et les objets d'art. Surtout, elle avait été une mère de famille dévouée et une épouse aimante.

C'était bien là, pour moi, le nœud du problème. Depuis la fin de mes études, je n'avais rien fait ni connu d'autre dans la vie — je ne pouvais pas compter mes quelques mois dans une agence de publicité comme une expérience professionnelle. Sans mon mari et mes enfants, je n'avais plus de but ni de centre d'intérêt. Je ne faisais rien parce que je n'avais rien à faire, je stagnais dans une inaction dont Diana dénonçait à juste titre le caractère nocif.

Alors, qu'envisager ? Quel genre de travail ? Pour la énième fois, la question revenait m'obséder.

Excédée contre moi-même, honteuse de mon irrésolution, je suis sortie prendre l'air avant le déjeuner et mes pas m'ont entraînée vers la roseraie. Je l'aimais encore plus depuis que je savais que Lettice l'avait elle-même conçue et que cette partie du jardin était pratiquement inchangée depuis trois siècles.

Poussant la porte de chêne, j'ai descendu les trois marches qui menaient à l'enclos. De taille modeste, il s'en dégageait un charme inimitable dû en partie à ses vieux murs de pierre, à ses allées moussues, aux cadrans solaires et aux bancs disséminés çà et là. Mais la réussite de l'ensemble tenait avant tout, je crois, à la simplicité du plan dessiné par Lettice.

Les massifs circulaires et rectangulaires alternaient sur un rythme harmonieux en mariant ou en contrastant les variétés de roses. Sur les murs, les rosiers grimpants donnaient une tonalité constante. Nous étions encore en mai, la pleine floraison ne devait survenir qu'en juin. Le jardin n'était donc pas aussi beau ni aussi coloré qu'il le serait tout au long de l'été, mais certaines roses commençaient à éclore à l'abri des murs.

Assise au soleil sur un banc, je repris le cours de mes réflexions. Que faire ? Je n'en avais toujours aucune idée — sauf que j'excluais de travailler dans un bureau, ce qui limitait déjà mes choix. Mon père, venu nous rendre visite avec Gwenny le week-end dernier, m'avait engagée à accepter la proposition de Diana de devenir son associée. Diana comptait même sur une réponse rapide de ma part.

« Il faut sortir de ton isolement, Mallory, m'avait-il dit. Un magasin offre le meilleur moyen de te mêler de nouveau aux gens. Tu aimes l'art, les antiquités, ce serait pour toi une solution idéale. »

Gwenny s'était jointe à eux pour tenter de me décider mais, malgré leur insistance à tous les trois, je m'étais contentée de répondre évasivement. Ce matin, je leur devais quand même d'y réfléchir au moins une dernière fois et de soupeser sérieusement le pour et le contre.

Peut-être avaient-ils raison, après tout. J'aimais les beaux meubles anciens, les objets d'art, les tableaux et j'avais dans ce domaine des connaissances assez sérieuses pour en faire une profession. Si la tâche de décorer pour des inconnus me rebutait, je ne voyais en revanche aucune objection à leur vendre des objets. Plus j'y réfléchissais, plus l'idée de travailler dans une boutique me séduisait. Sauf...

Sauf quoi, au juste ? Ignorant ce qui me retenait de la sorte, je me suis forcée à approfondir ma réflexion. Et c'est alors que j'eus une sorte d'illumination.

La cause de mes réticences était tellement évidente que je fus stupéfaite de ne l'avoir pas discernée plus tôt : je renâclais devant l'offre de Diana tout bonnement parce que, au fond de moi-même, je ne voulais pas m'installer à demeure en Angleterre. J'aspirais à rentrer chez moi, à Indian Meadows, à retrouver le foyer qu'Andrew et moi avions aménagé ensemble avec amour. Cette maison était ma vraie patrie ; loin d'elle je me sentais en exil. C'était elle dont j'avais besoin pour repartir du bon pied dans la vie.

En dépit des incitations qu'on me prodiguait, j'avais été incapable de réagir jusqu'à présent. Pourquoi ? Cette fois, la réponse était claire : parce que mon instinct me disait que, à ce stade de ma vie, l'Angleterre n'était pas pour moi. Je l'aimais, certes, je ne cesserais jamais d'aimer ce pays où je reviendrais toujours avec autant de plaisir. Mais si je voulais me remettre sur pied, je devais sans tarder m'arracher à la facilité dans laquelle je sombrais. Et dans ce but, je devais avant tout rentrer chez moi.

Quelle que soit la direction que prendrait ma vie désormais, je voulais, non, je *devais* la vivre là, dans ma chère vieille maison. J'avais *besoin* de me retremper dans son atmosphère apaisante, de me sentir proche de mon vieux pommier, de mes granges. J'avais *besoin* de voir les chevaux galoper dans la prairie, les canards barboter dans l'étang. Il me *fallait* la compagnie de Nora, d'Eric, d'Anna.

Indian Meadows m'appartenait parce que Andrew et moi l'avions recréée ensemble. Je m'y sentais dans mon élément mieux que n'importe où ailleurs. En janvier, j'avais fui Indian Meadows dans l'espoir de retrouver Andrew. Je comprenais maintenant qu'il était vain de l'avoir cherché ici, dans sa maison natale. Il était partout avec moi, au plus profond de mon cœur. Comme Jamie et Lissa, la chair de ma chair, il faisait partie intégrante de moi-même. Et il en serait ainsi aussi longtemps que je vivrais.

Mais si je voulais conserver mon foyer, ma base de départ, il me faudrait gagner ma vie.

Et si j'ouvrais ma propre boutique à Indian Meadows ?

Cette idée soudaine me déconcerta. A première vue, elle ne paraissait pas absurde ; certes, la région regorgeait déjà de brocanteurs et d'antiquaires. Mais était-il indispensable que j'ouvre un magasin d'antiquités ?

Non, bien sûr. Alors, quel genre de boutique ?

Une boutique pour les femmes mariées et mères de famille comme moi ou, plutôt, comme je l'avais été. Je leur fournirais ce dont elles avaient besoin et, forte de mon expérience, je savais quoi : des ustensiles commodes pour la cuisine, de belles faïences rustiques pour la table, des herbes et des épices, des confitures et des compotes, des fleurs séchées, des savons parfumés et des bougies de vraie cire d'abeille... Bref, tout ce que les femmes avaient toujours aimé depuis le temps de Lettice Keswick.

Lettice Keswick. Voilà un nom digne de figurer sur l'enseigne de ma boutique... Non, je garderais Indian Meadows. Nous y étions tous trop attachés pour le renier maintenant. Le nom de la maison serait donc aussi celui du magasin : *Indian Meadows. L'Art de Vivre à la Campagne*.

Art de vivre... Oui, cela sonnait bien. Mais pourquoi donner à une simple boutique un programme aussi ambitieux ? Parce qu'on y trouverait autre chose. Un salon de thé, par exemple, où se délasser en buvant du thé, du café, des boissons fraîches, ou se réconforter avec des soupes, des quiches. Une boutique à la fois rustique et élégante, un café accueillant dans une ancienne grange restaurée au cœur du Connecticut. Le pays du bon Dieu, comme Andrew et moi l'avions toujours qualifié. Pourquoi pas ?

Nora et Anna pourraient m'aider. Cela les distrairait et elles ne refuseraient sûrement pas de gagner de l'argent. Eric y aurait aussi sa place. Les choses n'allaient pas si bien à sa scierie et Nora me disait dans sa dernière lettre qu'elle s'ennuyait de ne plus me faire la cuisine. Eh bien, elle se rattraperait en préparant des potages, des ragoûts, des confitures, que sais-je encore ? Il y avait assez de recettes dans le livre de cuisine de Lettice pour l'occuper des années. Mais oui ! Notre propre marque : *Les Recettes de Lettice Keswick*. A consommer sur place ou à emporter...

Je me sentis tout à coup surexcitée au point de ne pouvoir tenir en place. Par dizaines, de nouvelles idées de marques, de gammes de produits me venaient à l'esprit. Un jour, on pourrait même éditer un catalogue... Un catalogue de vente par correspondance ! Quelle idée fabuleuse ! Je me suis levée d'un bond. Merci, Lettice, merci un million de fois ! ai-je pensé avec ferveur.

Car, cette fois, je ne pouvais plus en douter : ce soudain jaillissement d'idées, c'était bien à l'esprit de Lettice Keswick que je le devais.

SIXIÈME PARTIE

Indian Meadows

32

Connecticut, juin 1989

Venue passer le week-end avec moi vers la fin juin, Sarah arriva par un chaud vendredi après-midi. Avant même de troquer ses élégants vêtements de ville contre ce qu'elle appelait ses nippes de paysanne, elle voulut que je l'emmène visiter les granges et constater l'avancement des travaux réalisés depuis sa dernière visite.

Nous avons commencé par la plus grande de mes quatre granges, où elle observa avec admiration le travail effectué par Tom Williams, mon entrepreneur.

— Je n'en crois pas mes yeux ! s'exclama-t-elle. Tom a mis les bouchées doubles.

— Question rapidité, Eric n'a rien à lui envier. Il a fini de peindre l'étage, il attaque le bas demain.

— Tu as eu une excellente idée de prolonger le plancher de l'ancien fenil. Tu disposes maintenant d'un étage presque entier sans compromettre l'impression de volume.

Tout en parlant, nous nous dirigions vers l'espace situé au fond de la grange, sous le nouveau plancher.

— Si tu n'as pas oublié le plan de l'architecte, lui ai-je dit, le café sera installé ici, ce sera plus intime. Tom suggère d'y installer un bon gros poêle à bois pour l'hiver. L'idée me plaît. Qu'en penses-tu ?

— Pourquoi n'envisagerais-tu pas plutôt un de ces poêles de porcelaine comme on en faisait en Allemagne ou en Autriche ? Ils sont superbes, tu sais. On en trouve encore.

— Et ils coûtent sans doute les yeux de la tête ! Non merci, je dois surveiller mon budget. Viens, que je te montre le reste.

Je la pris par le bras pour l'entraîner plus loin.

— Ici, au milieu, je disposerai des petites tables de quatre places, ai-je poursuivi. Des tables métalliques peintes en vert avec les chaises assorties, comme on en voit en France aux terrasses des cafés. J'en ai commandé dix aux fournisseurs que tu m'as recommandés la semaine dernière. Nous pourrons servir jusqu'à quarante personnes à la fois.

— Seras-tu en mesure de servir autant de clients ?

— Même plus s'il le faut mais, franchement, je ne crois pas que nous aurons une telle affluence. Les gens viendront d'abord pour acheter, je l'espère du moins, et ne s'attarderont pas tous ensemble au café. Le comptoir et la caisse seront près du mur du fond, juste devant les portes de communication avec la cuisine.

Elle en ouvrit une pour jeter un coup d'œil.

— Quand Tom commence-t-il à la construire ?

— La semaine prochaine.

— Les plans de Philip Miller pour cette cuisine sont excellents. Qu'en penses-tu, Mal ?

— J'ai d'abord cru qu'il voyait trop grand mais, à la réflexion, j'ai compris qu'il prévoyait des possibilités d'extension. Jusqu'à un certain point, du moins.

— Il vaut mieux être au large que s'apercevoir trop tard qu'on manque de place.

— C'est pourquoi j'ai suivi ses conseils au sujet des équipements quand je l'ai vu la semaine dernière. J'ai commandé deux congélateurs, deux réfrigérateurs et deux fourneaux de taille professionnelle, ainsi que deux fours à micro-ondes pour réchauffer les plats.

— Tu comptes donc servir beaucoup de plats chauds ? Aurais-tu changé ta carte ?

— Non, pour l'essentiel c'est toujours celui dont nous avions parlé : des soupes, des quiches, quelques tourtes peut-être, ce sera à peu près tout. Pour le reste, nous servirons des sandwiches composés et des pâtisseries, plus des boissons, bien sûr. Mais n'oublie pas que Nora cuisinera toute notre gamme de confitures, de gelées, de condiments et qu'il faudra du matériel en conséquence.

— *Les Recettes de Lettice Keswick*, dit Sarah en souriant. Un bonne marque pour une gamme de produits... Si je m'en souviens bien, poursuivit-elle, les murs du café seront garnis de rayons pour exposer les batteries de cuisine et les ustensiles, n'est-ce pas ?

— Et les produits de la gamme Lettice Keswick.

— Ce sera fabuleux, Mal ! Un triomphe, je le sens !

— Que Dieu t'entende...

— J'ai parié sur toi, Mal, et je me trompe rarement... Tiens ? Tom a déjà installé l'escalier. On peut monter voir ?

— Bien sûr, mais fais attention, la rampe n'est pas encore posée.

Je la précédai vers l'ancien fenil réaménagé. Son prolongement créait une vaste galerie qui avançait jusqu'au milieu de la grange et se terminait par une balustrade, donnant libre accès à la lumière. Sarah hocha la tête d'un air approbateur.

— Ici, il y aura la vaisselle, la verrerie, les couverts, le linge et les articles de table, n'est-ce pas ?

— Oui, comme nous en avions parlé avant ton départ. C'est toi qui m'as conseillé de laisser les produits alimentaires au niveau inférieur.

— C'est exact. Ton idée de café-boutique est un trait de génie, Mal. As-tu décidé si tu utiliserais les autres granges et ce que tu en ferais ?

— Je sais déjà qu'il faudra en aménager une comme bureau ; le mien à la maison est trop petit. J'y installerai aussi le magasin de stockage.

— Je croyais que tu te servirais de ta cave ?

— Seulement pour les denrées non périssables et les produits alimentaires en bocaux, surtout ceux de la gamme Lettice Keswick. Eric l'a complètement nettoyée et repeinte, deux des ouvriers de Tom y montent des rayonnages. Mais il n'y aura pas assez de place pour le reste du stock.

— Tu as raison, il t'en faudra beaucoup... Mais dis-moi, je constate que mes cours de vente et de gestion portent leurs fruits ! ajouta-t-elle en riant. Il est vrai que tu as toujours été douée.

— Parce que tu es un bon professeur. Pour en revenir à ce que nous disions, j'envisage de transformer les deux autres granges en boutiques, l'une que j'appellerai Indian Meadows et l'autre Kilgram Chase.

— Bien, bien... Prévoir l'expansion avant même le démarrage, voilà qui promet ! dit-elle avec un sourire amusé.

— Tes leçons me profitent. Tu me disais il y a quinze jours que je devrais avoir plusieurs marques exclusives pour donner à chaque boutique un cachet particulier. Comme tu vois, j'ai déjà trouvé les enseignes.

— Et les produits ?

— Allons sur place, je t'expliquerai en chemin.

Nous nous sommes dirigées vers les autres granges, groupées près des écuries et du cottage d'Anna.

— Dans celle du fond, la plus grande, j'installerai les bureaux et le magasin de stockage. Dans les deux plus petites, les boutiques dont je te parlais.

— Et que comptes-tu y vendre ? voulut savoir Sarah. Tu sais que j'ai le commerce dans le sang. Je brûle de curiosité.

— Celle-ci, ai-je répondu en ouvrant la porte de la première, j'en ferai une sorte de galerie. Tous les articles proposés seront anglais ou de style anglais. Je suis en rapport avec une fabrique artisanale qui copiera les coussins découverts dans les greniers de Kilgram Chase. Les motifs, les devises latines, tout sera exactement pareil. Qu'en dis-tu ?

— L'idée est bonne, mais la production suivra-t-elle ? Ces gens seront-ils en mesure de te livrer les quantités qu'il te faudra ?

— Je ne prévois pas d'en stocker plus d'une douzaine à la fois et je prendrai des commandes spéciales selon les spécifications des acheteurs. Je vendrai aussi des aquarelles et des gravures anglaises encadrées. Diana connaît tout le monde à Londres, dans le métier, elle cherchera pour mon compte des bibelots ; des petites choses, tu sais, des boîtes à boutons, des bonbonnières, des bougeoirs. Elle m'expédiera ses achats ou les apportera quand elle viendra ici. Et ce n'est pas tout. Je vendrai également des savons et des sels de bain, des bougies parfumées, des bouquets de fleurs séchées. C'est encore Diana qui me trouvera tous ces articles en Angleterre.

— Ce genre de marchandise devrait bien se vendre, en effet. Les gens sont prêts à payer plus cher ce qui sort de l'ordinaire et la région représente pour toi un bon marché. Parle-moi maintenant de l'autre boutique, celle que tu comptes appeler Indian Meadows.

— Eh bien, allons voir sur place.

Sarah examina l'intérieur de la grange comme si elle en voyait déjà les aménagements.

— Ici, j'ai l'intention de n'exposer que des articles américains, depuis mes aquarelles, dont tu me dis qu'elles sont vendables, jusqu'à des patchworks d'époque coloniale, des jouets en peluche, des couvertures et des bijoux indiens.

— Pas de vêtements ?

— Si, justement. Je les ferai confectionner par « Poney Traders », la fabrique près du lac Wononpakook dont Anna t'a parlé. Mais là, j'aurai besoin de ton aide.

— Compte sur moi, Mal. Je ferai tout pour t'aider à démarrer, tu le sais bien. Alors, que veux-tu que je fasse pour toi ?

— Négocier avec les propriétaires, les amener à m'accorder l'exclusivité sur certains articles, discuter des prix, des remises éventuelles en fonction des quantités. Tu vois ce que je veux dire ? Ton expérience du marketing et du prêt-à-porter est irremplaçable.

— Irremplaçable, c'est vite dit, répondit-elle avec une moue dubitative. Mais je t'accompagnerai, bien entendu, et je verrai ce que je serai capable d'obtenir. Je pourrai aussi t'indiquer d'autres fournisseurs. Ce que tu cherches, ce serait plutôt un look amérindien, n'est-ce pas ?

— Pas nécessairement. Des vêtements confortables, décontractés, adaptés à la vie à la campagne. En tout cas, je te remercie d'avance pour tout ce que tu feras.

— Je t'ai déjà dit que tes projets m'enchantent. J'ai du flair, je sens que tu es sur la bonne voie ! Et puis, toute cette activité te fera le plus grand bien. Tu te transformes déjà à vue d'œil.

Bras dessus, bras dessous, nous remontions vers la maison en bavardant gaiement quand Sarah laissa échapper :

— Andrew serait si fier de toi...

Elle s'interrompit et me regarda avec une expression de remords.

— Il serait *très* fier de moi, ai-je répondu calmement. Inutile de faire des efforts pour éviter de me parler de lui, ma chérie, ou de t'interrompre quand son nom te vient aux lèvres. Comme je le disais hier encore à maman, Andrew a été pendant dix ans mon mari, c'était le père de mes enfants. Il a passé quarante et un ans sur terre, son existence a eu une influence considérable sur la vie de beaucoup de gens, pas seulement sur celle de sa mère, la mienne ou celle de nos enfants. Il m'aimait, je l'aimais. Il était à la fois mon mari, mon amant, mon meilleur ami et mon plus cher compagnon. Il était tout pour moi, je ne vivais que pour lui et à travers lui, tu le sais. C'est pourquoi je ne veux pas que tu aies des remords si son nom t'échappe dans la conversation.

— Je n'en aurai plus, Mal, je te le promets. Et je comprends ce que tu veux dire. En évitant de parler de lui, nous risquerions de l'oublier. Il ne le faut pas.

— N'oublions pas non plus Jamie et Lissa. Je désire même que tu me parles d'eux souvent, que nous maintenions en vie leur souvenir. Tu me le promets ?

— Bien sûr.

— Pour moi, c'est plus qu'une consolation. Une vraie raison de vivre.

— Tu as bien fait de mettre les choses au point, Mal. De me faire comprendre que mes précautions étaient injustifiées.

Nous avons repris notre marche en silence.

— Tes filleuls étaient si... exceptionnels, Sarah, ai-je murmuré quelques instants plus tard.

— Oui, ils l'étaient, tes adorables angelots de Botticelli. De vrais miracles. Je les aimais de tout mon cœur. Andrew aussi. Comme le frère que j'aurais voulu avoir.

— Ils t'aimaient tout autant. Je suis si heureuse de t'avoir pour amie.

— Disons que nous avons de la chance d'être amies.

— Je pensais, l'autre jour... Te rappelles-tu ta première rencontre avec Andrew ?

— Comment l'oublier ? J'étais tombée amoureuse de lui au premier coup d'œil et je crevais de jalousie que ce soit toi qu'il ait choisie ! répondit Sarah en riant.

— Tu l'avais surnommé Dreamboat. La barque du rêve. T'en souviens-tu ?

— Oui, je m'en souviens...

Je vis soudain ses yeux se remplir de larmes.

— Je n'ai rien oublié, reprit-elle d'une voix étranglée par l'émotion. Rien.

— Ne pleure pas, ma chérie, lui ai-je murmuré. Ne pleure pas, je t'en prie.

Elle ne put répondre que par un signe de tête.

33

— Je monte me changer, dit Sarah en arrivant à la maison. Je redescendrai dans quelques minutes.

— Prends ton temps. Quand tu seras prête, rejoins-moi dans mon bureau. Je voudrais te montrer les maquettes que j'ai dessinées la semaine dernière pour les étiquettes et l'enseigne de l'entrée.

— Donne-moi dix minutes, pas plus.

Elle monta l'escalier en courant. Nos évocations l'avaient bouleversée et je comprenais qu'elle désirât être seule le temps de se ressaisir. En entendant sa porte se refermer, je suis entrée dans mon bureau et me suis penchée sur ma grande table où j'avais étalé les maquettes.

Citant les principes chers à Mies van der Rohe, Sarah m'avait recommandé de rester simple. Je ne pouvais que me féliciter d'avoir suivi ses conseils. On cède toujours trop volontiers à la tentation d'ajouter des éléments décoratifs inutiles qui ne font que brouiller l'impact visuel du message, dans le cas présent le nom ou la marque du produit. Je m'étais donc attachée à composer pour les étiquettes des lettres au graphisme aussi original et lisible que possible, sans les surcharger de fioritures parasites.

De même, j'avais simplifié au maximum le dessin et le texte de l'enseigne principale destinée à figurer à l'entrée de la propriété, en me limitant au nom *Indian Meadows* et à la devise que j'avais imaginée dans la roseraie de Lettice Keswick : *L'Art de Vivre à la Campagne*, sans mentionner par le détail les boutiques et le café. Les gens découvriraient par eux-mêmes ce que nous leur proposions et le bouche à oreille fonctionnerait.

La sonnerie du téléphone interrompit mes réflexions. Je reconnus la voix de ma mère.

— Comment te sens-tu, ma chérie ?

— Très bien, maman. Sarah est arrivée, je lui ai fait faire une visite guidée. Elle en est béate d'admiration.

— Moi aussi, ma chérie. J'ai hâte de voir comment les travaux ont avancé depuis quinze jours. Tu comptes toujours sur nous dimanche pour le déjeuner, n'est-ce pas ?

— Bien sûr.

— A quelle heure ?

— Arrivez vers onze heures et demie, midi. Vous aurez ainsi le temps de visiter et nous nous mettrons à table vers une heure. Cela vous convient-il ?

— A merveille. Je te passe David, il veut te parler.

Qu'est-ce que David avait donc à me dire ? me suis-je demandé en fronçant les sourcils. Il s'agissait sans doute de DeMarco. Malgré moi, ma main se crispa sur le combiné.

— Bonjour, Mal. Je suis ravi de vous voir dimanche.

— Moi aussi, David. Vous avez des nouvelles de DeMarco ?

— Oui. Il m'a appelé cet après-midi pour m'informer que la date du procès était fixée.

— A quand ?

— A la fin du mois prochain.

— Je veux y assister. J'en ai le droit, n'est-ce pas ?

— Vous le pouvez bien entendu, mais je ne pense pas que vous devriez, Mal.

— Pourquoi, David ? me suis-je écriée. Il le faut...

— Ecoutez-moi, Mal. J'estime qu'il serait malsain de vous exposer à une telle épreuve. Vous n'avez jamais assisté à un procès criminel, vous ne pouvez pas savoir ce que c'est. Moi, si, j'y suis pratiquement tous les jours. Cela ne pourrait que vous bouleverser de nouveau et...

— Pas du tout ! Je saurai me tenir, je vous le promets.

— Non, Mal, croyez-moi sur parole. Je comprends vos raisons de vouloir y aller mais je vous le déconseille fortement. Je ne veux pas que vous soyez exposée à la boue qui sera remuée tout au long de ce procès. Votre mère non plus, d'ailleurs.

— Ma famille a été exposée à pire que de la boue ! Ils ont été tués par ces répugnants personnages.

— C'est vrai, Mal, mais écoutez quand même ce que je vous dis. Réfléchissez, nous en reparlerons dimanche.

— Inutile, David, ma décision est prise.

— Ne vous butez pas, de grâce ! Attendez au moins que nous en parlions à tête reposée, que je vous explique le déroulement du procès. Ensuite, vous prendrez votre décision en connaissance de cause. D'accord ?

Je connaissais David, il était inutile de discuter.

— D'accord. Nous en reparlerons.

— Bon. A dimanche.

Après avoir raccroché, je suis restée figée sur place en pensant au procès des assassins de ma famille. Saisie d'un tremblement convulsif, le cœur étreint par l'angoisse, ma sérénité si chèrement acquise volait en éclats quand j'entendis le pas de Sarah dans l'escalier. Une seconde plus tard, la porte s'ouvrait.

— Qu'y a-t-il ? s'inquiéta-t-elle en voyant ma mine défaite.

— Je viens d'avoir David au téléphone. DeMarco lui a appris tout à l'heure que le procès aura lieu fin juillet.

— Ah bon ? dit-elle posément. Je me demandais quand la justice se déciderait.

Son calme m'apaisa un peu.

— Je veux y aller mais David me le déconseille.

— Je serais plutôt d'accord avec lui.

— Il faut que j'y sois, Sarah !

— Si tu y tiens vraiment, j'irai avec toi. Je ne te laisserai pas affronter seule cette épreuve. Ta mère non plus, sans doute.

— Comment pourrais-tu m'y accompagner ? Tu as ton travail dans la journée.

— Je prendrai quelques jours de congé, voilà tout.

— Tu m'avais promis de passer tes vacances ici pour m'aider à tout préparer.

— Je sais, mais je m'en voudrais de te savoir seule au tribunal. De toute façon, que t'a dit David ?

Je lui résumai brièvement notre conversation.

— Ce serait anormal que je n'y sois pas, ai-je poursuivi. Ces monstres vont être jugés pour avoir assassiné de sang-froid Andrew, Lissa et Jamie, je dois être présente.

Sarah réfléchit quelques instants avant de répondre.

— Je te connais, Mal, je sais comment tu raisonnes.

Tu veux être là pour t'assurer que justice sera faite. C'est cela, n'est-ce pas ?

— Oui, ai-je admis. Je ne demande que la justice.

— Pourtant, que tu sois présente ou non ne changera rien au verdict. Selon ce qu'a dit DeMarco, les preuves sont écrasantes, depuis les empreintes relevées sur la voiture jusqu'au rapport de balistique, sans oublier les aveux passés par l'un d'eux. Tu sais déjà qu'ils seront jugés coupables, condamnés à la perpétuité et qu'ils ne s'en tireront pas. Dans ces conditions, je ne puis qu'approuver David : tu n'as aucune raison d'assister au procès. Tu n'apporterais rien de plus et ce serait trop pénible pour toi.

Sans répondre, je la dévisageais en me mordant les lèvres.

— Pourquoi t'infliger de revivre les épreuves que tu as déjà subies ? insista-t-elle.

— Je me sentirais coupable de ne *pas* y être.

— Ecoute, tu t'es si bien ressaisie depuis ton retour du Yorkshire, tu as fait tant de progrès, à quoi bon tout compromettre ? Il est beaucoup plus important de poursuivre sur la bonne voie, de réaliser tes projets jusqu'au bout. Et ce n'est pas tout : pense à la presse. Te sens-tu prête à affronter de nouveau le cirque des médias ?

— Non, c'est vrai. J'en serai incapable.

Sarah se leva, alla se poster devant une fenêtre et regarda dehors en silence. La connaissant aussi bien qu'elle me connaissait, je la sentais soucieuse, les nerfs tendus. Je fermai les yeux pour mieux réfléchir à tout ce qu'elle m'avait dit. Un long moment s'écoula.

— J'ai le sentiment qu'Andrew voudrait que je sois présente au tribunal, ai-je dit enfin.

Sarah se retourna d'un bloc.

— Non, sûrement pas ! s'écria-t-elle avec véhémence. Ce serait la dernière chose qu'il voudrait que tu fasses ! Ce qu'il souhaiterait, au contraire, c'est que tu prennes soin de toi-même, que tu te tournes vers l'avenir, que tu agisses exactement comme maintenant ! Il ne voudrait à aucun prix que tu t'infliges des tourments inutiles. Crois-moi, je t'en prie, tu n'as rien à gagner à assister à ce procès.

— Tu m'accompagneras quand même, n'est-ce pas ?

— Bien sûr ! Crois-tu que je t'abandonnerais ? Mais franchement, David a raison. Fais-lui confiance. Il est avocat, il sait de quoi il parle en disant que le procès sera insoutenable. Il ne te le dit que pour ton bien, Mal. A ta place, je suivrais ses conseils.

Au bout d'un moment, j'ai acquiescé d'un signe de tête, décroché le téléphone et composé le numéro de ma mère. Ce fut David qui répondit.

— C'est moi, David. J'ai discuté avec Sarah, elle est de votre avis au sujet du procès. Mais avant de prendre ma décision, je vous demande une dernière fois : pensez-vous sincèrement que je ne doive pas y assister ?

— Oui, Mal. Je le pense très sincèrement.

— Bien. Je n'irai pas.

— Dieu merci ! dit-il avec soulagement. Je voudrais quand même vous signaler un point que vous ignorez sans doute : vous avez le droit d'être présente au moment du verdict et de faire, si vous le souhaitez, une déclaration à la Cour. D'exprimer par exemple votre sentiment sur la nature ou la gravité de la peine que vous estimez devoir être infligée aux coupables.

— Je l'ignorais, en effet.

— Si vous décidez d'y aller, je vous y accompagnerai, bien entendu. Pensez-y.

— J'y penserai. Merci, David.

— Je fais part de votre décision à votre mère, je suis sûr qu'elle vous approuvera. Bonsoir, ma chère petite.

— Bonsoir, David.

Je rapportai la suggestion de David à Sarah, qui l'écouta attentivement avant de la commenter.

— Une fois de plus, David a raison. Ce serait une bonne chose que tu assistes au verdict. Subir le procès de bout en bout, non, cela te rendrait malade. Mais t'adresser à la Cour, faire mesurer aux juges l'étendue de ta perte, de ta douleur, c'est tout autre chose.

— J'irai peut-être... Viens, Sarah, ai-je poursuivi en me levant. Allons boire quelque chose. Je ne sais pas ce que tu en penses mais, pour ma part, j'en ai le plus grand besoin.

34

Connecticut, juillet 1989

Je parvins sans trop de peine à refouler le procès au fond de ma mémoire. M'appesantir davantage sur ce sujet ne m'aurait servi à rien qu'à me détourner de mon objectif — achever les travaux d'aménagement des boutiques et du café.

Chaque jour apportait son lot de décisions à prendre : plans à approuver, marchandises à commander, étiquettes à imprimer, sans compter les tâches à accomplir et les mille et un problèmes à résoudre. A certains moments, je m'arrêtais au beau milieu d'une occupation pour mieux m'étonner de tout le chemin que j'avais parcouru en deux mois.

Depuis mon retour du Yorkshire avec la seule idée d'ouvrir une boutique et un café, tout le reste s'était enchaîné si vite que j'en avais à peine eu conscience. J'avais constitué une société, obtenu de la municipalité de Sharon les permis et dérogations nécessaires, ouvert un compte en banque avec l'argent emprunté à mon père, à ma mère, à David, à Diana. Ils m'avaient tous proposé de participer au capital mais je ne voulais pas d'associés, pas même Sarah. Je leur avais donc répondu que je les rembourserais avec intérêts aussitôt que je serais en mesure de le faire — ce dont j'avais la ferme intention.

Armée de mes cartes de visite fraîchement imprimées et de mon chéquier neuf, je m'étais rendue à New York chez les grossistes recommandés par Sarah, et j'avais trouvé là tout ce qu'il me fallait.

— Inutile d'aller à l'étranger, m'avait-elle expliqué en me remettant une liste de fournisseurs. Que ce soit des batteries de cuisine, du linge de table ou tous les articles imaginables, tu trouveras ici même ce qui se fait de mieux dans le monde entier, en France, en Italie, au Portugal ou ailleurs. Sans parler des importateurs directs et des salons professionnels qui proposent toutes les gammes de produits américains. Avec cela, tu auras de quoi faire !

A la fin de ma première visite aux adresses fournies par Sarah, j'avais eu en effet l'impression d'avoir fait le tour du monde... à pied ! Epuisée dès quatre heures de l'après-midi, je m'étais fait conduire en taxi chez ma mère où je m'étais aussitôt écroulée. Je n'avais même pas eu le courage de rentrer chez moi après le dîner et j'étais restée coucher dans mon ancienne chambre, puisque je n'avais plus d'appartement à New York. Le lendemain matin, j'étais si fière de mes achats en regagnant Indian Meadows que je croyais avoir accompli des miracles.

Eric hésita sur le seuil de mon atelier.

— Je ne vous dérange pas, Mal ?

— Pas du tout, entrez. J'essaie de faire un tri parmi ces aquarelles. Je dois en choisir une vingtaine, Sarah veut les emporter cet après-midi chez l'encadreur de New Preston, et je n'arrive pas à me décider.

Il s'approcha pour regarder par-dessus mon épaule les aquarelles étalées sur la table.

— Difficile de choisir, Mal. Elles sont toutes aussi belles, dit-il après les avoir étudiées quelques instants.

— Merci du compliment, Eric. Mais je sens que vous mourez d'envie de me dire quelque chose. Allez-y.

— J'ai parlé à Billy Judd, Agnes Fairfield et Joanna Smith et ils veulent tous travailler pour nous. Si vous êtes d'accord, je vais les embaucher.

— Bien sûr que je suis d'accord, Eric ! Nous aurons même besoin de plus de trois personnes. Il faudrait d'ores et déjà en prévoir deux autres pour bientôt.

— Billy voudrait travailler avec moi au café et au rayon alimentation. Joanna sera ravie de se charger des articles de table à l'étage. Agnes aurait voulu être à la boutique mais je lui ai dit que c'était la chasse gardée d'Anna et elle ne demande pas mieux que de s'occuper de la Galerie Kilgram Chase. Les choses s'arrangent donc bien.

— A merveille, grâce à vous, Eric. Sont-ils d'accord sur le montant de leur paie ?

— Pas de problème de ce côté-là. Pour le moment, ils gardent leurs emplois et viendront avec nous en octobre.

— Parfait, cela nous laissera six mois pour tout préparer avant l'ouverture au printemps 1990. Nous aurons du pain sur la planche. Aurons-nous le temps de tout faire, à votre avis ?

— Oui. Six mois devraient suffire.

— J'en reparlerai à Sarah par acquit de conscience. Elle m'avait dit au début qu'il fallait compter trois mois pour préparer la marchandise.

— Il faudra tout déballer, coller les étiquettes et les prix sur tous les articles, mettre en place les étalages. Sarah dit que c'est important de bien présenter pour bien vendre.

— Je dirais même essentiel. Mais soyez tranquille, elle viendra superviser les opérations. Voulez-vous m'aider, Eric ? ai-je ajouté en lui tendant une pile d'aquarelles.

— Avec plaisir, Mal.

Je pris une autre pile et nous sommes sortis ensemble de l'atelier climatisé. En ouvrant la porte, la chaleur torride de cette matinée de juillet me gifla au visage avec une telle force que je faillis trébucher.

— Grand Dieu, quelle fournaise ! me suis-je exclamée. Le ciel était voilé d'une brume que le soleil dissipait de ses rayons déjà brûlants.

— A midi, ce sera intenable, renchérit Eric.

— Le panneau pour l'enseigne de l'entrée sera prêt demain, lui ai-je dit pendant que nous marchions vers la maison. Je peindrai les fonds dès que le menuisier de Tom l'aura livré. En attendant, allons voir ce que fait Sarah.

— Elle est à la cuisine où elle renifle toutes les marmites de Nora sans savoir par quelle confiture commencer, répondit Eric en riant. A chaque fois que Nora lui en donne une à goûter, elle dit que c'est sa préférée.

La description n'était que trop véridique.

En passant devant la cuisine pour aller à mon bureau, je vis Nora en compagnie de Sarah qui disposait des cuillerées de confitures sur une assiette comme un peintre pose les couleurs sur sa palette.

— Qu'as-tu l'intention de faire de tout cela ? lui ai-je demandé d'un ton sévère.

— Le manger, bien sûr ! Avec quelques tranches de cet exquis pain maison que notre chère Nora sait préparer comme personne, ajouta-t-elle d'un air de défi. Et pour t'épargner la peine de me le rappeler, Mal, je sais que je le regretterai amèrement plus tard et que mon régime est fichu. Alors, laisse-moi au moins en profiter une dernière fois !

35

New York, août 1989

Ce que je m'apprêtais à faire aujourd'hui serait difficile. Pénible. Mais je savais aussi que je ne pouvais, que je ne devais pas reculer.

Dans quelques heures, j'allais m'adresser à la Cour devant laquelle avaient comparu les meurtriers de mon mari et de mes enfants. Dans quelques heures, j'allais parler d'Andrew, de Jamie, de Lissa ; exposer ma douleur au juge fédéral Elizabeth P. Donan, mettre mon cœur à nu devant elle et devant les inconnus présents dans la salle d'audience. Dans quelques heures, j'allais prier la Cour de prononcer la peine la plus lourde prévue par la loi. C'était mon *droit* de veuve et de mère des victimes, David me l'avait dit. Un droit que j'avais le devoir d'exercer.

A l'issue d'un procès ayant duré moins d'une semaine, les quatre accusés avaient été reconnus coupables de meurtre sans préméditation. Le jury était si bien convaincu de leur culpabilité qu'il lui avait à peine fallu deux heures de délibération pour rendre son verdict à l'unanimité.

Ce serait bientôt à moi de conclure les débats, selon l'expression de David. Il se tiendrait à mes côtés ainsi que ma mère, mon père, Diana et Sarah.

Avertis par David de la date du jugement, Diana était arrivée de Londres l'avant-veille et mon père hier matin du Mexique, où il dirigeait un chantier de fouilles archéologiques pour l'Université de Californie. Mes proches voulaient m'apporter leur soutien moral ; mais ils souhaitaient aussi, comme moi, constater que justice était faite.

— Il va sans dire que je serai avec vous, m'avait déclaré Diana quand nous nous étions téléphoné une semaine auparavant. Il s'agit de mon fils, de mes petits-enfants. Ce serait impensable que je ne sois pas présente. Votre père partage mon point de vue, nous en avons longuement discuté il y a quelque temps. Cette affaire concerne toute la famille, Mal. En un moment de crise et de deuil, une famille digne de ce nom doit plus que jamais faire front et rester unie.

J'étais venue de Sharon en voiture la veille, afin de passer la soirée avec eux et Sarah. Ce matin-là, dans mon ancienne chambre d'enfant où j'avais dormi, je me suis examinée dans la glace et, pour la première fois depuis longtemps, je me suis vue avec objectivité.

J'étais maigre comme un épouvantail et si pâle que mes taches de rousseur ressortaient de façon choquante. Mes traits tirés, mon regard fixe me donnaient l'air dur. Nulle touche de couleur ne relevait mon tailleur de lin noir ; par contraste, le rouge de mes cheveux, noués en queue-de-cheval par un ruban noir, paraissait plus éclatant que jamais. Je ne portais pas d'autres bijoux que mon alliance, ma montre et mes boucles d'oreilles en perles.

Après avoir chaussé des escarpins de cuir noir et pris mon sac, j'ai rejoint ma mère, Sarah et Diana qui m'attendaient au petit salon. Toutes quatre vêtues de noir, nous avions des expressions aussi sombres les unes que les autres.

David entra peu après moi dans la pièce.

— Edward ne devrait pas tarder, observa-t-il.

— Ton père a toujours été ponctuel, commenta ma mère.

Elle avait à peine fini de parler qu'il s'annonça par l'interphone de l'entrée.

Les journalistes de la presse et de la télévision se pressaient en foule à l'entrée du palais de justice et jusque dans la salle d'audience, déjà bondée au moment de notre arrivée. David nous fraya un passage jusqu'au premier rang, où je m'assis entre Sarah et lui. Mon père, ma mère et Diana prirent place derrière nous.

Je reconnus le procureur, dont j'avais vu la photo dans les journaux, qui s'entretenait avec l'agent DeMarco. Il nous salua d'un signe de tête que je lui rendis avant de jeter un coup d'œil autour de moi.

Quand mon regard se posa sur les accusés alignés derrière leurs avocats, je frémis et la chair de poule me couvrit de la tête aux pieds. Propres, bien habillés, bien coiffés, ils avaient tous quatre soigné leur présentation dans l'espoir évident de s'attirer l'indulgence du jury. Je les voyais en chair et en os pour la première fois : un jeune adulte et trois adolescents, presque des enfants.

Roland Jellicoe. Blanc. Vingt-quatre ans.

Pablo Rodriguez. Latino-américain. Seize ans.

Alvin Charles. Noir. Dix-huit ans.

Benji Callis. Noir. Quatorze ans.

C'était lui le possesseur du pistolet. Lui qui avait tiré. Lui qui avait tué. A quatorze ans...

Ces noms, ces visages, je ne les oublierais jamais. En une fraction de seconde, ils se gravèrent dans ma mémoire pour y rester jusqu'à mon dernier jour. C'étaient eux les brutes, les sauvages qui avaient assassiné mes enfants, mon mari et ma pauvre petite Trixy.

Mon regard fixe ne semblait nullement les troubler. Ils me dévisageaient avec indifférence, impassibles, comme s'ils n'avaient rien à se reprocher. A les voir ainsi, je me sentais suffoquer, mon cœur battait à se rompre.

Alors, d'un seul coup, je sentis exploser en moi un incontrôlable accès de rage. Toute la haine vengeresse que j'avais tant bien que mal réussi à refouler depuis décembre déferla comme un raz de marée. Saisie d'une fureur aveugle, je fus sur le point de bondir sur eux afin de les détruire de mes mains comme ils avaient détruit tous ceux que j'aimais. Si j'avais eu une arme à ce moment-là, je m'en serais servie sans une hésitation, sans un scrupule. Un flot de sang me monta à la tête et je dus baisser les yeux vers mes mains, que je serrais l'une contre l'autre pour tenter de maîtriser mes tremblements. Je n'osais plus, je ne devais plus regarder les accusés jusqu'à ce que j'aie accompli ce que j'étais venue faire.

J'entendis un huissier annoncer : *La Cour !* en enjoignant au public de se lever. David m'aida à me redresser. Le juge prit place, déclara l'audience ouverte, tout le monde se rassit. Je notai distraitement que l'Honorable Elizabeth P. Donan avait environ cinquante ans, une allure encore jeune malgré sa chevelure prématurément grise, des traits marqués qui respiraient la fermeté mais aussi la bonté.

Encore tremblante de rage et de douleur, je fouillai dans mon sac à la recherche de la déclaration que j'avais rédigée ces derniers jours. Mais en dépliant la feuille de papier, je ne vis que des mots illisibles et je compris que des larmes me brouillaient la vue. Je devais prendre sur moi pour les refouler, me calmer. Ce n'était pas le moment de pleurer ni de céder à la douleur qui m'étreignait la poitrine et menaçait à nouveau de me suffoquer.

La main de David se posa sur mon bras.

— Le juge attend, Mal, me souffla-t-il. Allez lire votre déclaration.

Sarah se pencha vers moi, me serra la main.

— N'aie pas peur, tout ira bien, chuchota-t-elle.

Je me suis dirigée d'un pas mal assuré vers le box des témoins, j'ai posé devant moi ma feuille de papier dépliée, j'ai ouvert la bouche — et je me suis rendu compte que j'étais aussi incapable de lire que de parler. Dans un silence complet, je me suis alors tournée vers le juge.

La sympathie que je lus dans son regard me redonna du courage et je pris une profonde inspiration.

— Votre Honneur, ai-je improvisé, je suis venue ici aujourd'hui parce que mon mari Andrew Keswick, mes enfants Clarissa et James ont été brutalement assassinés par les accusés, qui n'ont pas même hésité à tuer notre petit chien. Mon mari était un homme juste et bon, un époux aimant, un père et un fils exemplaire. Il n'a jamais causé de tort à quiconque, il se donnait sans compter au service de tous ceux qui le connaissaient ou travaillaient avec lui. Andrew laisse en ce monde une marque ineffaçable. Mais il est mort. Il n'avait que quarante et un ans. Mes enfants sont morts. Deux innocents de six ans, leur vie fauchée avant même de débuter. Je ne verrai jamais Jamie et Lissa grandir, aller à l'école, entreprendre une carrière, accomplir les promesses que recelaient leurs jeunes êtres. Jamais je n'assisterai à leur mariage, jamais je n'aurai de petits-enfants. Et pourquoi ? Parce qu'un acte de violence absurde, aveugle, a dévasté mon existence. Ma vie ne sera jamais plus la même. Sans mon mari et mes enfants, je dois affronter l'angoisse d'une solitude dont je ne vois pas la fin, à laquelle je ne connais pas de remède. En leur arrachant sauvagement leur avenir, on m'a aussi dépouillée du mien.

Je dus m'interrompre pour reprendre haleine.

— Votre Honneur, les meurtriers de ma famille ont été reconnus coupables par le jury. J'attends désormais de la Cour une seule chose : qu'elle les punisse de leur crime avec toute la sévérité de la loi. Je ne veux que la justice. Ma belle-mère, mes parents ne demandent que la justice. Je ne désire rien de plus, Votre Honneur : que justice soit faite.

Nous avons échangé un long regard.

— Merci, madame Keswick, me dit-elle enfin.

Je me suis inclinée, j'ai replié la feuille dont je n'avais pas lu un mot et j'ai regagné ma place. Un silence absolu régnait dans la salle, comme si l'assistance entière retenait sa respiration. On n'entendait que le léger bourdonnement de la climatisation.

Quelques instants plus tard, après avoir consulté ses dossiers, le juge Elizabeth P. Donan prit la parole. Les yeux clos, je l'écoutais à peine. Mon effort m'avait épuisée, au physique et au moral. La haine qui me consumait encore me privait de ma lucidité.

J'entendis vaguement le juge prononcer les mots « crime inexpiable », parler d'absence de remords pour le meurtre d'innocentes victimes, de la perte irréparable subie par moi et ma famille, du caractère odieux de cette violence gratuite. En attendant que ma rage s'apaise, je gardais les yeux clos.

Je les rouvris quand David me toucha le bras.

— La sentence, murmura-t-il.

Sarah me prit la main. Je me redressai sur mon siège, les sens en alerte. Le juge ordonna aux coupables de se lever et s'adressa d'abord au plus jeune. A l'assassin.

— Benji Callis, vous avez été jugé et reconnu coupable de trois meurtres sans préméditation. Conformément à la loi, vous êtes condamné à vingt-cinq ans de détention criminelle pour chacun de ces crimes, sans confusion des peines.

Les trois autres étaient eux aussi condamnés à un

total de soixante-quinze ans de détention criminelle chacun. La Cour leur appliquait la peine maximale prévue par les lois de l'Etat de New York.

David et les policiers l'avaient prévu. Pour moi, ce n'était pas assez. Je ne considérais pas la mort de ma famille vengée comme elle le méritait. Je n'en éprouvais aucune satisfaction, rien qu'un grand vide intérieur dans lequel je sentais redoubler ma fureur impuissante.

Une fois l'audience levée, David m'emmena auprès de Johnson et DeMarco que je remerciai de leur zèle. A la sortie du Palais, mon père et David parvinrent à me frayer un passage à travers le barrage des journalistes et des photographes et à me faire monter en voiture pour aller déjeuner chez ma mère. Nous étions aussi abattus, aussi étourdis les uns que les autres et la conversation languit pendant tout le repas.

Mon père avait accepté de passer quelques jours avec moi à Indian Meadows avant de repartir au Mexique. A peine avions-nous fini le café qu'il donna le signal du départ.

— Ne traînons pas, Mal, dit-il en se levant.

Diana me prit dans ses bras.

— Vous avez été parfaite au tribunal, ma chérie. Vous avez parlé avec une simplicité plus éloquente que tous les discours. C'était très dur pour vous, je sais, mais vous avez réussi à émouvoir le juge.

— Votre présence m'a donné le courage qui me manquait, Diana, dis-je avant de lui souhaiter un bon voyage de retour.

Je ne pus m'empêcher d'admirer David qui s'approchait à son tour. Son élégance raffinée et sa démarche assurée le rendaient très séduisant. Il devait moins à ses cheveux gris qu'à sa brillante intelligence le sobriquet de Renard Argenté que lui décernaient ses collègues. Ma mère avait eu raison de l'épouser et je m'en réjouissais pour elle.

Je l'ai embrassé affectueusement en le remerciant de tout ce qu'il avait fait pour moi.

— Sans vous, je n'aurais pas tenu le coup, lui ai-je dit avec sincérité.

— Mais je n'ai rien fait, voyons !

— Vous gardiez le contact avec Johnson et DeMarco. Pour moi, c'était déjà énorme.

Ma mère ferma la ronde des adieux en me serrant sur son cœur plus longtemps que d'habitude.

— Diana a raison, ma chérie, tu étais parfaite, me dit-elle à l'oreille. Je suis fière de toi.

36

Connecticut, août 1989

— Je croyais me sentir mieux après les avoir vus condamner. C'est pourtant loin d'être le cas, papa.

Mon père garda le silence quelques instants.

— Je te comprends. C'est... décevant, en un sens.

— Je voulais que la mort de ma famille soit vengée, mais la prison, même pour soixante-quinze ans, me paraît une peine dérisoire. Ces individus auront beau être enfermés, ils verront quand même le soleil. Andrew, Jamie, Lissa sont morts, ils auraient dû mourir aussi. La Bible a raison !

— Le talion ? Œil pour œil, dent pour dent ?

— Absolument.

— La peine de mort a été abolie dans l'Etat de New York, ma chérie.

— Oh ! je sais, papa, je sais ! Simplement, je...

Sans achever ma phrase, je me suis levée pour aller m'accouder au parapet de la terrasse. Je devais à tout prix vaincre la nervosité malsaine qui me reprenait.

La beauté du paysage déployé devant moi m'apaisa peu à peu. Par cette belle et tiède soirée d'août, les arbres frémissaient sous une brise légère. Au loin, les collines verdoyantes se découpaient contre le ciel que le crépuscule teintait de lilas et de mauve auxquels le soleil, déjà bas sur l'horizon, mêlait des reflets cuivrés.

— J'ai besoin de boire quelque chose, papa, ai-je dit en me retournant vers lui. Pas vous ?

— Volontiers. Je m'en occupe. Que veux-tu, Mal ?

— Vodka tonic. Merci.

Pendant qu'il s'éloignait vers la maison, je suis revenue m'asseoir sous le grand parasol blanc. J'étais heureuse que ce week-end ensemble nous permette de nous parler à cœur ouvert avant qu'il ne reparte au Mexique.

Il reparut peu après avec nos verres sur un plateau et se rassit en face de moi.

— Tchin' Tchin'! dit-il en levant son verre.

— Tchin' Tchin'!

J'ai avalé une longue gorgée.

— Ma rage est toujours là en moi. Je l'ai sentie exploser, hier, au tribunal. En voyant les coupables, j'ai cru perdre la raison. La haine m'aveuglait au point que je les aurais tués si j'avais pu.

— J'ai ressenti la même chose, ma chérie — comme nous tous, je crois. Devant ces brutes qui ont tué de sang-froid ton mari et tes enfants, le désir de vengeance était une réaction naturelle, une tentation très forte. Mais nous n'avons pas le droit de tuer pour nous rendre justice nous-mêmes, ce serait nous avilir, nous abaisser à leur niveau.

— Je sais... Il n'empêche que la haine m'empoisonne toujours. Elle ne veut pas disparaître.

Mon père posa sa main sur la mienne. Son contact me réconforta.

— Le seul remède contre cette haine, ma chérie, consiste à la chasser de ton cœur et de ton esprit.

Faute de réponse de ma part, il poursuivit :

— C'est difficile et je comprends d'autant mieux ce que tu éprouves que tu me ressembles beaucoup. Comme moi, tu es émotive et tu as tendance à refouler ou, plutôt, à masquer tes sentiments. Des mois durant, tu as surmonté ta colère. Il fallait qu'elle revienne à la surface et qu'elle explose.

— C'est bien ce qui s'est produit.

Mon père m'observa pensivement.

— Nul ne peut te le reprocher, Mal. Le contraire aurait été anormal. Pourtant, si tu ne luttes pas contre la haine, c'est elle qui finira par te ronger et te détruire de l'intérieur. Alors, ma chérie, fais un dernier effort.

— Comment, papa ? Dites-le-moi, je vous en prie.

Il marqua une nouvelle pause.

— Je pense à une chose que tu pourrais déjà faire.

— Laquelle ?

— En mai, quand nous étions ensemble à Kilgram Chase, je t'ai demandé où tu avais répandu les cendres et tu m'as répondu que tu les conservais dans un coffre-fort. Pour les mettre en sûreté dans un endroit où rien ni personne ne pourrait plus leur faire de mal, m'as-tu précisé. Tu te souviens de notre conversation, n'est-ce pas ?

— Bien entendu. Vous êtes le seul au monde à qui j'aie fait cette confidence.

— Les cendres sont toujours là ?

— Oui.

— Je crois, Mal, qu'il est temps d'accorder à tes êtres chers le repos auquel ils aspirent, me dit-il d'un ton solennel. Lorsqu'ils reposeront en paix, peut-être trouveras-tu toi-même l'apaisement. Ce sera au moins un premier pas.

Le lendemain, je me suis levée à l'aube.

Ce que mon père m'avait dit la veille m'était allé droit au cœur. Incapable de trouver le sommeil, j'y avais réfléchi toute la nuit. Aux petites heures du matin, j'avais pris la décision de suivre son conseil.

Il avait raison. Le moment était venu d'accorder le repos aux cendres de ceux que j'aimais tant.

Après m'être sommairement vêtue, je suis descendue à la cave chercher une grande cassette métallique, achetée la semaine dernière pour le magasin. Je l'ai montée dans mon boudoir, j'ai ouvert le coffre et transféré les urnes dans la cassette avant de redescendre au jardin.

Au fond de mon cœur, j'avais toujours su que si je décidais un jour d'inhumer leurs cendres, ce serait sous le vieil érable. Cet arbre majestueux, plusieurs fois centenaire, abritait l'atelier des chaleurs de l'été sans le priver de lumière. Et puis, cette partie de la propriété avait toujours été la préférée d'Andrew. Par les journées les plus étouffantes, il y faisait toujours frais. Les enfants aimaient jouer à l'ombre de l'érable et nous venions souvent pique-niquer sous son épais feuillage.

C'est là, au pied de l'érable, que j'ai creusé un trou profond. Mon travail achevé, je me suis agenouillée au bord de la tombe, j'y ai déposé la cassette. Les yeux clos, une main sur le couvercle, je me suis recueillie en évoquant leurs images. *Ici, mes chéris, vous serez en paix*, leur ai-je dit en moi-même. *Vous vivrez à jamais dans mon cœur, vous serez toujours avec moi, près de moi. Toujours.*

Je me suis redressée, j'ai comblé la tombe puis j'ai regagné la maison. Et pour la première fois depuis de longs mois, je me sentis le cœur un peu apaisé.

Ce matin-là, j'ai informé mon père de ce que j'avais fait au lever du soleil et je l'ai emmené sous l'érable.

— Vous rappelez-vous comme nous aimions venir pique-niquer sous cet arbre ? Les jumeaux y jouaient souvent, surtout quand j'étais en train de peindre dans mon atelier.

Emu, il me serra dans ses bras sans mot dire. Un moment plus tard, je l'entendis murmurer :

— *Qu'au sein de cette riche terre*
Repose la précieuse poussière...

Malgré moi, mes yeux s'humectèrent.

— Comme c'est beau. De qui est-ce ?

— C'est un poème de Rupert Brooke.

— Le connaissez-vous en entier ?

— En partie. Mais il n'est pas très approprié.

— Pourquoi ?

— Il parle de la mort d'un soldat anglais. Rupert

Brooke l'a écrit peu avant de mourir aux Dardanelles, pendant la Première Guerre mondiale.

— Pourquoi ne serait-il pas approprié ? Andrew était anglais, les jumeaux à moitié. Récitez-le-moi, papa. J'aimais tant que vous me fassiez la lecture quand j'étais petite.

— Si tu y tiens, ma chérie...

Lentement, à voix basse, mon père commença à déclamer tandis que je me blottissais dans ses bras, les yeux clos.

Quand je mourrai, que ce coin de terre étrangère
Soit pour moi à jamais l'Angleterre,
Qu'au sein de cette riche terre
Repose la précieuse poussière venue du sol anglais
Qui lui donna naguère ses fleurs à aimer,
Ses chemins pour courir, son air à respirer...

37

Connecticut, août 1990

— Ce n'est pas un succès, c'est un triomphe ! s'écria Diana d'un ton admiratif. Je suis stupéfaite de voir quel chemin vous avez parcouru en à peine quatre mois, Mal.

— J'en suis moi-même étonnée, je l'avoue. Mais je n'y serais jamais arrivée sans votre soutien et celui de ma mère, sans l'aide et les conseils de Sarah. Vous avez toutes été extraordinaires.

— Trêve de compliments, ma chérie. Vous devez votre réussite à votre travail, à vos idées et, n'ayons pas peur de le dire, à votre remarquable sens des affaires.

— Le Ciel vous entende !... Je ne me savais pas douée pour le commerce et j'y prends beaucoup de plaisir, je l'admets volontiers. L'organisation et les débuts ont été durs mais le seul fait d'avoir été capable de relever le défi m'a procuré de grandes satisfactions.

— Relever un défi est toujours exaltant. Il n'y a rien de tel que le travail pour nous détourner de nos soucis et canaliser notre énergie. Je sais qu'à la fin de la journée, je suis épuisée au point de tomber de sommeil sans plus penser à rien.

— Moi aussi.

Diana marqua une pause pendant laquelle elle m'observa avec attention.

— Sincèrement, ma chérie, comment vous sentez-vous ? demanda-t-elle enfin.

— Eh bien... il ne se passe pas de jour que je ne pense à eux. Ma tristesse est toujours là, en moi. Mais je me force à agir, à fonctionner et, vous le savez aussi bien, sinon mieux que moi, le surmenage opère des miracles.

— Je le sais depuis longtemps, en effet. C'est mon affaire d'antiquités qui m'a sauvé la vie après la mort de Michael. Le travail guérit bien des maux.

— Puisque nous parlons de travail, je voudrais vous montrer quelque chose.

A l'autre bout de mon nouveau bureau aménagé dans la plus vaste des granges, j'ai sorti un dossier d'un classeur pour l'apporter dans le coin-salon où nous prenions le café.

— En mai dernier, quand l'idée m'était venue à Kilgram Chase de créer la boutique et le café, j'avais envisagé l'édition d'un catalogue de vente par correspondance qui en constituerait le prolongement logique.

— Vous ne m'en aviez pas parlé à ce moment-là.

— Parce que je craignais que vous ne me preniez pour une folle aux ambitions démesurées.

— On n'a jamais trop d'ambition, déclara Diana.

— C'est vrai. En tout cas, la réussite des boutiques en si peu de temps m'a décidée à réaliser cette idée. J'ai dessiné la maquette du catalogue, Sarah y travaille avec moi et y investit même de l'argent. Nous serons associées dans cette activité-là.

— Rien ne peut me faire plus plaisir, Mal. S'il faut en général se montrer prudent dans le choix de ses associés, votre amitié à toutes deux est si solide que j'y vois plutôt un atout. En plus, je suis sûre que l'expérience de Sarah vous sera infiniment précieuse.

— Elle l'est déjà, même pour les boutiques proprement dites. Quand je lui ai parlé, il y a quelque temps, de mon idée de vente par correspondance, elle a sauté sur l'occasion.

— Compte-t-elle quitter sa situation chez Bergman's ?

— Non, ce ne sera pour elle qu'un complément.

Tout en parlant, je m'étais assise à côté de Diana afin de lui montrer la maquette page par page. Elle chaussa ses lunettes pour examiner la couverture, qui représentait la grange peinte en rouge abritant la boutique et le café. En dessous, j'avais dessiné sur trois lignes, en lettres similaires à celles de l'enseigne : *Indian Meadows. L'Art de Vivre à la Campagne. Printemps 1991.*

— Vous ne comptez donc pas le sortir avant l'année prochaine ? me demanda-t-elle.

— Non, il nous faut d'abord le temps de constituer les stocks et de lancer le mailing. J'ai acheté plusieurs listes couvrant les principaux secteurs de clientèle dans le pays, Eric et Anna en ont compilé une de la clientèle locale. Je compte expédier le catalogue en janvier, mais tout cela exige une préparation longue et minutieuse.

— En effet, approuva Diana.

— Sur la deuxième page de couverture, ai-je poursuivi en tournant le feuillet, j'ai dessiné une vue complète de l'ensemble des granges, avec les écuries et la prairie à l'arrière-plan. En face, sur la page de garde, je ferai reproduire une lettre manuscrite décrivant Indian Meadows aux lecteurs. Le catalogue comportera trois sections correspondant aux trois boutiques. Dans la première, « La Cuisine de Lettice Keswick », il y aura les confitures, les conserves en bocaux et une sélection des autres marchandises — ustensiles, vaisselle, etc. « La Boutique Indian Meadows » proposera des vêtements, des accessoires et des articles dans la tradition américaine. Dans la troisième partie, la « Galerie Kilgram Chase », nous présenterons des objets décoratifs d'inspiration ou de style anglais.

Après l'avoir elle-même attentivement examinée, Diana me rendit la maquette du catalogue.

— Tout à fait remarquable, Mal. Sincèrement.

— Merci, Diana. Ma mère et David l'ont eux aussi jugé attrayant. Ma mère m'a même dit qu'elle aurait envie de tout acheter... Mais venez, je veux vous montrer deux endroits que vous n'avez pas eu l'occasion de voir.

— Encore des surprises ? Je brûle de curiosité !

Elle me suivit à travers la grange.

— Voici l'emballage, ai-je dit en ouvrant une porte. Les paquets sont préparés sur ces tables et empilés là-bas. Le coursier passe les chercher une fois par jour.

— Vous faites déjà des ventes par correspondance ?

— Bien sûr. Depuis le printemps, beaucoup de clients nous écrivent pour commander des articles qu'ils ont vus au moment de leur visite et le volume n'a cessé de s'accroître. C'est ce qui m'a décidée à sortir le catalogue.

Je l'ai guidée ensuite vers un des magasins.

— Ici, nous stockons les ustensiles, les batteries de cuisine et les articles non périssables.

— Les produits alimentaires sont toujours dans la cave de la maison, n'est-ce pas ?

— Oui, la température y est plus fraîche et plus constante. A l'étage du dessus, nous entreposons les vêtements, les jouets, le linge de table et ce genre de choses.

La visite terminée, nous sommes retournées nous asseoir dans le bureau.

— Vous avez décidément tout prévu, Mal. Et laissez-moi vous le répéter, vous avez accompli des miracles.

— Les problèmes sont pourtant loin d'être tous

résolus. Par exemple, nous allons bientôt manquer d'espace de stockage. Sarah va d'ailleurs en parler dès demain à mon voisin, Peter Anderson.

— Le metteur en scène de théâtre ?

— Lui-même. Il est propriétaire de la grande prairie et des deux granges en face de l'entrée, de l'autre côté de la route. Il ne s'en sert pas et Sarah espère le décider à vendre, mais je doute qu'il accepte.

— Il pourrait vous les louer.

— Je l'espère, du moins. En tout cas, s'il y a une personne sur terre capable de décider quelqu'un à faire n'importe quoi, c'est bien Sarah.

Diana eut un sourire amusé.

— Elle peut se montrer irrésistible, c'est vrai.

— Je ne sais pas ce que je serais devenue sans elle, ai-je renchéri.

— A-t-elle enfin rencontré... l'âme sœur ?

— Hélas, non ! Elle a beau sillonner le monde entier, les hommes valables semblent devenir une espèce rare.

— C'est ma foi vrai, approuva Diana avec conviction.

Avant que j'aie pu me retenir, la question me jaillit des lèvres :

— Qu'est donc devenu celui dont vous m'aviez parlé il y a quelques années, celui pour lequel vous vous sentiez un certain penchant ? Vous me disiez, je crois, qu'il était séparé de sa femme sans être divorcé.

— Sa situation n'a pas changé.

— Vous ne le voyez donc plus ?

— Si, parfois. Mais uniquement pour affaires.

— Qu'est-ce qui l'empêche de divorcer ? ai-je demandé, dévorée de curiosité.

— La religion.

— Vous voulez dire qu'il est catholique ?

— Grand Dieu, non ! C'est un bon Ecossais calviniste. Mais sa femme est catholique et refuse le divorce.

— Ah...

Sentant que je m'étais déjà montrée trop indiscrète,

je n'insistai pas. Diana garda le silence quelques instants.

— Vous l'avez rencontré, me dit-elle tout à coup.

— Moi ? Où donc ?

— Dans mon magasin, quand vous étiez venue à
Londres avec Andrew en novembre 1988. Robin
McAllister.

— Ce grand et bel homme si distingué ?

— Oui. Je lui montrais des tapisseries, si vous vous
en souvenez.

— Bien sûr que je m'en souviens ! Il n'est pas le
genre d'homme qu'on oublie.

— Vrai..., soupira Diana.

Elle jeta un coup d'œil à sa montre et se leva :

— Déjà une heure ! Si nous descendions déjeuner
au café ? Je sens l'appétit qui vient.

Comprenant qu'elle préférait changer de sujet, je
me suis levée avec empressement.

— Moi aussi. Allons-y.

— Vous aurez sans doute besoin d'engager davantage de monde pour vos ventes par correspondance,
observa Diana en aspirant son thé glacé à travers une
paille.

— Sans doute pas au début. Nous ne travaillons à
plein régime que le vendredi, le samedi et le dimanche, ce qui nous laisse le reste de la semaine pour
préparer les expéditions. Si cela change au début de
l'été, je verrai à ce moment-là. Il est vrai, ai-je ajouté en
regardant autour de moi, que nous ne sommes que
mercredi et qu'il y a déjà beaucoup de clients.

— Et j'ai remarqué tout à l'heure que la Galerie
était bondée, approuva Diana. Mais vous avez raison,
faites un pas à la fois. A chaque jour suffit sa peine,
telle est ma devise et je m'en suis toujours bien
trouvée.

— C'est la réussite du café qui m'étonne le plus. Il
ne désemplit pas depuis l'inauguration, au point
qu'on nous réserve des tables par téléphone.

— Il faut dire que l'endroit est charmant, avec ses

tables vertes, ses fleurs et ses plantes. On a l'impression de se trouver dans une belle grande cuisine de campagne. Et tout sent si bon ! C'est Nora qui fait la cuisine ?

— Une de ses nièces vient l'aider le week-end. Le reste du temps, elle fait tout toute seule. Devinez le plat qui a le plus de succès ?

— Le *cottage pie* de Parky ? répondit Diana avec un clin d'œil amusé.

— Exact. Ah ! Voilà justement notre artiste...

Nora traversait en effet la salle. Elle s'immobilisa devant notre table et tendit la main à Diana.

— Ravie de vous revoir, madame Keswick.

— Moi aussi, Nora. Et je tiens à vous féliciter ; la réussite du café repose sur votre excellente cuisine.

Visiblement flattée, elle décerna à Diana un de ses rares sourires.

— Dites-le plutôt à Mal, répondit-elle, c'est elle le cerveau de l'opération. J'espère que vous aurez le temps de visiter mon domaine tout à l'heure. En attendant, qu'est-ce qui vous ferait plaisir ?

— D'abord, deux autres thés glacés ! ai-je dit. Nous mourons de soif.

Après avoir longuement débattu du contenu calorique de ses préparations, elle nota la commande — en ajoutant d'autorité pour moi des ingrédients supplémentaires.

— Assure-t-elle aussi le service ? s'étonna Diana quand elle se fut retirée.

— Non, elle voulait seulement vous servir *vous*. Avec la famille, Nora est très jalouse de ses prérogatives.

— Elle a toujours été très dévouée, c'est vrai. Au fait, qui est la jeune femme qui s'occupe de la maison ? Elle m'a paru tout à fait charmante.

— Iris, l'autre nièce de Nora. C'est sa sœur Rose qui vient aider à la cuisine le week-end.

Eric nous apporta nos thés glacés et je vis qu'il hésitait à regagner son poste à la caisse.

— Qu'y a-t-il, Eric ? lui ai-je demandé.

— Je ne voulais pas vous déranger, Mal, mais j'ai une cliente au téléphone, une Mme Henley, qui demande si nous pouvons nous charger de réceptions privées.

— Comme traiteurs ?

— Non, ici. Elle voudrait retenir toute la salle pour l'anniversaire de sa fille et d'une de ses amies.

— Quand cela ?

— En septembre, un vendredi soir.

— Cela ne me paraît guère possible, Eric. Nous avons toujours beaucoup de monde le vendredi et...

Diana m'interrompit :

— Ne refusez pas si vite, Mal. Ce genre de clientèle peut rapporter beaucoup et vous faire connaître davantage.

— Vous avez raison, madame Keswick ! approuva Eric.

Je n'avais plus qu'à m'incliner.

— Bien. Dites oui à la dame sur le principe mais prévenez-la qu'il faudra reprendre contact avec elle pour choisir le menu et étudier les prix.

Eric se retira en me gratifiant d'une sorte de salut militaire, habitude récente qui me laissait perplexe.

— C'est un brave homme, dit Diana. Nora et lui forment un couple idéal.

— Comme Joe et Parky ou Hilary et Ben. Ils sont tous de la même trempe. Je les adore.

Nous avons savouré nos sandwiches. Une fois de plus, Nora s'était surpassée.

— J'ai une proposition à vous faire, Diana, ai-je dit en profitant d'une pause dans notre conversation à bâtons rompus. Une proposition d'affaires.

— Vraiment ? répondit-elle, étonnée. Je croyais que vous ne vouliez pas d'associés.

— C'est toujours vrai pour les boutiques. Il s'agit de tout autre chose, une idée qui m'est venue il y a quelques mois et qui commence à prendre tournure dans mon esprit : je voudrais monter une petite maison d'édition à laquelle vous participeriez.

Déconcertée, elle me dévisagea un instant sans répondre.

— L'édition ? Selon ce qu'on en dit, c'est une branche plutôt risquée.

— A un certain niveau, c'est probable. Aussi n'est-il question que d'une affaire artisanale. Nous n'éditerions que quelques livres bien particuliers, vendus exclusivement sur catalogue et dans les boutiques.

— Je vois. Mais que ferais-je dans cette affaire ?

— Je voudrais vous y associer, Diana, parce que j'envisage au début de n'éditer que quatre livres.

— Lesquels ? demanda-t-elle, intriguée.

— Les vôtres, Diana. Les deux journaux de Lettice Keswick, son livre de cuisine et son traité de jardinage. Plus tard, peut-être aussi le livre de cuisine de Clarissa. En tout cas, je commencerai par ceux de Lettice qui forment une collection, dont on ferait par la suite une édition de luxe présentée en coffret pour les cadeaux de fin d'année. A mon avis, ils devraient avoir du succès.

— L'idée est bonne, mais où trouverez-vous l'argent ? Vous m'avez dit vingt fois que vous ne vouliez pas du mien.

— Parce que je n'en aurai pas besoin de beaucoup. Ecoutez, les originaux vous appartiennent, vous me céderez gratuitement les droits de reproduction. Pour les premiers tirages, je taperai moi-même le texte et je recopierai les illustrations. Les seules dépenses seront l'impression et la reliure. Ce ne sera pas énorme.

— Eh bien, je vous avancerai de quoi couvrir les frais, Mal.

— Merci, Diana, mais d'ici l'année prochaine j'espère être capable de financer le projet moi-même.

— Comme vous voudrez. En tout cas, l'idée me plaît et je serai ravie d'y participer de la manière que vous déciderez, même symbolique.

— Merci encore, Diana, ai-je dit en lui prenant la main. Au fait, je pensais choisir « Les Presses de Kilgram Chase » comme raison sociale. Vous n'y voyez pas d'inconvénient ?

— Au contraire ! Vous avez du génie, ma chérie. Un remarquable sens des affaires, comme je vous le disais tout à l'heure.

38

Connecticut, mai 1992

Malgré la pénombre, je vis en écarquillant les yeux qu'il était à peine quatre heures et demie au cadran du réveil. Beaucoup plus tôt que d'habitude : j'avais toujours été matinale mais je me réveillais rarement avant six heures. Déconcertée, je me suis alors rappelée que nous étions le lundi 4 mai. Le jour de mon anniversaire. J'avais trente-sept ans aujourd'hui. *Trente-sept ans !* Cela me paraissait incroyable, et pourtant c'était vrai.

Je me suis levée pour regarder par la fenêtre. Il faisait encore nuit mais au loin, derrière les arbres et la crête des collines, l'horizon se teintait de lueurs vert pâle qui semblaient ramper peu à peu de la terre vers le ciel. L'aube était proche. Comprenant qu'il était inutile de me recoucher, je suis allée m'asseoir dans mon boudoir devant le portrait de Lissa et Jamie. Mon regard se leva sur celui d'Andrew, au-dessus de la cheminée, avant d'aller de l'un à l'autre par un réflexe désormais machinal.

Si je parvenais à maîtriser ma peine, mes regrets ne s'étaient pas amoindris. Mon sentiment de vide intérieur culminait parfois en accès de désespoir qu'il me fallait vaincre aussitôt. J'avais beau me donner tout entière à mon travail, au point de m'en accabler par moments, la solitude était pour moi une compagne de tous les instants.

L'année précédente, j'avais enfin trouvé le courage de trier les vêtements et les jouets des jumeaux. J'avais tout donné à la famille de Nora, aux amis d'Anna, aux œuvres du pasteur. Tout, sauf leurs deux peluches préférées dont j'avais été incapable de me séparer : Oliver, l'ours de Lissa, et Derry, le dinosaure de Jamie, que je conservais précieusement sur un rayon de la bibliothèque.

Le visage enfoui dans leur douce fourrure, je me suis plongée dans le souvenir de mes enfants bien-aimés. La gorge nouée, les yeux pleins de larmes, je dus me forcer à lutter contre cet instant de faiblesse auquel je ne pouvais m'offrir le luxe de céder. Puis, les jouets remis en place, j'allai dans la salle de bains prendre une douche.

En me séchant, je me surpris une fois de plus à regarder le rebord de la baignoire. Depuis sa disparition au cours de la nuit où je voulais me donner la mort, je n'avais jamais retrouvé mon cutter. Qu'était-il devenu ? Le mystère restait entier, de même que celui de la baignoire vide et de la porte de la cuisine ouverte.

Je m'en étais récemment confiée à Sarah, qui m'avait écoutée avec son attention coutumière.

— Ces phénomènes ont sans doute une explication logique, m'avait-elle dit. J'aimerais pourtant imaginer qu'ils étaient dus à une intervention surnaturelle. Et si c'était la maison elle-même qui veillait sur toi ?

Nous étions depuis longtemps convenues qu'il y régnait en effet une atmosphère particulière. De jour en jour, elle nous paraissait plus apaisante, plus bienveillante, comme si des ondes bénéfiques émanaient de ses vieux murs.

— Andrew disait que cette maison était pleine de bons fantômes, avait-elle encore remarqué le week-end précédent.

Nous avions alors échangé un regard entendu car nous pensions la même chose au même moment : Andrew, Jamie et Lissa étaient bien présents parmi nous, dans cette maison imprégnée de leur souvenir.

Après avoir enfilé ma tenue de travail habituelle, un jean, un tee-shirt et des mocassins, je suis descendue à la cuisine mettre la cafetière en route et prendre le trousseau de clefs des boutiques. Dehors, je me suis arrêtée quelques instants pour respirer l'air pur et frais du matin qui embaumait l'herbe humide de rosée et les lilas en fleur.

La journée s'annonçait superbe. Il faisait déjà doux et le ciel déployait une voûte immaculée, sans un nuage. Un vol d'étourneaux tournoyait très haut au-dessus de moi, les appels des oies sauvages répondaient à leurs pépiements suraigus. Puisque j'étais en avance, je voulus profiter de ce moment privilégié sur mon banc préféré, sous le pommier qui commençait à fleurir.

Le coin de Mallory, l'avait baptisé Andrew... Les yeux clos, j'entendais leurs voix, je les voyais aussi clairement que s'ils avaient été là. En fait, je savais qu'ils y étaient, sinon *près* de moi, du moins *en* moi, au plus profond de mon cœur.

Cet anniversaire était mon quatrième sans Andrew et les jumeaux. Je savais d'expérience que ce serait pour moi une triste journée, comme l'étaient leurs anniversaires et les périodes de fêtes, où je supportais toujours aussi mal la gaieté ambiante.

Et pourtant, en dépit de ma peine et de ma solitude, j'avais réussi à reprendre le cours de ma vie. Consciente que nul au monde ne pouvait me venir en aide ni mener ma vie à ma place, j'avais dû trouver seule le courage d'exister et, afin d'y parvenir, puiser au plus profond de moi-même, où j'avais découvert des ressources que j'ignorais posséder. Et c'est à cette force de caractère que je m'étais forgée par nécessité, à cette détermination de me rebâtir une vie, que j'étais redevable d'avoir progressé jusqu'au point où je me tenais aujourd'hui.

Ce point — simple étape ou aboutissement ? — n'était peut-être pas le meilleur possible mais je ne songeais pas à m'en plaindre. J'avais recouvré ma santé physique et morale. J'avais créé une affaire assez rentable pour me permettre de faire face à mes engagements, de garder la maison que j'aimais et de payer mes dettes. Dès la fin de l'été, je serais en mesure de rembourser intégralement les prêts que mes parents, Diana et David m'avaient consentis pour m'aider à démarrer. « Allons, me dis-je à mi-voix, tu n'es pas si mal partie, tout compte fait... »

M'arrachant à ma rêverie, je suis descendue vers les granges. A mesure que je m'en approchais, je voyais l'étang grouiller de canards et d'oies sauvages. Le héron bleu nous rendrait bientôt sa visite rituelle, que nous attendions toujours avec impatience. Il était devenu pour nous une sorte de mascotte, au point que j'envisageais de baptiser « Héron Bleu » une gamme de vêtements d'enfants.

Accueillie dans « La Cuisine de Lettice Keswick » par un délicieux parfum de pomme et de cannelle, je m'arrêtai sur le seuil pour admirer le salon de thé. Ses murs blancs, ses poutres de chêne, son carrelage ocre, ses petites fenêtres encadrées de rideaux à carreaux rouges et blancs créaient un décor chaleureux. Le caractère rustique des rayonnages de fer forgé convenait à merveille aux pots de confitures à l'ancienne, aux bocaux de conserves, aux pots de grès des moutardes et des condiments. A ces recettes traditionnelles, nous avions adjoint depuis peu une gamme de pâtes, de riz sauvage, de biscuits anglais et de chocolats français, sans compter de nouvelles sauces inventées par Nora. De mois en mois, son talent s'affirmait et j'étais très fière d'elle.

La gamme Lettice Keswick connaissait un succès phénoménal, tant à la boutique que dans le catalogue. Quant à ce dernier, que Sarah et moi avions lancé dix-sept mois auparavant, il croissait à une telle allure que nous avions peine à suivre le rythme. La semaine dernière encore, j'avais dû engager trois nouveaux employés pour l'emballage et les expéditions. Eric, que j'avais promu directeur du salon de thé et des boutiques, avait désormais douze personnes sous ses ordres en plus de deux nouveaux serveurs.

Après un rapide coup d'œil à la cuisine, étincelante de propreté, et au rayon des articles de table à l'étage, j'ai fait une brève halte à « La Boutique Indian Meadows » et je me suis dirigée vers la « Galerie Kilgram Chase ».

Si j'aimais toutes mes boutiques et tous mes produits, la Galerie m'inspirait une affection particulière que je ne savais expliquer — peut-être parce qu'elle évoquait pour moi le Yorkshire et la maison natale d'Andrew. En tout cas, elle avait connu dès le début un succès foudroyant et je me trouvais constamment à la limite de la rupture de stock. Son best-seller n'était autre que le *Journal de Lettice Keswick*, édité l'année précédente par les Presses de Kilgram Chase. Depuis sa sortie, nous en avions vendu plus de trente-cinq mille exemplaires, à la Galerie et par correspondance.

Anna se manifesterait à partir de sept heures, Eric et Nora arriveraient à neuf heures et le personnel au complet serait à son poste une demi-heure plus tard. Voyant que tout était en ordre, il ne me restait qu'à regagner la maison.

Quelle chance que la mienne ! me disais-je en remontant la côte. Chacun de mes projets se réalisait sans anicroche, chaque boutique tournait à plein rendement, pas un article qui n'ait pulvérisé ses propres records de vente. Les clients s'arrachaient notre catalogue et le café ne désemplissait pas.

Mais s'il m'arrivait de prononcer devant Sarah le mot chance, elle s'esclaffait :

— Si tu appelles *chance* le fait de travailler douze ou quatorze heures par jour trois cent soixante-cinq jours par an depuis deux ans, alors oui, tu as une chance inouïe ! Voyons, Mal, pas de fausse modestie ! C'est toi qui as fait d'Indian Meadows une réussite par ton travail acharné — et aussi par ton flair. J'ai côtoyé dans ma carrière beaucoup d'hommes et de femmes d'affaires éminents, aucun ne t'arrive à la cheville.

Elle avait peut-être raison, du moins jusqu'à un certain point. Bien sûr, je m'étais jetée tête baissée dans l'aventure, j'y avais mis toutes mes forces, je m'étais concentrée jusqu'à l'obsession sur mon objectif. En ce sens, les œillères que je m'imposais se révélaient un atout. Mais en dépit de mon travail et de celui de mes collaborateurs, je croyais toujours à l'importance du facteur chance dans la réussite d'une entreprise. Tout le monde avait besoin de chance, aussi bien dans les arts que dans les affaires.

Avant d'entrer dans la maison, j'ai cassé une branche de lilas, je suis passée par la cuisine remplir d'eau un pot de confiture vide et je me suis dirigée vers le vieil érable près de mon atelier, sous lequel j'avais inhumé les cendres de ma famille le 19 août 1989. Agenouillée près de la tombe, j'ai remplacé par mon lilas frais le bouquet de fleurs qui commençait à se flétrir et je suis restée un instant prier devant la dalle de granit installée en octobre de la même année. Elle portait simplement leurs noms et la date de leur mort, 11 décembre 1988. En dessous, j'avais fait graver deux des beaux vers de Rupert Brooke que mon père m'avait récités ce matin-là :

> *Qu'au sein de cette riche terre*
> *Repose la précieuse poussière.*

Je buvais mon café à la cuisine quand Nora y entra.
— Bon anniversaire, Mal !
Nous nous sommes embrassées. Eric est apparu à son tour et m'a tendu un gros bouquet de fleurs.
— Merci à vous deux, je suis très touchée. Elles sont superbes, je vais tout de suite les mettre dans un vase.
— Laissez-moi donc m'en occuper ! décréta Nora en me prenant le bouquet des mains.
— Je suis un peu en retard, je ferais mieux de ne pas traîner, dit Eric. Sinon, la patronne me mettra à la porte.
— C'est vrai, à votre place je me méfierais, ai-je répliqué avec un sourire complice.
Pendant que Nora arrangeait les fleurs dans un vase, je me suis versé une autre tasse de café.
— J'ai vu la voiture de votre mère, me dit-elle. Elle est restée passer la nuit ici ?

— Oui, elle voulait être avec moi pour mon anniversaire. M. Nelson est rentré hier en ville avec Sarah.

— Je suis contente qu'ils soient tous venus déjeuner. Ça s'est bien passé, n'est-ce pas ?

— Grâce à votre délicieuse cuisine, Nora.

— Bah ! je n'ai pas fait grand-chose, bougonna-t-elle. De toute façon, ça me faisait plaisir.

Elle alla porter le vase de fleurs au petit salon et revint se verser du café qu'elle but debout devant l'évier.

— La dame qui est venue hier avec votre père — Mme Reece-Jones, n'est-ce pas ? —, elle me plaisait bien. Vont-ils se marier, à votre avis ?

— Je n'en ai pas la moindre idée, Nora.

— Il aurait tort de ne pas se décider. Je trouvais qu'ils allaient bien ensemble.

— C'est aussi mon avis.

J'attendis la suite en observant discrètement Nora. Ses remarques m'intéressaient d'autant plus que son jugement sur les gens était rarement pris en défaut.

Mais il n'y eut pas de suite.

— Bon, il est grand temps que je descende, dit-elle en rinçant sa tasse dans l'évier. A tout à l'heure, Mal.

— Encore merci pour les fleurs, Nora.

— N'en parlons plus. Et passez une bonne journée quand même, ajouta-t-elle en sortant.

Pendant que ma mère et moi déjeunions au salon de thé, je lui ai posé la question soulevée par Nora :

— A votre avis, papa va-t-il se remarier avec Gwenny ?

Elle me dévisagea un long moment avant de répondre :

— Non, je ne crois pas. Mais il devrait. C'est une femme remarquable.

— C'est vrai, elle semble plaire à tout le monde. Mais pourquoi pensez-vous qu'il ne se remariera pas ?

Encore une fois, elle hésita longuement.

— Parce que ton père est vieux garçon dans l'âme.

— Si je comprends bien, vous voulez dire que cela n'a rien à voir avec Gwenny et qu'il préfère vivre seul ?

— En résumé, oui.

— Pourtant, il a été marié. Avec vous.

— C'est vrai — sauf qu'il n'était jamais là quand...

Elle laissa sa phrase en suspens et me lança un regard que je ne pus déchiffrer.

— Autrement dit, il serait de ces hommes qui veulent à la fois le beurre et l'argent du beurre. C'est ce que vous essayez de me faire comprendre, maman ?

— Non, il ne s'agit pas de cela. Je ne veux pas non plus insinuer que ton père soit un coureur ou un débauché, il n'est ni l'un ni l'autre. Comme je te le disais il y a une minute, il est foncièrement célibataire, voilà tout. Il aime avoir ses aises, rester libre de courir le monde, de fouiller des ruines, de faire sans contrainte ce que bon lui semble, mais par esprit d'indépendance plutôt que par égoïsme. S'il voit passer une femme qui lui plaît, il saisit l'occasion s'il le peut, tout en prenant soin d'éviter de se lier. Ai-je répondu à ta question ?

— Oui, je comprends mieux. Après tout, vous êtes bien placée pour le connaître.

— Je connais ton père comme ma poche, Mallory. Et le moment est peut-être propice pour te parler de notre mariage. Je sais que nos rapports t'ont troublée des années — disons plutôt, notre séparation tardive.

— Non, maman, pas du tout ! Ce que j'ai du mal à comprendre, c'est pourquoi papa était si souvent absent dans mon enfance et pourquoi nous n'allions jamais avec lui.

— Tout simplement parce qu'il ne souhaitait pas que nous l'accompagnions sur ses chantiers de fouilles, répondit-elle avec un soupir. Et quand tu as grandi, il a fallu que tu ailles à l'école aux Etats-Unis. Il tenait absolument à ce que tu y fasses tes études. Moi aussi, d'ailleurs.

— Comment avez-vous pu supporter qu'il disparaisse des mois et revienne quand cela lui plaisait ?

— J'aimais Edward et il m'aimait, je t'assure. Et toi

aussi, bien entendu. Il tenait à toi comme à la prunelle de ses yeux. J'ai lutté longtemps et de toutes mes forces pour essayer de sauver notre ménage, tu sais.

— J'admets ses longues absences, c'était son métier. Mais... il devait aussi avoir des maîtresses quand j'étais encore petite, n'est-ce pas ?

— A l'occasion, admit-elle.

Encouragée par la franchise inaccoutumée de notre conversation, je lui fis alors la confidence de ce lointain 4 Juillet où j'avais été témoin de leur violente querelle dans la cuisine de ma grand-mère. Je lui décrivis ma peur de ce souvenir, longtemps étouffé dans ma mémoire pour ne refaire surface que quatre ans plus tôt.

Elle m'écouta sans commentaire et garda le silence un long moment avant de me répondre.

— Une amie, je devrais dire une fausse amie, m'avait raconté à l'époque qu'Edward avait une liaison avec Mercedes Sorrell, l'actrice. J'ai honte d'admettre que je l'avais crue sur parole. J'étais jeune, impressionnable — mais ce sont là de piètres excuses. Je m'étais conduite ignoblement ce jour-là, comme une mégère. La jalousie, bien sûr... Tout cela pour découvrir ensuite que c'était faux. Un mensonge.

— Il a pourtant eu des maîtresses, vous venez de me le dire.

— J'imagine qu'il devait avoir des aventures quand il s'absentait six mois ou parfois davantage. Mais pendant tout notre mariage, il n'a jamais aimé d'autre femme que moi.

— Et c'est la raison pour laquelle vous êtes restée si longtemps avec lui ?

— Oui, Mal. Sache aussi que ton père ne voulait pas que nous nous séparions.

— Vraiment ?

Mon étonnement la fit sourire.

— Ne prends donc pas cette mine effarée, ma chérie. Ton père ne voulait pas d'une séparation et il a ensuite fait l'impossible pour retarder notre divorce.

D'ailleurs, nos rapports se sont longtemps poursuivis par la suite.

— Vous voulez dire ?...

— Oui, admit-elle en se troublant. Ton père et moi n'avons cessé de... de nous voir que lorsque j'ai fait la connaissance de David.

— Grand Dieu ! me suis-je exclamée, stupéfaite.

— J'aime encore ton père, Mal — d'une certaine manière, du moins. Et pourtant, j'ai toujours su que nous ne pourrions pas être heureux ensemble.

— Pourquoi, puisque vous avez continué à coucher avec lui après votre divorce ? Je n'en reviens pas ! Vous faisiez comme s'il n'existait pas.

— Simple réflexe d'autodéfense, sans doute. Mais tu veux savoir pourquoi je ne pouvais pas être heureuse avec lui ? Tout bêtement parce que je ne voulais pas vivre avec un homme qui passait son temps à courir le monde.

— Vous auriez pu voyager avec lui.

— A terme, c'était voué à l'échec.

— Mais enfin... vous vous aimiez !

— L'amour physique ne suffit pas à fonder un couple solide, ma chérie. Il y a bien d'autres facteurs encore plus importants qui entrent en ligne de compte. Ton père et moi n'étions pas faits l'un pour l'autre, crois-moi sur parole.

— Je vous crois, maman. Et puis, ai-je poursuivi en lui prenant la main avec affection, je voulais depuis longtemps vous dire quelque chose que je m'en veux de n'avoir pas dit plus tôt : merci d'avoir toujours été là quand j'avais besoin de vous. Papa ne l'a pas souvent été, je sais...

— Détrompe-toi, Mallory, il l'était — à sa manière.

— Je vous crois puisque vous me le dites. De toute façon, je l'ai toujours aimé. Mais j'ai pris conscience il y a quelque temps que je n'ai jamais vraiment fait partie de votre couple — je veux dire, que ce qui se passait entre papa et vous ne me concernait en rien.

— C'est vrai, ma chérie. Tout restait strictement entre nous.

— En fait, avec le recul, je me rends compte que notre famille était plutôt boiteuse et que...

Je dus baisser les yeux sur mon assiette. Ma mère attendit la suite de ma phrase. Mal à l'aise sous son regard, je bus une gorgée de thé pour me donner une contenance.

— J'espère que vous ne m'en voulez pas d'avoir dit cela, maman, me suis-je enfin forcée à articuler.

— Non, ma chérie, ce n'est que la pure vérité.

Son attitude m'enhardit à aller jusqu'au bout :

— Notre famille n'en était pas une, j'ai eu une enfance à tout le moins... bizarre. C'est sans doute pourquoi je voulais tant avoir une famille parfaite quand je me suis mariée. Etre une épouse idéale, une mère exemplaire... Je voulais que tout soit toujours parfait...

— Tu avais réussi, ma chérie. Tu étais réellement une épouse idéale et une mère exemplaire.

— Les ai-je au moins rendus heureux, maman ? ai-je demandé en la fixant des yeux. Répondez-moi sincèrement.

— Oh oui, Mal ! Oui, tu les as rendus très heureux.

39

Connecticut, novembre 1992

Après un été indien plein de douceur, le froid était arrivé sans prévenir. En ce samedi matin, ensoleillé et vivifiant, on sentait les premières gelées toutes proches.

Si nous étions toujours débordés le week-end, le beau temps nous amena encore plus de visiteurs que d'habitude à Indian Meadows ce jour-là. Les boutiques étaient bondées au point que je me félicitais d'avoir beaucoup acheté pendant l'été en prévision des fêtes de fin d'année ; si l'affluence se poursuivait au même rythme, nous pulvériserions nos records dès avant Noël.

En sortant de la Galerie, j'ai poussé la porte du café — et me suis arrêtée, stupéfaite : il n'était pas onze heures du matin et il n'y avait déjà plus une table libre ! Eric me vit hésiter sur le seuil et se hâta de me rejoindre.

— Quelle matinée ! dit-il en s'épongeant le front. Je n'avais encore jamais vu ça. Heureusement que nous avons le deuxième parking près de l'entrée. Vous avez eu raison d'acheter le terrain, Mal.

— Il n'était pas cher, nous aurions eu tort de ne pas en profiter. Pas de nouvelles de Sarah, Eric ?

— Non, pourquoi ? Un problème ?

— Je ne pense pas mais elle aurait déjà dû arriver. Elle m'a téléphoné hier soir en me disant qu'elle comptait partir à six heures du matin pour éviter la circulation et arriver vers neuf heures, et il est bientôt onze heures.

— Elle ne s'est peut-être pas réveillée à temps. Ne vous tracassez pas, Mal.

— J'essaierai... Si vous avez besoin de moi, je serai dans mon bureau.

Depuis la mort tragique de ma famille, je ne pouvais m'empêcher de m'inquiéter des retards de ceux que j'aimais. C'était plus fort que moi. Nous vivions dans un monde de plus en plus dangereux où les agressions se multipliaient, où les armes à feu proliféraient sans contrôle, où le mépris de la vie humaine devenait la norme. Je ne pouvais plus ouvrir un journal ni allumer la télévision sans frémir au récit de nouvelles atrocités.

J'arrivais près du bureau quand j'entendis Anna me héler :

— Pouvez-vous m'accorder une minute, Mal ?

— Bien sûr, Anna, entrez donc.

Nous prîmes place face à face.

— Sandy Farnsworth m'a téléphoné hier soir, commença Anna. Lois Geery, son associée, veut se réinstaller à Chicago. Sandy cherche elle-même à se retirer et voudrait savoir si vous envisageriez de racheter « Poney Traders ».

— Non, sûrement pas. A vrai dire, je m'y attendais depuis un bon moment, Sandy m'en avait déjà touché un mot. Mais je n'ai pas du tout l'intention de me lancer dans la confection, Anna. Il y a trop de problèmes, trop d'aléas. De toute façon, je n'ai ni le temps ni l'envie d'apprendre un nouveau métier.

— C'est ce que j'ai répondu à Sandy. D'ailleurs, je suis d'accord avec vous et je pense que Sarah le sera aussi. J'avais seulement promis de vous faire la commission.

— Sandy vous a-t-elle dit ce qu'elle comptait faire si elle ne pouvait pas vendre ? Poursuivra-t-elle l'activité ?

— A moins de trouver une autre associée, elle sera sans doute forcée d'arrêter.

— Si « Poney Traders » disparaît, il faudra chercher d'urgence un remplaçant. Nos deux autres fournisseurs suffisent à peine à couvrir nos besoins.

— J'y ai pensé, Mal, et j'ai déjà commencé à chercher. Je crois pouvoir vous en soumettre un ou deux la semaine prochaine...

La porte s'ouvrit à la volée et, à mon vif soulagement, Sarah fit son entrée, ébouriffée et hors d'haleine.

— Quelle journée ! s'écria-t-elle. Désolée d'être en retard, Mal. Tu n'étais pas trop inquiète, j'espère ?

— Un peu. Qu'est-ce qui t'arrive ? Tu es toute décoiffée et tu as de la boue sur la figure.

— Si ce n'est que cela, ce n'est pas grave. Il m'est arrivé que j'ai eu un pneu crevé.

— Pauvre Sarah ! dit Anna en se levant. Avec le monde qu'il y a, je ferais mieux de regagner mon poste à la boutique. A tout à l'heure, Mal.

— Je vous rejoindrai dès que je pourrai, Anna.

— Un bon café me ferait le plus grand bien, dit Sarah après l'avoir saluée. Tu m'accompagnes au salon ?

— Il est bondé mais Eric s'arrangera pour nous caser.

Quelques minutes plus tard, nous étions en effet installées dans un coin près de la porte de la cuisine.

— Alors, raconte, ai-je demandé. Comment as-tu réussi à changer de roue ?

— Dieu merci, j'ai eu de l'aide.

— Où cela s'est-il passé ?

— Tout près d'ici, au carrefour de la grand-route.

Elle arborait depuis son arrivée un sourire énigmatique qui m'intriguait.

— Qu'y a-t-il de si drôle ?

— La rencontre que j'ai faite.

— Qui as-tu rencontré ? Quand tu as crevé, avant, après ? Parle, bon sang !

J'étais dévorée de curiosité.

— Bon, je ne te laisserai pas languir plus longtemps. Mon pneu a crevé juste devant une maison, heureusement pour moi car sans cela je serais encore en train de me morfondre sur le bas-côté de la route. Bref, j'ai poussé la barrière du jardin, j'ai sonné, j'ai demandé au monsieur qui est venu m'ouvrir s'il aurait l'amabilité de m'aider et il a répondu qu'il en serait enchanté. Nous avons changé la roue ensemble — je devrais plutôt dire qu'il a fait tout le travail et que je le regardais. Pendant ce temps-là, en tout cas, j'ai réussi à apprendre pas mal de choses sur son compte. Y compris son numéro de téléphone.

— Si je comprends bien, il est plutôt séduisant ?

— Pas mal, pas mal du tout... Je l'ai invité à dîner, ajouta-t-elle en me lançant un regard malicieux.

— Tu exagères ! Quand ?

— Ce soir. Et ne prends pas cette mine offusquée, Mal, je suis très fière de mon initiative.

— Mais enfin, ce soir... C'est trop précipité...

— Et pourquoi pas ? Ne me dis pas qu'il n'y aura rien à manger, la cuisine est remplie de choses délicieuses.

Je ne pus retenir une moue agacée.

— Ecoute, qu'y a-t-il d'extraordinaire à inviter un

voisin pour faire connaissance ? Tu avoueras que les hommes fréquentables ne se bousculent pas dans les parages. Je n'en connais aucun de disponible, en tout cas.

— Et Peter Anderson ?

— Ne me parle pas de ce snob prétentieux ! Il m'a fait lanterner pendant deux ans avec ses maudites granges pour me dire en fin de compte qu'il ne voulait pas les vendre.

— Un drôle d'oiseau, c'est vrai. Mais il a peut-être des circonstances atténuantes, Eric m'a raconté qu'il avait subi des tas de problèmes personnels ces derniers temps. En tout cas, nous nous passons très bien de son terrain et de ses granges. En cas de besoin, nous pourrions même en construire une près du nouveau parking.

— Quoi qu'il en soit, Peter m'a profondément déçue. Moi qui le trouvais sympathique, au début...

— Comment s'appelle ta nouvelle conquête ? Le voisin que tu as invité à dîner ?

— Richard Markson.

Je réfléchis un instant en buvant une gorgée de café.

— Son nom me dit quelque chose. L'aurais-je déjà rencontré ici ?

— Non, je le lui ai demandé. Mais c'est un journaliste connu et il passe souvent à la télévision. C'est sans doute pourquoi le nom t'est familier.

Le mot journaliste éveilla aussitôt ma méfiance.

— Quelle est sa spécialité ?

— Surtout les analyses politiques, je crois.

— Bon. Et à quelle heure viendra-t-il ?

— Je lui ai dit huit heures mais je dois le rappeler pour le lui confirmer. Si tu préfères, je peux lui demander de venir plus tard.

— Non, huit heures, cela ira. Et maintenant, le menu. Nous pourrions remonter à la maison une des fameuses tourtes de Nora, à la rigueur un bocal de son bouillon de légumes. J'ai une salade au frigo, il doit encore y avoir du fromage et des fruits. Cela devrait suffire. Qu'en penses-tu ?

— J'en pense que ce serait parfait si tu n'oubliais pas l'essentiel : une miche croustillante de l'inimitable pain de campagne de Nora !

Je dois avouer que Richard Markson me plut dès l'instant où il franchit la porte. Grand, mince et bien découplé, il avait des yeux noirs, des cheveux bruns légèrement ondulés, un visage aux traits plaisants et réguliers. Visiblement à l'aise partout et en toutes circonstances, il n'imposait cependant pas sa présence, et son comportement plein d'une discrète réserve me fit d'emblée une impression favorable.

Sarah l'entraîna aussitôt à la cuisine où je finissais de remplir le seau à glace et fit les présentations.

— Enchanté de faire votre connaissance, madame Keswick, dit-il en me serrant la main. Je suis confus de vous envahir ainsi à l'improviste.

— Pas du tout, cher monsieur, je suis ravie de cette occasion de vous souhaiter la bienvenue. Et appelez-moi Mal, comme tout le monde.

— Votre maison est ravissante. J'ai toujours eu un faible pour le charme des vieilles demeures du Connecticut.

— Elles en ont beaucoup, en effet. Qu'aimeriez-vous boire, monsieur Markson ?

— Si vous avez du vin blanc, cela me ferait grand plaisir. Et j'espère que vous m'appellerez Richard.

— Volontiers. Et toi, Sarah, que prendras-tu ?

— Si tout le monde choisit le vin blanc, j'en ferai autant. En as-tu au frais ?

— Oui, dans le bas du frigo.

Voyant Sarah se débattre avec le tire-bouchon, Richard s'offrit à déboucher la bouteille. Je remplis les verres et les posai sur un plateau.

— Allons au petit salon, dis-je en ouvrant la marche. Sarah y a allumé du feu tout à l'heure, nous y serons bien.

Une fois assis tous trois devant la cheminée, nous avons levé nos verres, bu une gorgée...

Et le silence retomba.

J'étais sur des charbons ardents quand, Dieu merci, Richard reprit la parole. J'allais me rendre compte par la suite qu'il avait le don de briser la glace et de mettre les gens à leur aise. Sa réussite dans le journalisme était sans doute due, en partie du moins, à cette faculté qui lui permettait de réaliser des interviews vivantes et sincères de personnalités réputées inabordables.

— Permettez-moi, me dit-il, de vous féliciter de votre brillante réussite à Indian Meadows, d'autant plus qu'elle profite à tous vos voisins. Je me demande ce que nous deviendrions désormais sans vous.

— Parce que vous êtes déjà venu ici ? s'étonna Sarah.

— Bien entendu ! J'y ai fait tous mes achats de Noël et je viens souvent fouiner dans les boutiques.

— Mais alors, comment se fait-il que nous ne vous ayons pas encore vu ?

— En tout cas, suis-je intervenue, c'est toujours agréable de rencontrer un client satisfait... J'espère que vous l'êtes, n'est-ce pas ?

— Mieux que satisfait ! J'apprécie particulièrement la cuisine de Nora. Pour ne rien vous cacher, je ne pourrais plus m'en passer. J'achète toutes les semaines ses plats préparés qui composent l'essentiel de mon ordinaire. Je me régale surtout de sa tourte à la viande.

J'échangeai avec Sarah un regard déconfit.

— Il vaut mieux que vous l'aimiez, dit-elle sans me laisser le temps de placer un mot, parce que ce sera le plat de résistance du dîner de ce soir.

Je me sentis rougir de confusion.

— Mais vous n'êtes pas obligé... Je veux dire, je peux vous préparer autre chose.

— Pas du tout, voyons. J'en raffole.

Inconsciente, Sarah retourna le fer dans la plaie :

— Je parie que vous en avez mangé hier soir ?

Richard s'apprêtait à répondre par la négative quand il ne put retenir un éclat de rire.

— Eh bien, oui, c'est vrai. Mais sincèrement, je ne vois aucun inconvénient à recommencer.

Son rire était trop communicatif pour que j'y résiste.

— J'ai bien peur que nous ne devions réapprendre à faire la cuisine nous-mêmes, dis-je à Sarah.

— Hélas ! gémit-elle avec un désespoir comique.

Lancée grâce à ces platitudes, la conversation devint de plus en plus animée. Je répondis aux questions de Richard sur Indian Meadows et ce qui m'avait amenée à me lancer dans cette entreprise. Il me dit avoir lu le *Journal de Lettice,* dont les détails historiques l'avaient vivement intéressé.

Sarah nous écoutait, plaçait un mot de temps à autre, se levait pour chercher la bouteille de vin et remplir les verres. A un moment, elle revint de la cuisine en annonçant qu'elle avait mis la tourte au four d'une manière qui provoqua l'hilarité générale. Un peu plus tard, lorsque je me levai pour surveiller moi-même les préparatifs, elle me suivit à la cuisine.

— Je n'ai pas besoin de toi, lui dis-je. Tiens plutôt compagnie à Richard, il est ton invité.

— Il regarde les titres des livres dans la bibliothèque, il peut bien rester seul une minute. Je voulais juste te dire quelque chose.

Son ton inhabituel m'intrigua.

— Quoi donc ?

— C'est bon de t'entendre rire, Mal. Tu ne riais plus depuis si longtemps que je craignais que tu n'aies oublié.

Je lus dans son regard un soulagement mêlé de tant d'affection qu'il me fallut un moment pour me rendre compte qu'elle n'avait dit que la stricte vérité.

La soirée entière fut placée sous le signe du rire.

Richard Markson possédait un merveilleux sens de l'humour, Sarah n'avait rien à lui envier dans ce domaine, si bien que leurs reparties fusaient en un véritable feu d'artifice. A un moment, je riais tant que je dus reposer précipitamment le plat sur la table de peur de le lâcher.

En les observant, je me disais qu'ils étaient parfaitement accordés. Richard était sans contredit l'homme le plus intéressant et le plus sympathique qu'elle ait amené ici depuis des années et, à l'évidence, Sarah lui plaisait. Il aurait d'ailleurs eu grand tort de méconnaître ses qualités ! Belle, intelligente, pleine de cœur, ma chère Sarah avait un charme irrésistible dont elle faisait ce soir-là l'éblouissante démonstration. Il était temps, grand temps qu'elle rencontre enfin un homme digne d'elle.

Mes derniers scrupules quant à notre manque d'imagination pour le menu s'évanouirent en voyant l'appétit et le plaisir manifestes avec lesquels Richard dévora sa tourte. Mais comment aurions-nous pu deviner qu'il était déjà un client régulier, appréciant à leur juste valeur les préparations de Nora ? Nous ne l'avions pas encore vu à Indian Meadows. Et d'ailleurs, était-il un voisin de longue date ? C'est entre la salade et le fromage que Sarah résolut d'en avoir le cœur net :

— Depuis quand avez-vous une maison de week-end dans la région, Richard ?

— Un peu plus d'un an.

— Elle m'a paru très jolie de l'extérieur. Elle est à vous ?

— Non, je ne suis que locataire. Kathy Sands, de l'agence immobilière de Sharon, me l'a proposée quand...

— C'est elle qui nous a vendu Indian Meadows, suis-je intervenue. Une femme remarquable.

— En effet. J'allais vous dire que je cherchais d'abord une maison à acheter mais toutes celles qu'elle me faisait visiter étaient beaucoup trop grandes.

— Vous vivez donc seul ? demanda Sarah.

— Oui. Je suis un célibataire endurci et je n'avais aucune envie d'une grande baraque pour moi tout seul.

— Je vous comprends, j'aurais raisonné comme vous. Mais je n'ai pas besoin de maison de campagne puisque je passe tous mes week-ends ici avec Mal. Je ne me suis jamais mariée, ajouta-t-elle. Et vous ?

Ses questions prenaient un tour si personnel que je craignis qu'elles n'indisposent Richard.

— Moi non plus. Jusqu'à ces derniers temps, j'étais correspondant de plusieurs journaux à l'étranger, je ne cessais de courir le monde et mon travail m'absorbait trop pour que je songe à me fixer. Mais depuis mon retour aux Etats-Unis il y a trois ans, j'ai pris un job permanent à *Newsweek*. A vrai dire, je trouvais lassant d'être toujours par monts et par vaux, j'avais le mal du pays et je voulais retrouver mon cher vieux New York.

— Vous êtes donc new-yorkais ? lui ai-je demandé.

— De naissance. Vous aussi, je crois ?

— Nous le sommes toutes les deux, Sarah et moi.

— Nous étions déjà amies au berceau, intervint Sarah. Et inséparables au point qu'on nous surnommait les sœurs siamoises. Mais qu'est-ce qui vous a décidé à venir passer vos week-ends dans ce trou perdu ?

— J'ai appris à aimer cette région quand j'étais pensionnaire à Kent, avant d'aller à Yale. Cette partie du Connecticut, voyez-vous, a toujours été pour moi le pays du bon Dieu.

40

Le soir de ma première rencontre avec Richard, j'étais persuadée qu'il ne s'intéressait qu'à Sarah. Au bout de quelques semaines, il me fit comprendre sans ambiguïté que c'était vers moi qu'il était attiré. Certes, il appréciait en ami la personnalité de Sarah, il la trouvait charmante et sympathique, mais cela n'allait pas plus loin.

Lorsqu'il me le dit, j'en fus désarçonnée au point de lui rétorquer que Sarah en serait ulcérée. Richard m'assura du contraire, en précisant qu'il ne lui inspirait pas plus d'intérêt qu'elle n'en éprouvait pour lui, ce qui acheva de me stupéfier. Sarah était ma plus vieille et ma plus chère amie, je la connaissais aussi bien, voire mieux que moi-même. Il commettait à coup sûr une énorme erreur de jugement.

Et pourtant, il avait raison : quand je demandai à Sarah ce qu'elle pensait de lui, elle me répondit sans hésiter qu'il n'était pas du tout son type.

— Il est beaucoup trop bien et trop gentil, Mal. Si tu veux la vérité, j'ai l'horrible sensation de ne pouvoir m'enticher que de salauds du genre de Tommy Preston.

Une fois remise de ma surprise, j'acceptai de revoir Richard — mais avec les plus grandes réticences. Je savais qu'il me faudrait longtemps avant d'être capable d'admettre un autre homme dans ma vie. Je vivais seule depuis quatre ans, je ne voyais pas de raison de modifier une situation dont je commençais tout juste à m'accommoder. Cependant, ainsi que l'avait jugé Sarah, Richard était un homme foncièrement bon, chaleureux, attentionné. Et il savait me faire rire. Son humour était si drôle, sa bonne humeur si communicative que je me surprenais à attendre avec impatience nos rencontres du week-end — sans me départir de ma prudente réserve.

Il le sentait, bien entendu. Il avait l'esprit trop fin, trop intuitif, pour n'avoir pas discerné ma peur de m'engager dans une relation sérieuse. Sans qu'il me l'ait dit ouvertement, je savais par quelques allusions voilées qu'il n'ignorait rien du drame qui m'avait frappée.

J'appréciais aussi que Richard ait su sauvegarder sa sensibilité dans un métier qui endurcit les hommes au point de les rendre cyniques. Nous nous connaissions depuis environ trois mois quand, un samedi soir de

306

janvier, je le surpris devant une photo de Jamie et de Lissa. Il la contemplait avec une expression si pleine de tendresse que j'en fus bouleversée. En m'entendant entrer, il se troubla, reposa le cadre sur la table et me sourit d'un air contrit, comme pour s'excuser d'avoir commis une indiscrétion.

— N'ayez pas peur de parler, Richard, lui dis-je en m'approchant. Dites-moi ce que vous pensez.

— Ils étaient si beaux..., commença-t-il.

Voyant son embarras, je pris les devants :

— Oui, très beaux. Je les appelais mes petits ange-lots de Botticelli. Ils étaient adorables, turbulents, souvent insupportables mais si éveillés, si drôles... Des miracles.

Il posa avec douceur une main sur mon bras.

— Cela a dû être... très dur pour vous. Ce l'est sans doute encore.

— Insoutenable par moments et ce le sera toujours, je pense, mais j'ai appris à recommencer à vivre.

— Pardonnez-moi, Mal. Je suis désolé que vous m'ayez surpris à regarder leur photo. Je ne voulais surtout pas vous amener à rouvrir vos blessures en les évoquant.

— Mais je n'en souffre pas, loin de là ! J'aime parler de mes enfants. Comme vous, beaucoup de gens croient devoir éviter de faire allusion devant moi à Jamie et Lissa. Je suis heureuse, au contraire, de par-ler et d'entendre parler d'eux, cela les maintient en vie dans ma mémoire, dans celle des autres. Mes enfants ont vécu six ans sur cette terre. Ils étaient si pleins de vie et de gaieté, ils m'ont apporté tant de joie et d'amour que je ne veux à aucun prix les effacer de ma mémoire. Je tiens à partager leur souvenir avec ma famille et mes amis. Comprenez-vous ?

— Oui, Mal. J'attache beaucoup de prix à cette confidence, voyez-vous, car j'aimerais vous connaître mieux.

Je me suis détournée pour aller m'asseoir sur le canapé. Il vint prendre place en face de moi, me regarda dans les yeux.

— J'ai été profondément blessée, ai-je murmuré.

— Je sais. Mais vous avez un courage peu commun.

— Non, Richard, je suis encore fragile.

— Je ferai très attention, je vous le promets.

Cette conversation nous rapprocha un peu. Très peu, en réalité, car je gardais toujours mes distances. Au fond de moi-même, je redoutais tout engagement affectif. Je doutais même d'en être capable et je n'étais pas sûre non plus qu'il le soit de son côté.

Pourtant, à mesure que nos rencontres se poursuivaient au fil des semaines, nos rapports se resserraient peu à peu. Nous nous découvrions à chaque fois de nouveaux intérêts partagés et de nouveaux points communs.

Bien que je ne l'y aie pas emmené, Richard avait vu la tombe sous le vieil érable. Peut-être Sarah la lui avait-elle montrée, peut-être l'avait-il découverte seul en se promenant dans le jardin. Quoi qu'il en soit, il arriva un beau matin d'avril et me tendit un bouquet de violettes.

— Pour Andrew et les enfants, dit-il en me demandant de le déposer sur leur tombe.

Ce geste me toucha si profondément que, à partir de ce moment-là, mes réticences s'atténuèrent et je me confiai à lui davantage. Jusqu'à un certain point seulement, car les barrières que j'avais dressées autour de moi étaient trop difficiles à franchir, plus encore à abattre. Et si je me sentais de plus en plus attirée vers lui physiquement, je restais incapable de lui ouvrir mon cœur.

Aussi, le jour où Sarah me fit remarquer que Richard ne jurait plus que par moi, l'idée me parut absurde.

— Nous éprouvons de la sympathie l'un pour l'autre, c'est vrai, nous avons plaisir à bavarder, à échanger des idées. Mais cela ne va pas plus loin, je t'assure. Nous sommes bons amis, un point c'est tout.

Elle me lança un regard sceptique et changea de sujet en me parlant des nouveaux articles que nous voulions inclure dans le catalogue. Une minute après, je n'y pensais plus.

C'est seulement ce soir-là, tandis que je me préparais pour la nuit, que les mots de Sarah me revinrent à l'esprit pour me convaincre qu'elle se trompait ou, du moins, qu'elle exagérait. Egarée par son affection pour moi, Sarah voulait à tout prix que je sois heureuse et, de son point de vue, mon bonheur futur reposait en partie sur Richard Markson. Elle était vraiment très loin du compte ! Richard était un homme remarquable à bien des égards, j'étais la première à en convenir, mais je savais aussi que je ne serais jamais en mesure de nourrir pour lui les sentiments d'amour et de fidélité qu'il était en droit d'attendre d'une femme et que, d'ailleurs, j'estimais qu'il méritait.

En mai, le jour de mon trente-huitième anniversaire, qui tombait un mardi cette année-là, j'eus la surprise de voir arriver Richard. Il était bien la dernière personne que je m'attendais à voir traverser la pelouse à huit heures du matin pour venir s'asseoir à côté de moi sous le pommier.

— Vous n'êtes pas au travail à New York ? me suis-je exclamée. Un jour de semaine ?

Ma mine ébahie le fit sourire.

— J'ai pris quelques jours de congé pour écrire le synopsis d'un livre.

— Un roman ?

— Non, un essai. Mais je ne suis pas venu vous parler de cela. Bon anniversaire, Mal, dit-il en me tendant un petit paquet. J'espère que ce livre vous plaira.

Je déballai son cadeau avec l'impatience d'une enfant.

— Oh, Richard ! Vous êtes trop gentil, cela me touche énormément.

Il m'offrait en effet une édition originale reliée en cuir rouge des *Poèmes choisis* de Rupert Brooke.

— Quel beau livre ! Où l'avez-vous trouvé ?

— Chez un bouquiniste de New York. Prêtez-le-moi un instant, voulez-vous ?

Il feuilleta le volume jusqu'à ce qu'il arrive à la page qu'il cherchait.

— Ce poème est un de mes préférés, Mal. Puis-je vous en lire quelques vers ?

— Avec joie.

— ... *La sagesse repose en tes cheveux*
Où la douleur a longtemps fait son nid,
Et dans les plis de ta tunique flottante
S'épanche une tendresse infinie...

Je dus me taire quelques instants.

— Merci, Richard. Merci de votre cadeau mais, plus encore, de partager avec moi un poème que vous aimez.

Le silence revint. Pour la première fois, je sentais s'établir entre nous une réelle affinité.

Richard se redressa sur le banc comme s'il s'ébrouait au sortir d'un rêve.

— Puis-je vous inviter à dîner ce soir ? demanda-t-il gaiement. Au West Street Grill de Litchfield, par exemple. Les steaks y sont excellents.

— Avec plaisir, Richard.

— Parfait ! A tout à l'heure, Mal. Je passerai vous chercher, disons, vers sept heures ?

Sur quoi il se leva et s'éloigna. Après l'avoir suivi des yeux, je rouvris le livre et restai un long moment sous le pommier à lire des fragments de poèmes.

Le vendredi de cette même semaine, l'imprimerie me livra le deuxième volume du *Journal de Lettice Keswick*. J'appelai aussitôt Richard pour l'en informer.

— Puisque le premier vous a plu, je vous offrirai un exemplaire du second.

— Merci, Mal, rien ne me ferait plus plaisir en effet. Quand puis-je recevoir ma récompense ?

— Tout de suite si vous voulez. Je viens de faire du café, nous le boirons ensemble.

— Donnez-moi une demi-heure.

Il arriva vingt minutes plus tard et je le fis entrer au jardin d'hiver.

— J'espère qu'il vous plaira, lui dis-je en lui tendant un exemplaire. Je crois que l'imprimeur a bien travaillé mais j'aimerais votre opinion.

Il le feuilleta en s'attardant sur quelques passages.

— Excellent travail, approuva-t-il. La mise en pages est aérée, la typographie très claire. Quant au texte, il semble valoir largement celui du premier.

— Il est passionnant, vous verrez. J'étais frappée en découvrant ces journaux de constater que nos ancêtres avaient à peu de chose près les mêmes intérêts, les mêmes espoirs, les mêmes problèmes que nous.

— L'humanité n'a guère changé au fil des siècles, dit-il en reposant le livre sur la table. En tout cas, je vous félicite de vos trouvailles.

— Il y en aura deux autres.

— La suite du journal ? Pas possible ! Combien de trésors dissimulez-vous encore ?

— Malheureusement, le journal s'arrête là. Mais j'ai retrouvé le livre de cuisine et le traité d'horticulture de Lettice, que j'ai l'intention d'éditer ensuite.

Il sourit.

— Les Presses de Kilgram Chase ont encore un bel avenir devant elles.

— Je l'espère, du moins. Encore un peu de café ?

— Volontiers. Mais parlez-moi de ce traité d'horticulture. A quoi ressemble-t-il ?

— Il m'a passionnée à cause des plans détaillés des jardins de Kilgram Chase, des listes de fleurs, des conseils de plantation, mais je ne pense pas qu'il intéressera un aussi large public que le journal.

— Peut-être que si, le jardinage est de plus en plus à la mode ces temps-ci.

— Je souhaite que vous ayez raison.

— Au fait, dit-il en montrant l'exemplaire du journal posé devant lui, j'aimerais le faire lire au responsable de notre rubrique littéraire. Vous n'y voyez pas d'inconvénient ?

— Au contraire. Je vous en donnerai un autre que vous pourrez lui remettre.

Nous avons continué à bavarder en buvant du café. Au bout de quelques minutes, je me surpris à lui dire :

— Moi aussi j'ai écrit un livre, Richard.

Il me lança un regard intéressé.

— Ah oui ? L'avez-vous publié ?

— Non. Ce n'est pas un livre... ordinaire.

— Vous l'avez ici, Mal ?

— Oui. Voulez-vous le voir ?

— Avec joie.

— Attendez-moi une minute.

Je revins quelques instants plus tard.

— Il s'agit en fait de deux livres que j'ai moi-même écrits et illustrés pour mes enfants. Je comptais en donner un à chacun pour Noël cette année-là.

— Si j'avais su, Mal..., commença-t-il.

— Mais non, ne regrettez pas de me l'avoir demandé. L'un est intitulé *Nos Petits Amis du mur* et l'autre *Nos Petits Amis du mur reçoivent leurs amis*. Regardez.

Pendant qu'il les feuilletait l'un après l'autre, je voyais son visage prendre une expression indéfinissable.

— Qu'y a-t-il, Richard ? Ils ne vous plaisent pas ?

— Au contraire, Mal. Ces livres sont... Vos histoires sont merveilleuses et vos illustrations si pleines de fraîcheur... Il faut les faire éditer.

— Non, j'en serais incapable ! Je les ai écrits pour mes enfants, ils sont devenus... sacrés, si je puis dire. Je ne pourrais pas me résoudre à les publier.

— Ce serait dommage, Mal. Vos livres sont de vraies réussites, les enfants les adoreraient. Pensez à la joie de vos petits lecteurs.

— Non, Richard ! Je refuse de les publier. Ils sont sacrés, comprenez-vous ? Sacrés !

— Vous auriez tort, Mal, dit-il avec tristesse.

— Un jour, peut-être... Je vais les ranger, je reviens dans un instant.

Et je suis partie en courant, les deux cahiers serrés

sur mon cœur comme pour les protéger des regards indiscrets.

En les remettant sous clef dans le placard, je me demandai avec une stupeur mêlée de désarroi ce qui m'avait poussée à les montrer à Richard Markson. Jusqu'à présent, seuls Andrew et Sarah les avaient vus et, depuis quatre ans, ils étaient restés enfouis dans leur cachette. Je ne les avais pas même sortis pour Diana et ma mère. Alors, pourquoi avoir dévoilé à Richard quelque chose d'aussi secret, d'aussi intime ? Quel démon — ou quel bon génie — m'avait inspirée ?

Tandis que je descendais rejoindre Richard au jardin d'hiver, je tournai la question dans ma tête sans lui trouver le moindre commencement de réponse et ma perplexité ne faisait que s'accroître.

41

Connecticut, août 1993

Au moment de son départ pour la Bosnie, Richard m'avait dit qu'il y resterait une dizaine de jours. En réalité, il était absent depuis près d'un mois.

Certes, il m'avait régulièrement donné de ses nouvelles. Mais si j'étais sincèrement soulagée de savoir qu'il allait bien, j'éprouvais en même temps un certain malaise de me sentir en quelque sorte poussée dans mes retranchements. A chaque fois qu'il me téléphonait de Sarajevo, je devenais gauche, empruntée, à l'idée qu'il espérait ou même qu'il attendait de moi une réponse à la proposition qu'il m'avait faite avant son départ.

J'étais toujours incapable de me décider.

Je ne pouvais démêler l'ambivalence des sentiments qu'il m'inspirait. J'éprouvais pour lui de l'amitié, voire de l'affection. Je connaissais ses qualités et, depuis dix mois que nous nous connaissions, il m'avait amplement prouvé que je pouvais compter sur lui. Nous étions bien ensemble, nous avions des intérêts et des goûts en commun. Mais pour moi, cela ne suffisait pas pour asseoir un mariage — même à l'essai, comme il me l'avait suggéré.

J'avais peur — peur de m'engager, de m'attacher, de nouer les liens contraignants d'une intimité quotidienne.

Et puis, disons-le, j'avais peur de l'amour. Que deviendrais-je si j'aimais Richard et s'il me quittait ? Ou s'il mourait lui aussi ? Comment réagirais-je ? Je ne supporterais pas de subir encore une fois la disparition d'un homme aimé.

Et si je l'épousais, comme il le souhaitait, sans être sûre de l'aimer, nous aurions peut-être des enfants. Comment pourrais-je redevenir une mère digne de ce nom ? Jamie et Lissa avaient été si... si parfaits. Irremplaçables.

Voilà ce qui tournait et retournait dans ma tête ce matin-là pendant que je traversais la terrasse, une tasse de café à la main, pour aller m'asseoir sur mon banc sous le pommier. La pluie menaçait, le ciel était d'un gris étrange, presque blanc. On n'entendait aucun grondement de tonnerre, et pourtant il faisait lourd, l'air était poisseux. A la fin d'un mois d'août torride, le temps changeait enfin mais je ne m'en plaignais pas. Nous avions grand besoin de pluie.

De mon poste d'observation préféré, je voyais avec fierté mes granges repeintes de frais. Plus loin, les canards et les oies sauvages se réunissaient au bord de l'étang ou barbotaient dans l'eau. Sur l'autre rive, le héron bleu se dressait avec élégance sur ses longues pattes. A sa vue, je ne pus m'empêcher de sourire. Nous avions attendu sa visite tout l'été, nous désespérions presque de le revoir et voilà qu'il reparaissait ce matin. C'était de bon augure.

Mon café fini, j'ai fermé les yeux et je me suis replongée dans mes réflexions. Quelques minutes plus tard, la solution m'apparut avec clarté. Je savais quelle réponse je devais donner à Richard.

Non.

La simple honnêteté me dictait de le décourager, de ne plus laisser subsister entre nous la moindre ambiguïté. Que ferait-il, d'ailleurs, d'une femme comme moi, incapable d'aimer à nouveau ? D'une femme qui était et resterait toute sa vie amoureuse de son mari mort ?

J'entendis la voix de Diana résonner faiblement dans un recoin de ma mémoire : *La vie est pour les vivants.* J'écartai cette voix importune pour concentrer de nouveau mon attention sur celle de la sagesse, qui venait de me conseiller de repousser Richard Markson.

A vrai dire, je l'avais toujours su...

Et puis, peut-être avait-il déjà décidé de lui-même de s'éloigner de moi. Je n'avais plus de nouvelles de lui depuis plus d'une semaine. De fait, il avait cessé ses appels réguliers en quittant la Bosnie. Je savais qu'il y avait passé une dizaine de jours, comme prévu. Ensuite, il était parti pour Paris, sa ville préférée, m'avait-il dit en me téléphonant de là-bas. Il y avait séjourné quatre ans comme correspondant du *New York Times.* Quatre ans, c'est long. Assez, en tout cas, pour s'attacher à une ville, y nouer des amitiés...

La Bosnie et Paris l'avaient peut-être guéri de moi.

Si c'était vrai, je n'aurais donc même pas à lui dire non. S'il ne revenait pas, nos relations se dénoueraient d'elles-mêmes. Quel soulagement !... Et s'il avait retrouvé une amie chère, s'il avait ranimé une flamme qu'il croyait éteinte ? Ce serait mieux encore. Une délivrance...

— Bonjour, Mal !

Je sursautai si fort que ma tasse m'échappa des mains, tomba dans l'herbe et dévala la pente pour aller s'écraser au pied du mur.

— Vous m'avez fait peur ! D'où sortez-vous ?

— De ma voiture. Je l'ai garée près de la maison.

— Non, je veux dire... Depuis quand êtes-vous revenu de Paris ?

— Hier soir. Je voulais vous appeler de l'aéroport mais il était tard. Je me suis dit qu'il valait mieux venir vous voir. Alors, Mal, comment allez-vous ?

— Très bien. Et vous ?

— En pleine forme mais pas très bien réveillé. Si nous descendions au salon de thé ?

— Il n'est pas encore ouvert, il n'est que huit heures et demie, ai-je répondu en exhibant mon trousseau de clefs. J'allais justement ouvrir les portes.

— Maudit décalage horaire ! Je suis encore à l'heure de Paris. Pour moi, c'est déjà le milieu de l'après-midi.

— Vous n'êtes donc pas à cinq minutes près. Venez avec moi jusqu'aux boutiques, nous remonterons ensuite à la maison boire ce café dont vous avez tant envie.

— Marché conclu.

Je pris sa main tendue, il me mit debout.

En silence, nous sommes descendus vers les granges. Après avoir ouvert les portes du café, de la Boutique et de la Galerie, j'ai remis le trousseau dans ma poche.

— Remontons, maintenant. Voulez-vous que je vous prépare un petit déjeuner pour accompagner le café ? Des œufs brouillés et des muffins, cela vous convient ?

— A merveille.

Je reprenais déjà le chemin de la maison quand je l'entendis me héler :

— Mal !

Je me suis retournée. Il se tenait encore près de la porte de la Galerie.

— Oui, Richard. Qu'y a-t-il ?

— Rien, dit-il en me rejoignant. Je me demandais simplement si... si vous aviez une réponse à me donner.

J'hésitai un instant, de peur de le blesser.

— Non, Richard. Je n'ai pas de réponse.

Il me dévisagea sans mot dire.

— Ce n'est pas vrai, j'en ai une, ai-je repris. Je ne peux pas vous épouser, Richard. Je le regrette du fond du cœur, croyez-moi.

— Et vous ne voulez même pas essayer ?

Je fis un signe de dénégation. Sa peine était si sincère, si profonde, que j'en souffrais pour lui.

— Vous savez, Mal, je vous aime depuis la première fois que je vous ai vue. Je ne parle pas de cette soirée, il y a dix mois, quand j'étais venu dîner chez vous après avoir aidé Sarah à changer sa roue. Je veux dire, la toute première fois que je vous ai aperçue, lors de ma première visite à Indian Meadows. Vous ne m'aviez pas remarqué, nous ne nous sommes jamais rencontrés face à face. Je voulais vous être présenté mais un de mes amis de Sharon m'en a dissuadé en me disant que vous étiez... inabordable.

— Vraiment ? me suis-je exclamée, étonnée.

Il ignora mon interruption.

— Alors, vous voir de près, vous parler, apprendre à vous connaître, me sentir proche de vous... De toute ma vie, il ne m'est rien arrivé de mieux ni de plus beau. Je vous aime, Mal.

Je restai plantée là, immobile. Muette.

— N'éprouvez-vous pas même de l'amitié pour moi ? demanda-t-il à voix basse.

— Si, Richard, une amitié profonde. Je n'ai pas cessé de m'inquiéter pour vous quand vous étiez en Bosnie, je pensais à ces balles perdues dont vous plaisantiez, aux bombardements, aux morts...

— Alors, pourquoi refusez-vous de m'accorder ma chance ?

— Parce que... je ne *peux* pas, voilà tout. Pardonnez-moi, Richard. Venez, le café va refroidir.

Sans mot dire, il m'emboîta le pas.

Nous avons remonté la côte à pas lents, en silence. Du coin de l'œil, je voyais sa mâchoire crispée, une veine palpiter sur sa tempe et je sentais ma résistance faiblir, mes défenses s'effriter. Peu à peu, mon cœur s'ouvrait à sa peine, que je ressentais aussi douloureusement que si je l'éprouvais moi-même. Je me rendais compte de plus en plus clairement qu'il m'inspirait davantage que de l'amitié, que son absence avait creusé un vide dans ma vie quotidienne. Que mon inquiétude sur son sort avait été de l'angoisse et que son retour me causait un intense soulagement.

— Andrew n'aurait pas voulu que je vive seule, me suis-je entendue murmurer.

Richard ne releva pas.

— Andrew n'aurait pas voulu me condamner à la solitude, n'est-ce pas ? ai-je répété à haute voix.

— Je ne le pense pas, en effet.

Je dus reprendre ma respiration pour me donner le courage de poursuivre.

— Je ne suis pas en état de penser au mariage, pas encore du moins. Mais... peut-être pourrions-nous essayer de vivre ensemble ? dis-je en glissant ma main dans la sienne.

Richard s'arrêta net, me prit aux épaules, me tourna vers lui en me fixant.

— Ai-je bien entendu, Mal ?

— Oui... Oui, ai-je répété un ton plus haut. Mais il vous faudra de la patience, Richard. Me donner du temps.

— Je vous donnerai tout le temps que vous voudrez, Mal. Ma vie entière.

Il se pencha vers moi, déposa un léger baiser sur mes lèvres.

— Je sais que vous êtes encore fragile, que vous craignez de vous briser. Je ferai attention, je vous le promets. Très attention.

Je répondis d'un signe de tête.

— Et puis... il y a autre chose, reprit-il.

— Quoi ?

— Je connais le prix de votre perte, Mal. Je sais que rien ne pourra jamais la compenser. Mais...

Il hésita. Je l'encourageai d'un regard.

— Avec moi, vous n'avez rien à perdre. Je dirais même que vous avez tout à gagner.

Il prononçait les paroles mêmes de Diana !

— Je sais, Richard. Ma vie, mon avenir — si j'ai le courage de les prendre à pleines mains.

— Je ne connais personne au monde de plus courageux que vous, Mal.

Nous avons repris notre marche, dépassé le vieux pommier et son banc de fer forgé. Richard me serrait contre lui, un bras sur mes épaules.

Devant la porte, je levai les yeux vers lui. Il me rendit mon regard, me sourit. En franchissant le seuil, il me serra plus fort. Sur mon épaule, sa main me soutenait avec fermeté, m'offrait un appui. Un abri.

Pour la première fois depuis la mort d'Andrew, je me sentais en sûreté et je savais que, désormais, je n'avais plus rien à craindre.

Du même auteur :

LES VOIX DU CŒUR.
ACCROCHE-TOI A TON RÊVE.
L'HÉRITAGE D'EMMA HARTE.
L'ESPACE D'UNE VIE.
QUAND LE DESTIN BASCULE.
JAMAIS JE N'OUBLIERAI.
ANGEL, MON AMOUR.
(Belfond)
LES FEMMES DE SA VIE.
(Presses de la Cité)

Composition réalisée par JOUVE

IMPRIMÉ EN FRANCE PAR BRODARD ET TAUPIN
Usine de La Flèche (Sarthe)
LIBRAIRIE GÉNÉRALE FRANÇAISE - 43, quai de Grenelle - 75015 Paris.
ISBN : 2 - 253 - 14186 - 0 ◈ 31/4186/8